KB020208

정종성 장편소설

우금티 연가

지우출판

주지하듯이 동학농민혁명은, 역사의 격동기요 격변기였던 1894년(갑오년)에 동학교도와 농민들이 일으킨 무장 봉기입니다. 『우금티 연가』는 이 동학농민혁명을 배경으로, 사건들을 새롭게 해석하고, 혁명의 주요 인물을 생동감 넘치는 캐릭터로 재창조한 장편 역사소설입니다. 시와 더불어 문학의 2대 장르인 소설은, 대체로 주제(Theme), 인물(Character), 구성(Plot)을 핵심적인 요소로 생각합니다. 그러므로 작가가 이 세 가지를 효과적으로 형상화 할 때 그 작품은 상당히 우수한 소설로 인정됩니다.

현역 신학자인 작가가 쓴 『우금티 연가』가 독자들에게 선사하는 가장 두드러진 미덕의 하나는, 무엇보다 소설의 이런 중요한 요소들을 조화롭게 구현했다는 점입니다. 신학을 전공하고 가르치는 위치에 있는 그가 이를 문학적으로 무리 없이 처리할 수 있다는 사실은, 문학에 대한 도저한 공부와 연마를 짐작하게 하는 것입니다. 그렇다는 것은 이전에 작가가 펴낸 의미 있는 문학적 성취들, 곧 음악적 상상력을 통해 생산한 『모차르트가 흐르는 강』, 미학적 상상력으로써 빚어낸 『사랑의 페르소나』가 이를 증명하고 있습니다. 기왕의 이와 같은 예술에의 고심과 흘린 땀의 결정들이 『우금티 연가』라는 귀한 역사적 상상력의 소설을 다시 탄생하게 한 원동력이 아닐까 생각합니다.

다음은 역사소설로서의 의의입니다. 근래에 역사소설은 소재나 의상 같은 외면적인 것만으로 구성될 수 없다는 의식 아래 '역사의 식'을 작품의 당위적 전제로 삼고 있습니다. 이를테면 역사소설이란 개념은 역사의식이란 개념 속에 수용되고 있다는 사실입니다. 『우금 티 연가』는 작가의 이런 역사의식이 소설에 무르녹아 있습니다. 동 학농민혁명을 그 당시의 편협한 '동학' 사상의 관점으로만 파악하지 않는 것, 길항하던 '서교(西敎)'와의 관계론적 변증법 차원에서 변화 와 발전을 모색하는 주밀한 그의 심사(深思)는 썩 미덥습니다.

또한 『우금티 연가』는 특히 현대작가들이 심혈을 기울이는 성격 창조(characterization)가 뛰어난 소설입니다. 예컨대 동학농민혁 명을 이끌어가는 두 인물 녹두 전봉준과 김개남의 개성적이고도 전 형적인 성격 묘사는 자연스럽습니다. 그리고 동지이자 연적 관계인 그 두 사람의 연인인, 신비스럽고 아름다운 여인 '마리'의 창조는 문 학적 의의가 매우 높다 할 것입니다. 물론 그녀는 역사적 인물은 아 니며, 작가의 상상력에 의해 형상화된 캐릭터입니다. 하지만 혁명 의 대의명분과 노선 및 전략, 그리고 전봉준과 김개남의 갈등과 충 돌 등 소설의 얼개를 전개해 가는 동력은 '마리'로부터 비롯되기 때 문입니다.

요컨대 『우금티 연가』가 동학농민혁명의 사료를 적당히 나열하 는 데 그치지 않고, 역사적 사건을 꿰뚫어보는 작가의 안목으로 재 해석한 의미 있는 역사소설로 인정받게 되는 것은, 여주인공 '마리'

의 창조에도 기인한다 말할 수 있습니다.

긴 시간을 투자하며 무릎으로 쓴 『우금티 연가』의 출판을 진심으로 축하합니다.

2015년 8월

문학평론가　강요열

「우금티 연가」에 대하여…

「우금티 연가」는 1894년 갑오년 동학농민혁명의 과정을 주요배경으로 삼아 역사적 사실과 문학적 상상력을 다양하게 버무리면서 새롭게 재구성한 창작이다.

소설은 주요 인물인 녹두 전봉준과 김개남 그리고 마리라는 여성 사이에 진행되는 사랑과 갈등 그리고 질투와 증오에 대한 이야기를 한 축으로, 그리고 동학의 주요 원리와 서교(기독교)의 중심사상에 대한 복합적 토론과정을 다른 축으로 에너지를 응축하여, 우금티라고 하는 역사적 상징을 돌파하는 민중의 혁명과정을 그리고 있다.

소설은 주요한 역사적 사건마다 부닥치게 된 두 인물, 즉 녹두와 김개남 사이의 지속적인 충돌과 갈등이, 혁명의 대의명분이나 노선,

그리고 전략에 대한 의견차로 발생한 것이 아니라, 결국 한 여성 마리를 서로 사랑하면서 빚어지는 남자들 사이의 질투와 심리적 갈등으로 인한 성적 경쟁 때문이라고 묘사한다. 수시로 과거와 현재를 넘나들면서 묘사되는 사랑과 질투, 갈등과 경쟁은 서로에게 치명적이기도 하고, 동시에 고통을 극복하게 해주는 에너지다.

소설은 동학농민혁명의 주요사건인 고부봉기와 청일전쟁, 전주화약과 집강소 활동, 그리고 두 차례에 걸친 공주 우금티 전투 등 역사적 사건들을 쟁점적으로 활용하면서, 동학농민군이 지향하고 있던 혁명의 꿈과 이상이 주인공들의 사랑과 삶 속에서 어떻게 구체적으로 펼쳐지고 있는지를 묘사한다. 그 가운데 남녀 주요 인물들 사이에 펼쳐지는 사랑의 전개 과정은 여러 번의 반전을 거치게 되는데, 혁명과 사랑 사이에서 다양한 선택을 고민하며 갈등하는 과정을 거쳐 차츰 성숙한 단계로 발전하게 된다.

소설은 동학농민혁명군이 삼례를 출발하여 공주의 이인에 도착하는 장면으로 시작한다. 무엇보다 공주가 호남지역의 전주와 더불어 충청지역의 활발한 동학혁명의 전진기지였다는 점을 부각시키며, 공주의 우금티를 넘는다는 것은 동학농민혁명의 구부능선을 넘는 것으로 이해한다. 공주출신인 마리는 전주 집강소 기간에 녹두를 만나게 되는데, 농민군의 전주화약과 집강소 활동, 그리고 삼례에서의 1개월 지체 등 여러 문제에 대하여 녹두에게 조언을 해준다.

마리는 엄청난 고통과 상처의 과거를 가진 신여성이었다. 마리는 남편의 폭력을 피해 집에서 도망 나와, 강경, 인천을 거쳐 서울에서 한 선교사의 도움으로 신문물을 접하며 생활하면서 수운의 동학을 알게 되었고, 남원에서 김개남의 뜨거운 사랑을 받으며 지내다가 전주에서부터 녹두를 주목하고 따르기 시작한다. 마리는 자신의 기도와 영적 체험을 통하여 무적(巫的) 영성으로까지 내려가, 인간의 근본의식과 영적 각성을 일치시키면서, 동학을 새롭게 정리하고 녹두에게 새로운 영성적 각성을 돕는 여성이다.

두 차례 우금티 전투를 준비하고 진행하면서, 특히 경천과 강경에서의 보름 기간 동안 녹두와 마리 두 사람은 손병희 등 남북접 농민군 대장들과 더불어 동학과 서교에 대한 다양한 종교적 융합의 관점을 나누게 된다. 특히 이 기간 녹두와 마리는 깊은 사랑의 체험과 민중에 대한 책임의식이라는 관점에서 사랑과 혁명을 하나로 묶는 성숙한 관계로 나아가게 된다. 그러나 녹두와 지속적으로 갈등관계에 처하게 되었던 김개남은 끊임없이 마리의 사랑을 얻기 위하여 다양한 접근을 시도한다. 그 과정에서 김개남과 녹두의 성격과 성향, 그리고 혁명과 사랑의 구체적인 농도와 열정이 드러난다.

무엇보다 죽음이 예상되는 공주 우금티 전투를 전후하여 마리와 녹두는 깊은 이해와 소통 그리고 사랑의 과정을 거치면서 녹두 자신의 죽음을 준비하도록 한다. 마리는 특히 자신과의 사랑으로 녹두의 자아가 완전히 해방되도록 도와주며, 자신을 조선민중 일체와 대입시켜 깨어나게 함으로서, 우금티라고 하는 절벽을 향해 죽음으로 돌격하도록 일깨우는 지혜의 여성이다.

여러 사건들 속에서 녹두는 마리라는 여성이 깊은 영성을 가지고 서교와 동학에 많은 배움이 있는 것을 알게 된다. 그녀와의 대화와 사랑을 통하여 동학에 대한 더욱 깊은 이해와 의미를 발견하게 될 뿐만 아니라, 여성의 본질과 역할에 대한 새로운 세계에 눈이 열리게 되면서, 그것이 구체적인 혁명의 동력으로 표출하게 된다. 마리는 동학이 조선의 사상적 민족적 맥락을 가장 잘 풀어내는 종교로서 특히 민중들을 무장시키고 민중들이 새로운 세계를 준비할 수 있도록 깨우치고 훈련시키는 역할을 한다고 말한다.

마리가 사랑을 통하여 일차적으로 깨우쳐 낳은 영적인 아들이 바로 연인인 녹두였다. 그리고 매월 반복되는 여성으로서의 생리적 고통을 통하여 자기 내면의 세계와 무의식으로 내려가서 자아의 목소리를 듣고, 그래서 단순한 한 남자의 여자가 아니라, 여성이 가지는 모든 특징을 최대한 발현하면서, 그 감성과 직관과 영성으로 녹두를 비롯한 자신의 아이와 후속세대가 깨어나도록 도와준다.

소설은 우금티에서 논산의 소토산 그리고 원평 등으로 전투가 진행되면서 세 사람 사이의 갈등과 사랑이 계속 반전의 과정을 거치고 팽팽한 긴장감을 주게 된다. 그리고 곧 녹두가 체포되고 감옥에 투옥되는 장면으로 옮겨간다. 감옥에서 일본의 영사관은 집요하게 녹두를 회유한다. 그러나 여러 번 거절하는 과정에서 녹두의 흔들리는 인간적인 모습이 세밀하게 묘사된다. 민중으로서 죽지만, 버림받은 민중이라는 외로움에 흔들린다. 죽음이 유일한 실존이 된 상황에서 순간적으로 녹두는 치욕스런 삶을 회피하는 죽음을 선택하기

보다는, 오히려 고통스런 삶을 선택하고 싶은 명분을 고민하며 흔들리게 된다. 그러나 면회를 온 마리를 만나 그녀의 간곡한 설득으로, 녹두는 자신이 선택할 죽음의 명분을 분명하게 다시 확인하게 된다. 마리의 설득과 사랑을 통하여 녹두는 삶과 죽음의 모든 갈등에서 벗어나 가장 기쁨과 평화가 충만한 상태에서 죽음을 맞이한다.

그러나 녹두를 죽음으로 결단하도록 설득한 마리는 한없는 비애와 연민의 눈물을 흘리며 통곡한다. 김개남 역시 죽음을 통하여 그 동안의 갈등을 뛰어넘어 새로운 세계로 편입된다. '동학농민혁명'은 민중의 깨어남이요, 곧 마리의 깨어남을 의미한다. 그것은 곧 '여성성'의 깨어남이다. 그래서 소설은 동학농민혁명을 한국민족사상에 있어서의 문명사적 대전환점으로 묘사하고 있다. 소설은 정신과 육체, 남성과 여성, 서양과 동양, 태양과 달, 하늘과 땅이라는 구도가 지속적으로 등장하는 가운데, 동학이 이러한 여러 세트들이 투쟁하는 서구적 틀과 시각을 탈피하여, 오히려 후자를 중시함으로써 양자간의 균형을 도모하고, 특히 아래로부터의 상승이라는 민중적 변혁을 도모하는 문명을 활짝 열어주고 있다고 서술한다.

2015년 6월
정 종 성

우금티 연가

1

"청주방향으로?"

녹두는 김개남 부대가 결국 1만 5천명의 농민군을 이끌고 금산을 거쳐 청주로 북상할 계획이라는 전갈을 받았다. 그것은 농민군 전 진영에 엄청난 충격을 주었다.

녹두는 급히 남원으로 내려가 며칠을 머물면서 김개남에게 함께 북상할 것을 요구하며 여러 차례 회합을 가졌다. 그러나 김개남과의 동문 스승인 서장옥과 함께 간곡히 만류했음에도 불구하고, 소용이 없었다.

녹두는 처음부터 그가 반대하는 이유가 좀 모호하다고 생각하며, 정확한 내막을 알려고 애를 썼다. 김개남이 여러 가지 반대의 명분을 내세웠지만, 녹두는 그것들이 그의 진심을 담은 대답이라고 생각하지는 않았다. 다소 빈정대는 듯한 김개남의 태도역시 무언가

석연치 않고 도무지 납득이 가지 않았다. 그러나 김개남은 아무튼 자신의 결정을 번복할 의향이 없다며 요지부동이었다.

"전 대장, 힘을 합치면 좋은 줄을 왜 모르겠어요! 그러나 내가 그동안 여러 차례 지적했지만, 삼남대로 가운데 가장 위험한 공주 쪽으로는 이미 승산이 없다니까! 지금이라도 청주방향을 택한다면 혹시 합류를 고려해 볼 수도……."

김개남이 이전에 청주를 그렇게 진지하게 고민한 적은 없었다. 무엇보다 그가 밝힌 반대 이유가 합류를 거부하기에 너무나 빈약하다고 생각했다.

'도대체 갑자기 왜 그러는지 알 수가 없네!'

김개남은 담배를 말면서 분명하게 선을 그었다. 남원에서의 상황이 뒤바뀐 것이다. 김개남은 남원에서 7만 병력을 집결시킨 뒤, 녹두의 전주화약과 집강소활동 명분으로 내려졌던 남원 농민군 해산에 대한 명령을 강력히 거부하고, 대신 당장 북상할 것을 녹두에게 끈질기게 요구했었다. 그래서 김개남은 오히려 녹두를 타이르듯 따지고 있었다.

"전주에서 집강소를 하면서 세월을 허비하고 바로 북진하지 못한 것도 문제였지만, 공주감영은 전주 상황과 근본적으로 달라요! 전 대장은 왜 기름통을 짊어지고 불구덩이로 달려가나요? 호서지역을 평정하는 것도 중요하지만, 자칫 동력을 잃어 결국 최종목표인 서울 공략을 그르칠 수 있어요!"

녹두는 호서 농민군이 모두 참여하도록 해야 한다고 주장하던 장본인이 다름 아닌 김개남이었다고 생각했다. 김개남은 비난의 수위를 더 높여갔다.

"전대장이 그렇게 공주에 집착하는 이유가 뭔가요? 혹시 호서 사람들에게 인기를 얻고 싶습니까, 아니면 다른 무슨 이유가 있는 겁니까?"

김개남의 공격이 이미 금도를 넘어, 심지어 가능하지도 않은 선택을 강요하고 있었다.

"호남 농민군을 택하든지, 아니면 공주를 택하든지 하세요. 둘 모두는 안 돼요!"

너무 어이가 없고 기가차서 녹두는 가슴 밑바닥부터 부글거리기 시작했다.

'아니, 그럼 형님은 왜 그렇게 청주 쪽에 집착합니까! 모든 대장들이 이구동성인데 저를 한 번 믿고 그냥 못이기는 척하고 따라와 주면 안 됩니까! 뭐가 그렇게 힘듭니까!'

그러나 목구멍까지 치고 올라온 말들을 겨우 눌러 참았다. 눈앞이 캄캄했다.

물론 녹두는 충청도 공주의 전략적 가치와 중요성에 대하여 그동안 김개남에게 충분히 설명해왔고 사실상 그의 이해와 동의를 얻었다고 생각했다. 그러나 전주에서 북상을 앞두고 김개남이 갑자기 틀어진 것이다.

공주는 해월 최시형이 10년 전부터 여러 차례 은신하였던 곳으로, 공주 궁원과 마곡사의 가섭암(迦葉菴)에 49일간 피신하여 수련하면서 충청도의 평야지대를 무대로 포덕활동을 활발히 전개하던 곳이었다. 특히 해월이 1890년 12월부터 공주 신평의 윤상오 집에서 다음해 12월까지 1년에 걸치는 장기간 은신생활을 하면서 김개남이 포함된 호남의 동학지도자들을 자주 접견하며 지도하였을 만큼 공주는 매우 중요한 전진기지 역할을 하고 있었다. 김개남도 그점을 잘 알고 있었다.

공주는 1892년 10월부터 약 2년간에 걸쳐 전개된 동학의 교조신원운동(敎祖伸寃運動)이 처음으로 시작된 곳이기도 했고(교조신원운동이란, 동학교조 수운 최제우의 억울한 죽음을 신원해 줄 것을 요구하며 동학의 공인과 포교의 자유를 요구하였던 집단적 시위운동이다), 특히 공주의 서장옥(서인주)과 서병학이 여러 차례 해월을 찾아와 지방 수령과 관리들, 그리고 토호들의 핍박에 시달리고 있던 교도들의 절박한 사정을 간곡히 건의함으로써 해월과 동학 지도부가 이 운동을 강력하게 시행하도록 촉구하며 이끌었던 곳이었다. 그두 사람은 1892년 11월의 삼례집회 및 이듬해 2월의 광화문 복합상소, 그리고 3월에 있었던 남접 중심의 전라도 원평집회를 주도 하였던 인물들이었다. 그 가운데 서장옥은 동학혁명군의 중심인물인 전봉준, 김개남, 손화중의 직접 스승이었다. 그러나 김개남은 과거 역사의 그늘에 안주하게 되면 치명적인 오류를 범할 수 있다며 공주를 반대했다.

녹두는 해월과 호서의 북접을 혁명으로 깊이 이끌어 들이는 데 공주 전투가 꼭 필요하다고 주장했다. 공주에서 발아한 새 세상의 꿈과 열기가 결국 전국으로 번져 가공할만한 엄청난 결과를 가져왔던 것이다. 그래서 11월에는 전라도 삼례에서, 이듬해 2월에는 광화문 복합 상소로, 그리고 3월에는 보은취회로, 혁명의 불길이 점점 뜨거워졌다.

그런데 그 불길의 한 가운데 있던 장본인이 바로 김개남이었다. 그렇게 공주의 열기가 확산되면서 급기야 그 횃불이 호남의 고부 농민들을 뒤흔들었던 것이다. 당시 호남의 녹두와 김개남은 봉기 시작부터 이미 공주의 서장옥과 수시로 긴밀한 정보를 주고받는 상태였다. 그러나 지금 웬일인지 김개남은 현재의 공주가 오히려 호남 농민군의 전투력을 훼손시킬 위험성만 크다며 공주를 반대하고 나섰다.

녹두는 지난 1월 10일 김도삼, 정익서 등 1천여 명의 농민들과 함께 온갖 악정을 일삼던 군수 조병갑을 징치하기 위하여 분연히 봉기하던 그때를 다시 언급했다. 고부에서 그렇게 농민혁명의 기치를 높이 들고 있을 그 때, 이미 공주에서도 농민군들이 고부 쪽과 긴밀하게 연락을 주고받으며 결집한 상태에서, 결정적인 봉기의 기회를 엿보고 있었다. 물론 공주의 열기가 북접의 전반적인 정서는 아니었다.

그런데 놀랍게도 공주의 대접주 임기준은 공주 궁원(弓院)에서 7백여 명의 농민군을 이끌고 당시 대교에서 열리고 있던 유회(儒會)를 공격하여 크게 훼파하였다. 보수 유림들이 호남과 공주에서 크게 일어나고 있던 동학세력에 제동을 걸 계획을 논의하던 중이었다. 그리고 8월에도 임기준 대장의 지휘아래 농민군 1만여 명이 공주 부내로 진격하여 공주감영으로 들어가서, 깃발과 창과 칼을 흔들고 동학 구호를 외치면서 대대적으로 시위를 벌였다. 이후에도 이들은 해산하지 않고 금강 유역에 계속 진을 치고 있으면서, 곧 호남 농민군이 북상할 것을 기다리며 합류를 계획하고 있었다.

그러나 김개남은 공주 농민군의 전투력이 과대평가 되었다며 한마디로 평가절하했다.

"몇몇 양반들이 싸움에 나섰다고 그것을 우리 밑바닥 농민들이 목숨을 걸고 달려들었던 것과 비교할 수 있다고 생각합니까!"

녹두는 임기준 부대의 시위가 공주 전체를 동학농민혁명의 열기로 뒤 흔들어 놓았으며, 무엇보다 수탈과 탐학을 일삼던 박제순 감사에게 엄청난 부담을 안겨준 것은 물론, 그동안 축적되어온 동학의 에너지가 공주 부민 전체에게 크게 알려지면서, 민중봉기를 통해 드디어 새로운 세상을 열어갈 수 있다는 구체적인 희망과 가능성을 보여주었다고 응수했다. 김개남은 한숨을 길게 내쉬며 완강하게 버텼다.

그러나 녹두는 임기준이 농민군과 함께 일어났던 공주의 궁원이 바로 해월의 지하포교시절 동학의 주요 비밀포교지 가운데 하나로서 농민군들의 강력한 결집이 이미 이루어진 곳이었으며, 그곳 궁원이 공주지역 농민군의 거점이 되어, 북상의 하늘길이 자연스레 형성되었다고 강력하게 설득했다. 물론 김개남은 비아냥거리며 그곳 공주가 북상의 하늘길을 형성해주는 것이 아니라, 농민군 전체가 북망산천 하늘 길로 향하는 지름길이 될 수도 있다면서 코웃음을 쳤다.

김개남의 태도가 오히려 갈수록 강경해졌다.

녹두는 공주 농민군의 집단적 움직임이야말로 호남 농민군이 4월 27일 전주성을 함락시킨 사건과 더불어 당시 부패한 조정을 혼란에 빠뜨릴 만큼 충분한 파괴력을 가졌다고 주장했다. 그래서 공주 출신 서장옥 휘하의 충청 농민군이 대대적으로 세력을 형성하여 활동하면서 호남 농민군과 함께 움직이기에, 조선 조정은 홍계훈을 농민군 진압대장으로 파견할 때 '양호초토사'(兩湖招討使)라는 칭호를 붙여, 충청 호남 두 지역을 대상으로 활동하도록 했던 것이다. 그래서 녹두는 농민혁명을 위해 충분히 숙성된 공주가 농민군을 적시에 부르고 있다고 판단했다. 그러나 김개남은 더욱 단호했다.

"그 공주를 잊어야 전대장이, 아니 우리 농민군이 삽니다!"

서장옥은 눈을 지그시 감고 고개를 흔들었다. 그리고 김개남이 어린 시절 정읍의 고향에서 항상 동네 친구들과 녹두를 거느리며 대장노릇을 했던 시절을 기억하고 있기 때문에, 녹두에게 사령관 자리를 양보하는 일은 상상할 수도 없는 일이라고 생각했다. 그리고 무엇보다 자기 집 문간을 수시로 드나들며 경제적 도움을 받은 녹두의 집안을 생각하며, 지체 높은 양반 도강 김 씨의 자존심이 그렇게 허락치를 않았을 것이라고 보았다.

"사내들이란, 그럴 수 있지……."

녹두는 서장옥의 중얼거리는 소리가 무엇을 의미하는 지 알 수 없었다. 행여 유년시절의 자존심으로 흔들릴 김개남이 아님을 녹두는 잘 알고 있었다.

결국 회의를 마치면서 김개남은 녹두의 얼굴을 바라보지도 않고, 녹두의 공식 호칭마저 던져버린 채, 그의 아호를 사용하며, 녹두와 스승 서장옥의 모든 요구를 한마디로 거절했다.

"명숙(明淑)이, 어서 가게!"

녹두는 서장옥에 이끌려 나오면서 김개남의 흥분과 반발을 도저히 이해할 수 없었다.

'본인이 그동안 그렇게 강력하게 요구하던 북상이 아니던가!'

김개남이 무엇 때문에 그렇게 자신과 농민군 전체가 결정한 북상에 합류할 수 없다는 것인지, 정확한 원인을 알지 못해 녹두는 더욱 답답하고 불안했다.

녹두는 지난 고부봉기 때에 생사를 넘나들며 함께 의기를 투합하던 그 감동의 순간들이 여전히 머릿속에 깊이 박혀 있었다. 봉기 전날 밤 김개남은 붉게 핏발이 선 두 눈을 부릅뜨고 마치 피를 토하듯 자신에게 한 마디 한 마디 내뱉은 말들이 너무나 또렷했다.

"이 땅 조선의 민중들, 삶의 터전과 준거를 빼앗긴 자들, 자신이 누구인지를 도무지 알 수도 없으며 윤리의 혼란 속에 방치된 된 사람들, 사회적으로, 정치적으로, 경제적으로 모든 곳에서 추방당한 비존재적인 존재들, 나라의 기억, 심지어 자신의 기억에서조차 추방당한 사람들, 아, 이들을 어찌하리……."

녹두 역시 그의 강렬한 고통을 뼛속 깊이 함께 전율하며, 그의 손을 잡고 화답했다.

"이 죽은 민중을 자신의 죽음으로 삼는 사람, 이 죽은 시대의 위기를 자신의 위기로 절절히 느끼고 있는 사람, 이 죽어버린 사회의 고통을 자신의 고통으로 만들어 오직 그 고통의 문제와 소통하려는 사람, 이 죽음과 위기와 고통을 과연 누가 소통하며, 누가 살려내겠습니까!"

그러자 김개남은 녹두의 어깨를 끌어안고 외쳤다. 그의 두 눈에서 별들이 쏟아지듯 영혼이 뛰쳐나와 녹두의 가슴을 뜨겁게 달구었다.

"그래, 명숙이, 꿈을 꾸어야겠지! 이 죽음의 땅을 살리려면 꿈을 꾸는 거야. 지금 이 땅의 문제는 무엇인가. 그것은 꿈을 잃어버린 것이겠지!"

녹두 역시 그의 가슴에 영혼을 박고 침을 튀며 고백했다.

"그렇습니다, 형님, 아무도 꿈꾸지 않는 이 땅, 혼돈이 혼돈을 낳고, 고통이 고통을 낳는 이 땅, 아무도 꿈꿀 수 없는 이 죽음 속에서 그 죽음을 뚫고 꿈을 꾸는 겁니다!"

그날 밤의 강렬한 다짐과 약속들이 어느 것도 붙잡을 수 없을 만큼 가벼워져 멀리 허공으로 흩어져 아무것도 보이지 않게 된 지금, 도대체 그 사이에 무슨 일이 있었던 것인지, 무엇이 두 사람을 그렇게 갈라놓았는지, 녹두는 도무지 감을 잡을 수가 없었다.

더욱이 서장옥은 전주로 돌아오는 길에 김개남의 돌발 행동에 대하여 녹두에게 이렇다 저렇다 아무 말도 하지 않았다. 단지 그의 단독행동을 묵인할 수밖에 없지 않느냐는 눈치였다.

'결국 우리 두 사람은 이렇게 아무런 합일점도 찾지 못하고, 각자의 방식대로 농민혁명을 수행할 수밖에 없다는 것인가!'

본격적인 농민군 전투가 시작되기 전 이미 호남에서 병력의 절반가까이를 지원받지 못한 채 북상해야 하는 녹두의 마음은 착잡하기 짝이 없었다.

음력 10월 23일, 농민군 10만 명은 드디어 이인(利仁)에 도착했다. 충청감영이 손을 뻗으면 곧 와 닿을 듯, 공주 남쪽 불과 12km 거리에 위치한 이인은 주변의 아홉 개 역(驛)을 관할하는 아주 번화한 교통의 요지였는데, 황산벌의 머리에 해당하는 곳으로서 군수품 보급과 군호전달이 매우 편리한 곳이라고 판단되어, 농민 주력군이 논산에 도착 후 설치한 전략 요충지였다.

농민군은 지난 3월과 4월에 있었던 무장봉기나 황토현전투 때와는 달리, 교주 최시형의 지시에 따라 많은 북접군이 합류함으로써 병력 규모가 대폭 늘어났기 때문에, 그동안의 모든 걱정과 불안을 떨쳐버리고 그 어느 때보다 혁명전쟁에 대한 사기가 고조된 상태였다.

특히 이번 농민군의 지도부에는 양반층과 이서층 출신이 상당히 포함되어 있는데, 북접의 손병희와 손천민이 바로 이서가문 출신(衙前)이고, 남접의 금구 원평의 김덕명, 장흥의 이방언을 비롯하여, 공주의 서병학, 임기준, 이유상, 오정선, 그리고 목천의 이희인 등이 유생이거나 양반층이다. 물론 농민군 대부분은 하부조직에 대거 들어온 민중들이 주력을 이루고 있는데, 이들은 대부분 빈농층과 농촌노동자, 도시의 잡역노동자나 실업자층 그리고 천민층이지만, 중농, 영세상인, 영세 수공업자층도 상당수 참여하고 있었다.

전국 각지에서 자발적으로 모여든 농민군은 그동안 훈련시간을 제외하면 언제나 스스럼없이 모여서 사회의 부조리, 조정을 겨냥한 고발, 그리고 성적으로 질펀한 농담 등을 하거나, 창가나 판소리를 부르고 곱사춤이나 배꼽춤을 추면서 흥을 돋우기도 했다. 이들의 느슨하고 자유로운 분위기가 자발적인 참여를 이끌어냈다.

"모여든다 모여든다, 여기저기서 모여든다,
남쪽에서 밀려오고 북쪽에서 몰려든다……."
"힘을모아 일어서서 천지개벽 하자꾸나,
후천개벽 후천개벽, 바뀐세상 이제온다."
"가보세 가보세, 을미적 을미적 하다가는, 병신되면 못가리."
"시호시호 시재시재, 지금이 곧 그때로다, 지금만이 기회로다."

"동학쟁이 되었다구, 이유여하 막론하고, 장작패듯 후려팬다."

"백골징포 황구첨정, 집태우고 처자잃고,

남편잃고 능욕당코, 에고에고 에고에고,

서러워서 못살겠네, 세상사람 하늘이다,

하늘같이 대접받는, 우리동학 펼쳐보세……."

물론 집단생활 속에서의 크고 작은 이해관계나 의견차이로 인한 갈등, 그리고 출신지역과 관련한 감정대립 등으로 인해 언제나 모임이 어수선하고 지도부를 긴장시켰다. 무엇보다 남접과 북접 사이의 눈에 보이지 않는 주도권 다툼으로 거친 사내들이 부닥칠 때마다 신경질적으로 으르렁거렸다. 녹두는 지도력이 다소 느슨할 수밖에 없는 민군(民軍)의 한계를 염려하면서도, 그나마 각 접주를 중심으로 통솔할 수 있음을 천만다행으로 생각했다.

그러나 서로를 알아가고 시간이 흐르면서 자발적으로 지역대표를 선발하여 씨름이나 윷놀이 등 각종 토속놀이로 흔쾌한 경쟁을 벌이기도 하고, 풍물패를 만들어 한마당을 벌이는 등, 서로의 시름과 고통을 어루만지면서 이내 스스럼없이 어우러졌다.

"아따 우리 동학이 좋은건디, 동학에는 반상의 구별이 없고 귀천의 차별도 없소. 시천주 조화정이라, 하날님을 제각기 내 몸에 모셨는데, 어느 한 생명인들 소홀함이 있을 수 있겠소……."

이따금은 수운이나 전봉준의 칼춤을 흉내 내며 피차에 사기를 북돋우기도 했다.

"청의장삼 용호장이 여차여차 우여차라
시호시호 이내시호 부재래지 시호로다
만세일지 장부로서 오만년지 시호로다
용천검 드는 칼을 아니 쓰고 무엇하리"

이들 가운데 자연스럽게 녹두 전봉준과 손병희는 총사령관이 되고, 각 지역의 접주와 대접주가 각각 대장과 총대장이 되어 단위부대를 지휘하는 체계를 이루었다.

녹두는 이인 도착 즉시 지도부와 함께 취병산에 올라 지도를 펼쳐놓고 각 대장들에게 공주의 자세한 지형지세를 소개하였다. 먼저 남쪽에서 육로를 통해 공주감영으로 향하는 길은 두 개의 고개를 통해야 하는데, 동쪽의 능티와 서쪽의 우금티가 있다는 것과, 능티 앞은 효포 벌판이고 능티에서 장기대 나루 쪽으로 뻗은 산이 봉화산과 소학산이며, 뒤쪽으로는 능암산이 있는데, 이들은 전략상 매우 중요한 요충지가 될 것이라고 했다. 그리고 농민군의 보급로를 원활하게 확보하기 위해서 삼남대로의 길을 반드시 확보하고 있어야 한다는 점을 강조했는데, 삼남대로는 김개남이 처음부터 강력히 반대하던 이동로였다.

녹두는 공주 지명을 자세히 소개한 뒤, 공주의 지형지세를 유심히 살펴보았다. 멀리 계룡산 줄기가 북으로 뻗다가 금강 물줄기를 맞아 마치 용이 온 몸을 펼쳐서 힘차게 비상하는 자세를 하고 있었다. 녹두의 두 눈에서 용 수십 마리가 불을 뿜듯 튀어나왔다.

계룡산 줄기를 좌우로 살피던 손병희는 충청감영이 있는 곳이 마치 닭의 벼슬과 같은 곳이고, 견준산을 비롯하여 좌우에 높이 솟아있는 봉우리가 닭의 눈과 부리처럼 아래를 조용히 내려다보고 있는 형세라고 했다. 손병희는 전쟁이 속히 끝나고, 질서가 회복된 공주 앞마당에 평온이 깃들기를 기원했다.

"이 한울의 터전이 훼손되지 말아야지… 그렇게 우리가 북상할 수 있기를!"

녹두를 뒤따라오던 공주 대접주 임기준(任基準)은 진을 펼친 이곳 취병산이 마치 사나운 장닭이 양 발톱을 날카롭게 치켜세우고 있는 모양이라며, 두 손을 들어 적군을 움켜쥐는 사나운 공격 자세를 보였다.

"이곳은 삼면이 산으로 둘러싸여있고 북으로만 열려있는 배수진의 형세이기 때문에, 살아남기 위해서라도 필사적으로 전투해야 할 것입니다."

호남 농민군이 속히 북상하기만을 고대했던 임기준의 한 마디에 모든 대장들은 고개를 끄덕였다. 그러자 손천민은 손병희를 바라보며 고개를 흔들었다. 녹두가 미소를 지었다.

'부리와 발톱의 대결!'

'과연 이 싸움의 결말이 어떻게 될 것인가!'

녹두는 좌우로 빗살처럼 흐르고 있는 산맥줄기를 좌우로 가리키며, 공주전체를 농민군으로 둘러쌀 것이라고 말했다.

녹두는 공주 전투에 있어서 지형과 지세에 대한 이해가 매우 중요하다는 점을 역설했다. 공주의 특이한 구조를 이해하지 못한다면 결코 전투에서 이길 수 없기 때문이라고. 그래서 김개남은 공주가 '독(毒)이 든 보약'이라며, 굳이 불리해질 수도 있는 공주감영을 건드리지 말고, 수도권 방향으로 동북쪽의 청주 길을 택할 것을 강력하게 주장했다. 결국 진로의 문제는 끝내 해결되지 못하고 농민군이 분열되는 결과를 가져왔다.

녹두는 김개남이 왜 그렇게 청주 방향을 고집하는지, 여전히 그 이유를 알 수 없다고 생각했다. 어느 방향이 되었든 사실 그 문제가 그렇게 농민군의 분열로 이어질 만큼 큰 문제는 아니라고 생각했다. 일부 대장들은 공주나 청주 자체가 김개남에게 문제의 본질이 아닐 것이라는 알 수 없는 말을 하며 빙그레 웃었다. 그러나 대다수의 대장들은 한결같이 공주방향을 선호했다. 굳이 충청감영을 피해갈 이유가 없다는 것이었다.

지형지세에 대한 작전을 설명하면서, 녹두는 자신들이 왜 굳이 공주 쪽을 선택했는지 그 전략의 핵심을 다시 한 번 강조했다.

"공주는 동학의 씨앗이 발아할 때부터 그 어느 곳보다 새 세상에 대한 의기가 더욱 강력하게 무르익었던 옥토가 아닙니까!

태풍이 북상하며 주위의 무더운 수증기를 빨아들여 더 강력해지듯, 우리 농민군은 공주 부민과 호서의 혁명열기를 그대로 흡입함으로써, 수도권 공략을 위한 가장 강력한 힘과 에너지를 얻게 될 것입니다. 특히 서울과 경기지역의 상황은 호남과 많이 다르기 때문에, 호남에서 곧바로 북진하는 것은 매우 위험합니다. 반드시 호서지역의 지원을 얻고 그 과정에서 경상과 나아가 강원지역의 도움을 자연스럽게 받게 될 것입니다. 물론 얻는 만큼 잃을 위험성도 있다는 사실을 우리는 충분히 인식하고 있습니다. 그러나 위험을 잘 통과함으로서 우리의 모습은 더욱 강해질 것입니다."

녹두는 해월의 희로애락이 얽혀있는 공주의 정주봉, 구절산 너머의 견준산과 오른쪽의 능암산 자락을 아득히 바라보았다. 충청감영 공략의 성공여부는 동학농민혁명군이 군사와 정치와 사회 등 모든 면에서 과연 서울과 경기지역을 공격할 수 있는 충분한 전투능력을 갖추었는지, 사전에 검증하는 모의시험이 될 것이며, 그래서 전주성 공격 때와도 많이 다를 것이라고 생각했다.

멀리 서북쪽하늘의 석양을 타고 있는 커다란 먹구름이 해월의 목에 달라붙어 검붉은 피를 빨며 이끌고 가듯 골짜기로 서둘러 내려가고 있었다.

녹두는 자신의 목덜미를 만지며, 김개남의 경고가 파도처럼 몰려오는 것을 느꼈다.

'김개남의 말처럼 이곳이 우리 농민군의 북망산 무덤이 될 수도

있다!'

온 몸에 소름이 돋았다. 녹두는 눈을 감고 숨을 크게 들이마셨다.

김개남의 얼굴모양을 한 석양의 검붉은 버섯구름이 녹두의 목덜미를 휘어감은 채 우금티 골짜기로 쏟아져 내려갔다.

3

　공주지역에서 참여한 농민군은 총 6천 명이 넘을 만큼 전체 농민군 병력에서도 상당부분을 차지하고 있었다. 특히 임기준, 이유상, 오정선이 이끌고 있는 공주 농민군은 사실상 서장옥 휘하의 충청 연합군 가운데 주력부대를 형성하고 있었다.

　무엇보다 녹두는 북진과정에서 남북접 계파 사이의 노선과 이념 갈등이 불거지고 녹두의 지도력이 공격받을 때마다 공주 농민군이 나서서 양측을 달래고 통합할 수 있도록 매우 중요한 가교역할을 해주었다고 판단하고 있었다.

　그래서 녹두는 전주에서 북진방향을 두고 김개남과 한창 논쟁 중이던 어느 날 새벽 꿈속에 수운선생이 나타나 공주 감영에 앉아서 자신을 손짓하며 부르는 모습을 보고, 결국 공주가 자신을 원한다고 결론지었던 것이다.

물론 공주를 비롯한 북접의 동학 농민군이 매우 위급한 시기에 기꺼이 남접과 연합의 손을 잡은 것은 그동안 녹두가 해월과 손천민 등 동학교단 지도자들을 끈질기게 설득한 결과였다. 비록 늦은 감이 없지는 않지만, 9월 18일 해월이 모든 동학교도들에게 재기포의 대의를 설명하고 기포를 촉구한 총동원령을 내려 주었던 것이다.

사실 그날 녹두는 가슴을 쓸어내렸다.

녹두는 그 동안 교단이나 북접의 눈치를 볼 필요 없이 즉시 북상을 주장하던 김개남을 계속 달래는 입장이었기 때문이었다. 당시 김개남은 남원에서 이미 7만이라는 병력을 대기시키고 녹두에게 계속 북상을 압박하고 있었다.

그리고 비록 늦은 감이 없지 않지만 다행히 10월 중순에는 손병희가 이끄는 북접 농민군과 논산 소토산 근처에서 합류하여 녹두는 대규모의 남북접 연합부대를 형성하게 되었다. 예정보다 1개월 정도 지체되어 겨울전투에 대한 커다란 걱정과 과제들이 생긴 것은 분명하지만, 그래도 남북접 농민군이 함께 서울을 향해 진격하게 되었다는 사실은 마치 농민혁명의 8부 능선을 넘은 것처럼 엄청난 성과였다고 모두 입을 모았다.

그러나 남원의 김개남 부대는 녹두의 북상대열에 끝내 합류하지 않았다. 충청감영을 지나친다는 것이었다. 그 때문에 녹두 자신뿐만 아니라 전체 농민군과 대장들의 마음은 여전히 매우 무거워 보였다.

일본은 이성을 잃은 숭냥이처럼 무지, 무능에 빠진 조선조정을 사정없이 유린했다. 고종에게 여러 차례 험악한 짓을 했다는 각종 설이 분분한 가운데, 경복궁을 무력으로 점령하는 과정을 녹두와 동시에 전해들은 김개남은 며칠 동안 잠을 이루지 못하고 마치 실성한 사람처럼 흥분하며 날뛰었다.

그리고 그 비난의 화살은 당연히 녹두에게 쏟아졌다. 특히 김개남은 일본에 대하여 지나친 신중론과 낙관론으로 시기를 놓치고 판단을 그르쳤다고 녹두를 거세게 몰아붙였다. 마리 역시 그동안 동일한 주장을 하면서 결과적으로 김개남의 주장에 힘을 실어주고 있었다. 녹두는 할 말이 없었다.

사실 녹두는 청일전쟁이 마무리된 8월 하순까지도 정국의 추이를 좀 더 관망해야 한다고 계속 신중론을 피력했다. 여러 가지 상황이 아직 북진을 서두르기에는 무리라고 판단했다. 그러나 김개남과 지역 농민군 대장들은 녹두의 해산 권고에 강력히 반발하면서, 25일경 남원에서 전라좌도의 동학농민군 7만여 명을 집합시켰다. 지금 북상하지 않으면 결국 농민혁명의 시기를 놓치게 될 것이라고 녹두를 거세게 압박했다. 김개남은 이미 독자행동을 시작하고 있었다.

김개남의 성격과 남원 농민군 대장들의 속성을 그 동안 가까이 지켜보았던 마리 역시 녹두 가까이에서 그에게 시시각각 긴박한 정보들을 계속 전해주었다. 남원 쪽 사태가 그의 생각보다 훨씬 더 심각하다는 것이다. 마리는 남원에서 김개남 및 그의 최측근들과 함께 가까이 지낸 적이 있었기 때문에 누구보다 남원 쪽의 소식을 자세히 듣고 있었다.

마리는 삼십대라는 나이가 믿기지 않을 정도로 신비스럽고 고상한 외모를 가진 매우 아름다운 여성이었다. 하얗고 갸름한 얼굴에 하늘에서 별이 내려와 박힌 것처럼 투명하고 반짝이는 눈망울을 가진 마리는 여성적인 몸의 곡선이 돋보이는 옷을 주로 입고 머리는 짧고 귀엽게 자르고 다듬은 서구식 스타일을 하고 다니기 때문에 언제나 많은 대장들의 선망의 대상이 되었다.

특히 우수에 잠긴 듯하면서도 단호하고 흔들리지 않는 그녀의 강렬한 시선은 다양한 남성들의 호기심을 자극할 만큼 독특한 호소력과 흡인력을 가지고 있었다. 물론 그녀의 과거에 대하여 아는 농민군들은 거의 없었다.

무엇보다 매우 복잡하고 혼란스런 상황을 헤쳐 나가야 하는 농민혁명 지도자로서 녹두는 짧은 기간 내에 마리의 현명한 지혜와 정확한 판단에 상당한 신뢰감을 보이고 있었다. 심지어 그의 최측근인 손화중, 최경선, 김덕명보다 더 폭넓고 예리한 상황분석을 해준다고 대장들 사이에서 이미 정평이 날 정도였다.

특히 일본의 경복궁 점령 사건에 대한 마리의 신속한 정보 파악과 정확한 분석은 지지부진하던 농민군의 북상을 독려하는 결정적인 자극제가 되었다. 그 일로 인해서 마리는 녹두의 절대적인 신뢰를 얻게 되었다. 마리는 가장 필요한 시기에 러시아 공사관의 옛 친구로부터 적절한 도움을 얻어낼 수 있었던 것이다.

　지난 전주성 함락 이후 집강소 시행과정에서 김개남 진영의 대원으로 처음 나타나 녹두를 알게 되었던 마리는 호남 집강소 활동의 협상과정에서 녹두와 급격히 가까워지고 서로 호감을 가지게 되었다. 물론 마리가 왜 김개남 진영에서 녹두 쪽으로 넘어오게 되었는지, 특히 김개남을 떠나게 된 이유가 무엇인지, 그 자세한 내막에 대해서는 그의 측근들조차도 잘 알지 못했고, 마리 때문에 김개남이 실성을 했다는 등, 여러 가지 소문과 추측만 무성했다. 이미 남원 농민군들 사이에서는 김개남 대장과 깊은 사이로 많이 알려졌지만, 어느 순간 마리가 녹두 진영에 자연스럽게 출입을 할 때까지도 대장들은 그녀를 잘 알지 못하고 있었다. 그러나 마리는 행동이 매우 민첩하고 판단이 빨라, 수시로 서울 쪽의 지인들을 통하여 최근 동향과 중요한 외교적 첩보를 녹두에게 전해주면서, 대장들도 마리를 농민군 대장회의에 참석시킬 만큼 그녀의 존재를 인정하기 시작했다.

　특히 마리가 녹두에게, 신중한 것도 좋지만 8월 이후 정국의 추이를 정확하게 판단하지 않으면 큰 낭패가 올 수 있다고 녹두에게 여러 차례 주문했던 것으로 알려졌다. 무엇보다 마리는 녹두진영에 합류한 이후에도 그가 상당히 부담스러워할 정도로 김개남의 가치와 위상을 녹두에게 각인시키려고 남다른 노력을 기울였다. 김개남을 잃으면 농민군 전력의 절반을 잃게 되는 것이므로, 어떤 대가를 치루더라도 반드시 함께 북상을 도모할 것을 부탁했다. 그러한 부탁 때문에 녹두는 마리가 자신의 진영에 속해있으면서도 여전히 김개남 대장을 잊지 못한 채 여전히 그를 매우 신뢰하고 있다고 생각했다.

심지어 마리는 녹두가 주장하는 공주감영 점령후의 북상보다는 김개남이 제안한 청주 직진이 더 낫지 않겠느냐고 여러 차례 녹두를 설득했던 것으로 알려졌다. 그녀의 주장은 시간이 매우 중요하기 때문이라는 것이었다.

그런데 마리가 녹두 앞에서 김개남과 관련된 사안을 말할 때는 여리고 부드럽던 여성의 모습은 온데간데없고 마치 투사처럼 전혀 뜻밖의 불같은 성격을 드러내며 직설적이고 단호하게 말하는 것으로 알려졌다. 그럴 때마다 녹두는 마리가 혹시 김개남 부대의 첩자나 끄나풀이 아닌가, 의심이 들 정도로 마리가 왜 그렇게 김개남 대장을 옹호하는지 이해할 수 없었다.

북상 중에 희소식이 날아왔다.

공주 공격에 호응하여 공주 유구에서 오정선과 최한규 등 27인이 지휘하는 충경포 약 5천명이 집결 중이었고, 목천 세성산에는 김복용, 이희인의 농민군이 주둔하여 싸우고 있었으며, 홍성 예산 등 내포 일대의 농민군들도 기포를 준비하고 있다는 것이다. 특히 이들 충청지역 농민군의 봉기는 일본군과 관군의 활동에 큰 장애 요인으로 작용하여, 초기 일본군과 관군의 공주 집결에 어려움을 주고 있었던 것이다.

그런데 좋지 않은 소식도 어깨동무하듯 함께 따라 들어왔다.

일본군과 관군 연합부대가, 동학농민군이 공주에 입성하기 이미 며칠 전 10월 20일, 수많은 보급품을 싣고 금강을 건너 공주에 먼저 진을 쳤다는 것이다. 이들 연합부대는 이규태, 이두황 등이 3천여 명의 관군을, 그리고 스즈키 소위는 수백 명의 일본군을 이끌고 먼저 들어와 농민군을 기다리고 있었던 것이다.

논산에 대도소를 설치하고 북상을 준비하던 농민군은 한 발 늦었다는 탄식소리가 자자했다. 더 이상 김개남의 움직임에 신경 쓰거나 다른 여유를 부릴 상황이 아니라고 아우성이었다. 특히 손천민을 비롯한 일부 북접 농민군 대장들은 사태가 이미 김개남 대장의 예언대로 엉뚱한 방향으로 흘러가고 있다고 깊은 탄식과 우려를 표명했다.

그러자 전체 농민군의 사기가 크게 출렁이기 시작했다. 당초 공주에 먼저 입성하여 전투태세를 갖추려던 농민군의 계획은 이미 전술에 있어서나 전략상으로 엄청난 실기(失期)를 했다는 강력한 비판이 쏟아져 나왔다.

녹두는 아무 말이 없었다. 마리는 녹두의 공주 전략이 일본군의 공주 선점에 따라 사실상 그 지형적 매력을 완전히 상실했다고 보았다. 공격자로서 부담만 떠안게 된 것이라고. 공주는 북쪽에서의 공격을 막아내는 최상의 수비형 지세를 가지고 있었기 때문이었다. 사태의 심각성을 우려한 녹두와 농민군 지도부는 즉시 논산에서 경천으로 도소를 옮기기로 결정하고 공주-수원-서울로 북상하는 진군을 시작했다. 마리는 김개남을 아쉬워하며 한숨을 내쉬었다.

그즈음 북접의 영동옥천부대가 금강의 지류인 대교에서 일본군에게 크게 밀리고 있었고, 바로 엊그제 21일 천안 목천의 세성산에 주둔하던 김복용이 이끌던 충청도의 농민군이 일본군과 죽산부사 이두황군의 무지막지한 대포와 회선포 공격에 견디지 못하고 수백 명의 사망자를 내고 대패하고 말았다. 마리는 천안 농민군의 첫 패배소식과 더불어, 얼마 전 녹두가 공주감영에서 손짓하는 수운을 보았다는 꿈 내용을 매우 불길한 징조라고 생각했다.

특히 세성산 전투는 녹두가 직접 지휘하거나 관여한 전투는 아니었지만 충청지역 농민군들의 첫 전투였다는 점에서 그 미치는 여파가 결코 작지 않았다. 막 상승하려던 충청지역 농민군의 사기가 갑작스럽게 위축된 것은 물론 녹두가 이끄는 남북접 농민군 연합부대의 전투력에 대한 향후 전망에 커다란 먹구름이 드리우기 시작했다.

녹두는 크게 낙담하는 눈치였다. 공주를 점령하고 천안으로 진격하여 세성산을 거점으로 경기지역과 서울 주변을 도모하려던 계획이 수포로 돌아가 버린 것이다. 천안, 목천 지역의 지원을 기대할 수 없게 된 것은 물론, 무엇보다 당초 예상보다 빨리 일본 연합군의 공주 집결로가 뚫림으로서 공주의 농민군 주력부대는 그 전력이 상당히 분산될 수밖에 없는 상황이었다.

'공주가 과연 보약이 아니라 독약이 되는 것인가!'

충청지역의 전략판도가 급격히 뒤틀어지자, 녹두는 매우 당혹스러워했다. 김개남은 여전히 전주에 머물면서 꼼짝을 하지 않고 있었다.

충청지역의 전투력 집중에 큰 차질이 생기기는 했지만 남접 대장 전봉준과 북접 대장 손병희는 의형제를 맺으면서, 손천민, 송희옥, 유한필, 이방언, 서병학, 이유상, 임기준 등과 더불어 마침내 10월 23일부터 남북접 농민군은 만반의 준비를 끝내고 공주 남쪽 이인에서 일본군 연합부대와 대접전을 벌이기에 이르렀다. 손병희는 개인적으로 과격한 김개남보다는 좀 더 합리적인 녹두를 더 선호하는 입장에 있었기 때문에 녹두와의 의견조율은 생각보다 쉽게 마무리되었던 것이다. 김개남은 북접 농민군이 허허실실이라며 그들의 전투력 가치를 크게 인정하지 않고 있었다.

해가 어느덧 구절산 자락에 걸터앉아 있다.

녹두는 처음부터 이인을 장악하여 모든 요새마다 수풀처럼 깃발을 꽂아놓고 전체를 농민군이 꽉 차 보이도록 했다. 녹두는 구절산 남쪽 기슭에 위치한 이인의 남월에 공주를 총 공격하기 위한 전방사령부를 설치하고, 이인과 더불어 북쪽 효포의 능티 쪽으로 농민군을 진격시킬 준비를 마쳤다.

김개남이 공주를 반대한 이유 중에는 공주전투가 서울 경기 이남에서 불필요하게 일본군에게 무장을 준비할 충분한 시간적 여유를 벌어주기 때문이라는 것이었다. 녹두역시 지금 그것 때문에 크게 신경이 쓰이는 이유는, 일본군이 먼저 공주에 들어와 있는 이상, 김개남의 말대로 사태가 전개될 가능성이 크다고 보기 때문이었다.

23일 이른 새벽, 농민군이 공주에 도착하고 있다는 소식을 들은 박제순은 날이 밝게 개자 관군을 나누어, 참모관 구완희는 순병(충청감영의 군대) 4개 분대를, 성하영은 경리병 1개 소대를, 일본군 스즈키 소위는 일본군을 통솔하여, 모두 5백여 명이 함께 이인의 주봉리로 내려가게 하였다. 이들은 특히 농민군의 움직임과 동태를 파악하고, 녹두의 중군이 우금티 쪽으로 향하는 진로를 집중적으로 차단하기 위해 매복했다. 녹두는 그 움직임들을 자세히 주시하고 있었다.

박제순은 관군과 일본 연합군이 농민군 진영에 똑같이 일대일로 대항하여 진을 치도록 하여, 제1진은 효포 능티에, 제2진은 이인역 부근에, 그리고 제3진은 금강나루와 공주감영 아래에 각각 배치 완료하였다.

그러나 예상을 훨씬 뛰어넘는 농민군 숫자에 겁에 질린 박제순은 농민군이 공주에 도착하자마자 총동원령을 내려 공주 부민들을 모두 공산성으로 몰아넣었다. 그리고 부민들을 모두 성벽위에 세워 농민군이 공격하지 못하도록 인간 방어막으로 삼았다. 박제순은, 비가 내리고 찬바람이 부는 을씨년스런 날씨 가운데, 전주성처럼 공주도 곧 농민군의 손에 떨어질 것이라는 불안이 극에 달했다.

녹두는 경천의 중군에 함께 진을 치고 대기하고 있었는데, 박제순은 아전들을 이끌고 산성 안에 들어가 숨었다. 그는 감영을 비워둔 채 대포를 사방에 매설해 놓고 농민군이 들어오기만을 기다리고 있었다. 녹두는 함정을 만들고 매복해 있는 박제순의 공주가 김개남의 닫힌 마음을 열기보다 더 어렵지는 않을 것이라고 생각했다.

녹두는 공산성을 공략할 여러 가지 방법을 찾았지만, 공주 부민들의 목숨을 담보로 방어 작전을 펴고 있는 관군을 쉽게 공격할 수가 없었다. 민중의 생존과 안위보다는 자신들의 부당한 이권을 지키기 위해 혈안이 되어있는 조선 조정의 불행한 한 단면이었다.

공주는 사내들의 혈전을 기다리며 긴장하고 있었다.

4

'궁궁을을'(弓弓乙乙)! '궁궁을을'(弓弓乙乙)! '시천주 조화정 영세불망 만사지!'

골짜기마다 서로 부르며 메아리치는 고함과 주문 소리는 관군과 일본군에게 엄청난 위협이 되었다. 농민군은 이인으로 내려오는 관군과 일본군 연합부대를 주시하면서, 우선 자신들의 드높은 사기와 수적 우세를 알리기 위해, 수많은 깃발들을 높이 쳐들고 산마다 수풀처럼 가득하게 줄을 지어 장벽을 형성하고, 함성을 지르며 주문을 외쳤다.

관군 연합부대는 완전히 기가 눌려 공주 전체가 농민군에게 포위된 것처럼 보였다.

'궁궁을을!' '시호시호, 시재시재!' '시천주 조화정 영세불망 만사

지!'

내 안에 하날님을 모시면, 인간이 이 세상에서 영원히 하날님의 뜻을 이루며 살아갈 수 있다는 외침이요, 지금이 바로 그때라는 선언이었다. 그것은 후천개벽의 혁명구호로서, 민중들이 한마음이 되어 하날님의 뜻을 지금 이 땅에서 이루어보자, 라는 다짐이며, 약자들이 힘을 모아 악의 세력을 물리치자, 라고 간청하는 기도이자 스스로를 다짐하는 외침이었다.

이곳저곳에서 울려 퍼지는 함성과 주문은 이인 벌판에 진을 치고 있던 관군들은 물론 우금티를 넘어 감영을 지키던 군사들의 마음까지 뒤흔들었다.

관군과 일본군 연합부대는 일시에 농민군을 끌어들여 한꺼번에 모두 격파할 작전을 세우고 잠시 후퇴하는 듯한 유인책을 쓰기로 했다. 그래서 성하영의 경리청군은 구절산의 남쪽 기슭을 에워싸고 대포와 총을 쏘면서 고함을 지르고 농민군의 전방을 두드려 유혹하고, 그 사이에 스즈키 소위가 이끄는 일본군은 북쪽 방향으로 돌아 구절산에 올라 나무 뒤에 몸을 숨기면서 대포를 쏘고 사격을 하면서 서로 외쳤다.

그러나 농민군은 계속해서 대포를 쏘고 저항하며 공세를 늦추지 않았다. 일본군은 농민군이 숨은 취병산에 불을 질렀다. 추위가 몰려오고 점차 날이 저물어 가면서 일본군과 관군은 농민군들의 끈질긴 공세에 겁에 질린 듯 감영의 신호를 따라 급히 후퇴하였다. 금강

나루와 공주산성 모퉁이를 지키던 백낙완 부대 역시 더 이상 버티지 못하고 급히 철수하였다. 그날 밤 농민군은 계속해서 대포를 울렸는데 그 소리가 마치 공주들판에 울려 퍼지는 천둥소리와 같았다.

첫날의 이인 전투에서 농민군은 전력에 큰 손실 없이 관군 연합군에게 1백 20여명의 전사자와 3백여 명의 부상자를 내는 피해를 입혔고, 무엇보다 관군과 일본군 연합부대를 감영까지 후퇴시킨 짜릿한 승리를 맛보았다. 물론 작은 승리였지만 농민군은 첫 공주전투에서 값진 승리를 함으로써, 화력을 일부 보강할 수 있었고 사기는 더없이 높아졌다.

다음날 24일 아침, 봉수대에 연기가 오르자 성하영 부대가 효포 뒤 마루턱으로 올라가 높은 봉우리에 나누어 진을 치면서 산 아래를 향하여 일제히 사격해왔다. 엄청난 수의 농민군이 몰려가면서 효포 들판은 마치 끝없이 펼쳐진 갈대숲처럼 보였다. 궁궁을을, 시천주고아정, 사인여천 등의 구호를 외치며 몰려갔다. 시화산 앞쪽에 늘어선 금강 쪽 공주방향의 능티, 성화산, 소학산 등의 능선과 높은 봉우리를 중심으로 남북 20리에 낮에는 농민군이 꽂아놓은 깃발이, 밤에는 횃불이 줄을 이어 수십리를 비추었다. 녹두는 산길 사십 리에 사람 병풍을 두른 것처럼 농민군으로 포위하도록 했고, 총과 창이 숲을 이루고 깃발은 능티부터 금강의 너른 들판을 뒤덮으며 공격을 주도했다.

일본군이 지키던 능티와 농민군이 유진하던 시화산 앞쪽의 승화산에서 양측의 총격전이 하루 종일 계속되었다. 농민군은 비처럼 쏟아지는 사격에 공격이 잠시 중단되고 기세가 조금 꺾여 앞으로 조금 전진하다가 다시 퇴각하기를 반복했다.

마리는 능티를 밀고 올라갈 순간 돌파력이 부족하다고 판단하며, 호남으로 돌아간 손화중, 김덕명의 주력부대와 김개남 부대를 생각했다. 엄청난 병력 숫자에 기가 눌려있음에도 관군과 일본군 연합부대는 여전히 퇴각하지 않았다. 마리는 들판에서의 싸움이 녹두 자신의 예측대로 농민군에게 절대적으로 불리하다고 생각했다. 그런데도 계속 효포 쪽 들판에서 큰 희생을 치루며 무모한 전투를 벌이는 녹두의 작전을 이해할 수 없었다.

오후 6시경까지 양측에서 총격과 포사격이 계속되었고, 들판은 온통 연기로 가득하며 초겨울 차가운 비마저 뿌리고 있었다. 구름이 덮인 하늘마저 이미 어두워지기 시작하여 양측은 자기 자리를 서로 지키기만 할뿐 아무런 결판을 내지 못하고 소강상태로 접어들었다. 다시 힘을 내자며 구호를 외치던 농민군들은 남북접의 구호문제로 언쟁을 벌이기도 했다. 농민군은 이날 성하영의 관군을 무려 10여 시간 공격하였으나 결국 능티를 넘지는 못하였다. 관군처럼 제대로 보급을 받지 못하고 있던 상당수의 농민들은 추위와 배고픔 속에 사기가 급격히 저하되었으며, 이날 장시간의 전투로 많은 사상자가 발생했다.

마리는 이날 아무 말이 없었다. 하루 종일 밀고 밀리는 공방전을 계속하는 농민군을 바라보며, 능티의 양쪽 기슭을 강력한 김개남 부대가 돌파했더라면 넘어갈 수 있었을 텐데, 라는 생각을 하고 있었다.

김개남은 전주에서 드디어 움직이기 시작했다. 그러나 매우 느린 속도로 북상을 하고 있었다.

26일 능티 전투는 계속되었다. 이른 아침 녹두가 붉은색 장막을 친 큰 가마에 올라타고 주위에 오색기를 펄럭이며 나팔을 부는 독전대와 함께 남쪽 길을 따라 효포 큰길로 곧장 올라가자, 이를 신호로 농민군 주력부대가 일제히 능티를 향해 밀물처럼 진격하였다. 그 모습은 마치 거대한 바다 물결이 한꺼번에 밀물처럼 몰려 넘치는 것 같았다. 이날 새벽 모리오 대위가 이끄는 일본군이 지원 병력과 함께 능티에 올라갔고, 장기면 대교에서 옥천과 영동 농민군 5천명을 격파한 홍운섭 군도 능티로 모여들었다.

일본군과 관군이 동시에 사격을 가하기 시작하여 기관총과 대포 소리가 산골짜기마다 쩌렁쩌렁 울렸고, 농민군역시 모든 대포를 열어 다시 포격을 집중하며 치열한 혈전을 벌였다. 전투가 시작된 지 몇 시간이 지나자 농민군 사상자가 심히 많아져 녹두는 전세가 이미 기울었다고 판단하여 전군의 퇴각을 명령하였다. 농민군은 부상자를 수습하여 구월산 들판으로 물러났다가 일본군과 관군의 막강한 화력에 완전히 사기가 꺾여 다시 경천점까지 물러나지 않을 수 없었다.

그런데 퇴각하는 와중에도 농민군 구호 문제로 남북접 대장들 사이에 다시 불쾌한 언쟁이 오고갔다. 손천민을 비롯한 일부 북접 대장들이 구호문제를 둘러싼 남접 농민군들의 무시발언에 강력하게 이의를 제기하며 따지고 든 것이다.

경천 등잔골의 괘등산으로 후퇴한 농민군은 사실상 무기와 전술면에서 절대적 열세로 전투 중에 상당한 희생을 입었다. 관군과 일본군 연합부대에도 적지 않은 사상자가 발생했다. 그러나 대장들은 3일 밤낮을 버티며 싸운 결과 나름대로 관군에 큰 타격을 입히는 등, 적지 않은 성과를 거두었다고 자평했다. 특히 능티의 총대장이었던 송희옥은 오히려 농민군이 전반적인 전투의 분위기를 주도하고 있다고 했다.

그러나 마리는 아군보다 적군의 사상자가 훨씬 많다는 점을 인정하면서도, 공격자인 아군이 지리멸렬하여 결정적인 한방을 쓰지 못하고 결국 물러날 수밖에 없었던 전투였다고 혹평했다. 마리는 공주전투가 예행연습이 아니라고 했다. 특히 공주전투에서의 한 순간순간은 충청을 넘어 곧 조선전체 민중들의 사기에 미칠 영향이 매우 크기 때문이었다. 그런 차원에서 충청에서의 녹두의 지도력은 엄청난 시험대에 오른 것이라고 보았다.

마리는 녹두가 스스로 장렬한 전사를 의도하지 않는 바에는, 그렇게 공개된 공격로는 너무 무모하고 위험하다고 생각했다. 녹두는 황토현전투 때와 같이 야간 기습에 의한 전투를 생각했지만, 이미 생포된 농민군들이 많아 보안을 유지하며 야간에 일사분란하게 움직이는 것이 불가능하다고 판단했다.

마리는 순간돌파에 강력한 힘을 가진 김개남부대를 다시 생각하며 녹두의 오른팔이 되지 못한 것을 대단히 아쉬워했다. 물론 한 울

안에 두 마리 용이 함께 동거하는 일이 가능하지는 않았겠지만, 그를 얻고 그와 함께 움직이는 것이 최고의 전술, 전략이 되었어야 하지 않을까, 생각하며, 특히 그의 수하 장수들은 목표에 대한 돌파력이 가공할만한 것이어서 더더욱 아쉬움이 컸다. 그래서 마리는 이번 전투가 농민군의 실제 당면과제가 무엇인지 크게 드러난 전투였다고 보았던 것이다.

마리는 녹두가 김개남을 잃을 만큼 그의 반대를 무릅쓰고 굳이 우금티를 단일 목표로 고집하는 이유를 의아하게 생각했다. 농민군이 비록 수적으로는 월등하지만 객관적인 화력과 전투력은 물론 공주의 지형지물 활용 면에 있어서 결코 승리를 확신할 수 없었기 때문이었다. 그래서 마리는 김개남의 예견대로 공주가 독약이 될 수도 있다고 생각했다.

'독약을 보약으로 만들려면 그만큼 치밀한 진단과 정확한 처방이 필요할 것이다!'

그러나 마리는 현 상황이 이미 보약을 만들기에는 역부족이라고 보았다. 이미 독의 상처가 심각하게 나타났다고 생각했다. 녹두가 이 점을 인식하고 있을 것이라고 생각하면서도 불안했다.

'결코 양보할 수 없는 남자로서의 자존심일까?'

'농민군 전력의 절반 이상을 잃어도 좋을 만큼 그렇게 중요한 어떤 이유가 있는 것일까? 무슨 계산을 하고 있는 것일까?'

마리는 도무지 녹두를 이해할 수 없었지만 묻지는 않았다.

녹두역시 이번 전투가 본격적인 일본군 진압부대와 대항하면서, 농민군 스스로 알지 못했던 여러 가지 취약점들이 적나라하게 드러난 최초의 전투였다고 생각했다. 어찌 보면 혁명에 대한 의기만이 충천되어 있을 뿐, 절대적인 화력의 열세와 더불어 아무런 군사훈련을 받아본 적이 없는 농민군은 전문적으로 훈련된 일본군 진압부대 앞에서 말 그대로 속수무책의 오합지졸이었던 것이다.

그리고 농민군을 가장 힘들게 만드는 것은 추위와 배고픔이었다. 특히 비와 눈발이 흩날리는 초겨울의 산악 날씨에 헤진 짚신과 무명 적삼 하나만 달랑 걸친 대다수 농민군들의 복장은 표현할 수 없을 만큼 비참해 보였다. 관군과 일본군 연합부대와 달리 지역관리들에게 공식적으로 아무런 보급을 요청할 수 없는 상황에서, 시간을 끌수록 농민군이 불리할 수밖에 없기 때문에, 처음부터 단기전으로 승부를 걸어야 했던 이유가 뼈저리게 와 닿았다. 김개남의 끊임없는 요구가 이토록 절실하게 확인된 것이다.

녹두는 자신이 왜 그렇게 김개남의 청주를 받아들일 수 없었는지, 그리고 마리의 의견마저 외면한 채 왜 그렇게 오로지 공주만이 옳다고 주장하며 그것이 마치 북상에 있어서 절대 진리인 것처럼 고집을 했었는지, 스스로에게 자문자답하며 순간 두렵고 부끄러운 생각마저 들었다.

그런데 녹두에게 그보다 더 두려운 사실은, 남접과 북접 사이의 종교적, 정치적 인식에 따른 온도 차이가 항상 작은 문제를 큰 사건으로 비화시키며, 두 진영사이의 갈등이 언제든 폭발할 위험성을 내재하고 있다는 점이었다. 이러한 남북접 사이의 이질적 성향 때문에, 김개남은 처음부터 남북접 연합이 서울로의 북상과 농민혁명에 큰 도움이 되지 않을뿐더러, 오히려 걸림돌이 될 수 있다고 성토하며, 신속한 북상과 공주 우회를 강력하게 주장했다. 이러한 김개남의 주장이 말 그대로 현실로 나타나는 것 같아, 녹두는 매순간 아찔한 생각이 들었다.

'대장들은 내가 옳기 때문에 공주를 선택한 것인가, 아니면 내가 주장했기 때문에 어쩔 수 없이 공주를 택한 것인가, 김개남을 포기하면서까지!'

공주가 고향이었던 마리는 이러한 사실을 충분히 알고 있었다는 눈치였다. 그러면서도 마리역시 공개적으로 그 점을 언급하지는 않았다. 남원에서 올라온 지가 얼마 되지 않아 대부분의 남북접 대장들과 친숙하지 못하기 때문이기도 하고, 여전히 살얼음인 녹두의 지도력이 손상될 여지가 있다고 생각하여 마리는 침묵했다. 그러나 마리는 사태가 더 이상 돌이킬 수 없을 만큼 악화된 것은 아니라고 생각하고 있었다.

녹두는 마리의 눈을 피하면서 입을 계속 닫고 있었다. 그리고 이번 전투과정에서 드러난 자신의 공주 전략을 어떻게 보고 있는지, 매우 궁금하게 생각하고 있었다. 사실상 이렇다 할 전과를 만들지 못한 녹두와 지도부는 이인과 경천에서 전열의 재정비에 들어갔다.

녹두는 3일간의 이인전투 상황을 종합적으로 점검하였다. 손병희는 금강나루 쪽에서 농민군 십여 명이 백영완의 관군들에게 나포되어 간 것과, 적어도 수백 명의 전사자와 부상자가 남월과 효포 능티전투에서 발생했다고 최종 집계하였다. 그러나 전투 중 추위와 배고픔 때문에 소리 없이 사라진 농민군의 수가 과연 얼마나 되는지는 정확하게 파악할 수가 없었다. 더욱이 조정이나 감영의 공식적인 지원을 받지 못하는 상황에서 수많은 부상자에 대한 치료문제는 녹두에게 더 큰 고민거리가 되었다. 북접 대장들의 불평과 비난도 서서히 커지기 시작했다.

녹두는 남북접 농민군 사이의 여전한 불신과 갈등이 전쟁의 사기저하에 매우 중대한 원인이 되고 있다고 판단하여 각 지역 대장들을 소집하였다.

"우리 농민군은 분명한 명분을 가지고 함께 이번 혁명전쟁에 임하였습니다. 무엇보다 우리 민중 스스로 조선의 자주와 독립을 지키고자 하는 척왜와 보국의 목적을 가지고 남과 북의 농민연합군이 함께 일어섰다는 점을 결코 잊어서는 안 되겠습니다."

손병희를 비롯한 일부 북접 대장들은 녹두가 종교적 측면을 외면한 채 너무 정치적인 목적만을 강조한 것이 아닌가, 라고 중얼거리며 다소 불만스런 눈치였다. 그러나 마리는 그 내용이 다소 평범하지만 농민혁명의 가장 중요한 목적을 분명하게 밝힌 매우 중요한 내용이었다고 생각했다. 녹두는 그 점을 다시 강조하는 이유를 다시 밝히고 있었다.

"기가 막힌 것은 일본군이 이동하면서 그들에게 필요한 마필과

수송마차, 그리고 식량은 물론 각종 군수품을 전투 현지에서 직접 약탈하여 조달하고 있으며, 부녀자에 대한 온갖 횡포도 이루 다 말할 수 없다는 것입니다. 그렇다면 조정의 관군은 도대체 누구를 위한 군대입니까? 이런 무능하고 부패한 정권을 대신하여 민중을 도탄에서 구하기 위해 결국 해월 선생께서도 농민혁명을 적극 지원하신 것이 아니겠습니까?"

그러면서 녹두는 전투 기간 중 동학농민군이 구호와 주문으로 사용했던 보국안민, 광제창생, 제폭구민, 척양척왜, 등이 강력한 전투력과 사기고취의 중요한 역할을 하였다고 강조했다. 그러나 궁궁을을, 사인여천, 그리고 21자 주문에 대하여는 농민군은 물론 지도자들 사이에서도 다소간의 온도차와 이견이 노출되었다고 솔직히 인정했다.

마리는 그러한 틈새가 각 지역 다양한 계층에서 전투에 참가한 농민군들의 성격이나 취향의 차이도 있지만, 근본적으로는 북접 농민군이 합류하면서 예상치 않게 나타난 갈등이라고 생각했다. 마리는 바로 그 점이 남북접 사이의 근본적인 차이를 인정하지 않는 녹두에 대하여 김개남이 가장 염려하며 수시로 경고했던 '불필요한 싸움'이 아니었을까, 생각했다. 심지어 김개남은 남원으로 찾아온 녹두에 대하여, 그가 혁명을 너무 낙관적인 전쟁놀이로 바라보고 있다고 했다.

마리는 남북접 농민군이 선호하는 주문의 차이가, 해월의 사인여천(事人如天)에 대한 남북접 지도자들 간의 해석관점과 특히 수운의 정치사상 및 그의 초학주문과 본 주문에 대한 시각차이로 야기된 현상이라고 생각했다. 물론 교단 지도부와 좀 더 밀접한 북접의 농민군들은 김개남의 주장대로 현실 변혁적 지향보다는 여전히 종교적 지향이 더 강한 특징을 보이고 있었다.

그래서 김개남은 이미 오래전에 북접 농민군의 궁극적 목적이 민중적 혁명이 아니라 결국 종교적 포교라고 단정했을 정도였다. 물론 녹두는 민중혁명을 중시하면서도 결코 종교적인 포교도 중요하다며 다소 애매한 중도적 입장을 취하고 있었다. 김개남은 녹두의 중도적 성향이 결국 혁명을 성취하지 못할 뿐만 아니라, 포교 자체도 불가능한 수렁에 빠져들게 했다며 강경한 목소리를 숨기지 않았다.

녹두는 그러한 불신이 자라가는 이유가 무엇보다 호서 농민군 지도자들이 해월의 절대적인 영향아래에 있던 손병희의 가르침을 따라 나온 자들이었기 때문이라고 생각하고 있었다. 대체적으로 남접의 농민군들은 정치적으로 현실변혁의 강한 추동력을 발생시키는 '하날님 모심'과 초학주문의 '고아정'(顧我精)—'조화정'(造化定)이 아니다—을 강조하는 '시천주 고아정'과 '지기금지 원위대강' 그리고 '궁궁을을'을 주문으로 사용하였지만, 북접의 농민군들은 다소 부드럽고 보수적인 '시천주 조화정 영세불망 만사지'와 '보국안민' 그리고 '사인여천'등을 주문으로 사용할 것을 강조하고 있었다. 주문에 담겨지는 종교적 신앙과 신념은 결코 사소한 문제가 아니라는 점을 녹두는 처음부터 잘 알고 있었다. 그래서 그는 매우 조심스럽게 수운과 해월의 가르침을 정리하면서, 진중에서 주문으로 인한 혼란과 대립이 더 이상 발생되지 않도록 하자는 훈시를 하였다.

"우리는 전투하면서 계속 구호를 외치고 주문을 외웠습니다. 한시라도 우리가 혁명을 도모하는 목적과 이유를 잊지 않기 위해서입니다. 우리의 혁명은 사람에 대한 모든 억압과 차별을 철폐하고 모두가 평등한 사회를 세우는 데 있습니다……."

마리는 김개남을 생각했다. 김개남은 해월의 '사인여천'이나 손병희의 '인내천' 등의 가르침에서 사용되고 있는 '천'(天)이란 것이 사실상 수운의 인격적 이해와 달리 하늘을 단지 하나의 '도'(道)나 '이치'처럼 역동적인 '기'(氣)가 결여된 말장난이요 껍데기일 뿐이라고 혹평했었다. 그러나 녹두는 그 부분마저 품고 있었다.

"…… 어떤 사정이 있더라도 사람이 사람으로서 가지는 존엄성과 자유 그리고 평등적 권리를 박탈해서는 안 된다는 신념이지요. 그 세상을 이루는 것이 우리 농민혁명의 가장 확실하고 근원적인 목적이요 꿈입니다. 그렇지 않습니까? 저는 사인여천의 세상을 이루는 구체적인 방식이 '궁궁을을'(弓弓乙乙)에 있다고 생각합니다."

녹두는 북접의 생각을 통해서 '궁궁을을'을 말하려 했다. 녹두는 사인여천의 민중적 역동성만을 취하고 있었던 것이다. 그러나 그 말을 잘 사용하지 않는 북접 대장들은 서로를 바라보며 의아하다는 표정이었다.

"그 말의 뜻에 대하여 의견이 분분한 줄 압니다만, 그 말은 문자 그대로 활을 쏘아 날아가는 새를 쏘아 떨어뜨리자는 것입니다. 좀 과격하다는 판단이 들 수도 있지만, 수운은 기존의 정치세력으로는 새 세상을 만들 수 없다고 보았던 것입니다."

'궁궁을을'이라는 다소 과격한 구호를 좋아하지 않던 손병희는 금방 표정이 달라졌다. 그런데 '궁궁을을'은 공주전투중 남북접 농민군 사이에서 가장 첨예한 대립을 보였던 구호였다.

"남접 농민군들은 전투하면서도 계속 '궁궁을을'하는데, 도대체 그게 무슨 뜻입니까?"

"궁궁을을'(弓弓乙乙)은 한자의 '약'(弱) 자를 풀어쓴 것인데, 약한 자들 즉 민중이 세상을 다스리는 시대가 온다는 의지가 담긴 말입니다. 우리 농민군이 많이 사용하는 주문인데, 저 역시 우리 동학의 주문 가운데 가장 사랑하고 마음속에 깊이 간직하는 신념입니다."

녹두는 자신의 '궁을도'(弓乙圖)에 대하여 잘못 알려진 속설을 거부하며, 궁궁을을의 구호에 농축된 동학사상의 개벽을 크게 강조했다. 마리는 김개남이 가장 애호하던 주문 역시 바로 궁궁을을이었음을 상기했다. 적어도 그 부분에서 김개남과 녹두는 오랜 세월 서로 상통, 상보하고 있었던 것이다.

"물론 가난하고 배움이 없어 차별받고 외면 받던 사람들이 인간으로서 정당하게 대우받는 균형 잡힌 세상을 말하는 것입니다. 어느 지도자가 외쳤던 말이 생각납니다. 가난을 끝내는 유일한 방법은 가난한 사람들이 권력을 갖도록 하는 것이라고 말입니다. 그것이 우리가 '궁궁을을'을 소리 높여 외치는 이유가 아니겠습니까?"

녹두는 특히 '보국안민'을 '나라를 지킨다'라는 보수적 개념으로 이해하고 있던 일부 북접 대장들이 약자 혹은 민중이 주체가 되어 세상을 바꾼다는 혁명사상을 내심 꺼려하고 있다는 점을 잘 알고 있었다. 그것은 후천개벽에 대한 수운과 해월의 온도 차이에 기인한 것이었다.

마리는 남원에서 김개남과 함께 머물 때에도, 김개남과 녹두 두 남자 모두 '궁궁을을'의 신념에 이미 목숨을 바친 사람들이라고 생각하고 있었다. 마리는 녹두의 연설을 들으면서 김개남을 생각했다. 김개남은 선이 굵고 단호했다. 그런 점이 바로 마리의 불같은 성격과 맞아 떨어졌다. 그러나 녹두에게서는 적의 논리를 포용하고 그것을 통해 오히려 자신의 주장을 펼칠 줄 아는 지혜와 아량이 있는 것을 발견했다. 그 점이 김개남과의 가장 큰 차이였다.

대장들의 박수가 여러 차례 쏟아져 나왔다.

마리는 녹두가 북접 농민군들의 관점에서 김개남을 포함한 남접 농민군들의 혁명적 행동을 모두 하나의 종교적 신앙과 정치적 신념으로 통합해내고 있음을 알아차렸다. 마리는 스스로 약한 자가 되려는 그의 비극적인 꿈에 깊은 걱정을 하면서도 민중을 통해 삿된 것을 몰아내고 민중 안에서 진정한 인간 가치를 회복하려는 그의 열정을 진심으로 사랑했다. 민중이 곧 그의 정치요, 종교요, 신앙이었던 것이다.

바로 그 점에 있어서 마리는 김개남이 민중을 위해 생사를 넘나들며 열정적으로 혁명을 수행하고는 있지만, 결코 스스로는 민중이 될 수 없었던 독불장군 같은 그의 카리스마가 녹두와 크게 비교되는 점이라고 생각했다.

산기슭에서 아직 잠을 이루지 못한 장끼 한 마리의 외마디 비명 소리가 그믐달의 하얀 얼굴을 핥으며 밤하늘에 서리처럼 흩어졌다.

5

"대원군과 조정의 지지를 얻는다 할지라도, 이 혁명은 실패할 수 있어요!"

농민군의 반응에 대한 마리의 싸늘한 말 한 마디는 지도부를 온통 뒤흔들었다. 고종의 이름으로 전달된 대원군의 밀지는 그 의도가 무엇인지 농민군 사이에서 의견이 크게 갈리고 있던 상황이었다. 그러나 밀지에 대한 해석이 어떠하든 농민군의 활동을 자극하려는 의도가 분명하기 때문에, 향후 전투에 적지 않은 영향이 있을 것이라고 녹두는 생각했다.

그런데 지푸라기라도 잡아야 할 이 판국에 마리가 총사령관의 판단을 흐리고 있을 뿐만 아니라, 농민군의 사기를 크게 떨어뜨리는 이적행위를 한다며 대장들은 몹시 흥분했다. 그러나 녹두는 신흥 상인계층과 지역 호민층 그리고 유생들이 얼마나 참여하느냐에 따라 농민혁명의 성패가 달려있음을 마리가 당연히 지적한 것이라며 대장들을 달랬다. 그들이 곧 민심의 풍향계이기 때문이다.

마리의 지적이 아니더라도, 녹두 역시 누구보다 처음부터 그 점을 가슴 깊이 새기며, 오히려 남원의 김개남과 대립각을 세웠을 만큼 세심한 주의를 기울이고 있었다. 그래서 자신도 썩 내키지는 않지만, 보수 유림과 지역 호민층의 광범위한 지지를 받고 있는 대원군에 대한 미련이 남아있던 것이다. 그러나 효유문 자체는 의미가 다소 애매하고 의심스러운 부분들이 많았다.

녹두는 흥선대원군이 30년 전, 서교(西敎)는 인정하면서도 수운의 동학은 오히려 '사도난정'(邪道亂正)이라는 낙인을 찍어 수운을 처형해버린 장본인이었는데, 그가 과연 돌변하여 동학을 인정하고 또 한걸음 더 나아가 크게 달라진 동학농민군의 위상을 전적으로 의존하려는 것인가, 아니면 단지 자신의 목적을 위해 농민군 세력을 이용하려는 것인가, 매우 의심스러웠다. 더욱이 그는 녹두뿐만 아니라 김개남 및 다른 여러 세력과도 일정한 고리를 유지하면서 필요에 따라 계속 연락을 주고받고 있었다.

"이대감이 나라의 문을 꼭꼭 걸어 잠그는 것만이 상책이 아니라, 차라리 프랑스나 미국 등과 적극적으로 외교관계를 가졌더라면, 오늘날과 같이 일본에 의해 유린당하지는 않았을 거예요. 이대감의 쇄국은 지나치게 청국을 의존하는 며느리 민비에 대한 복수심 때문일 뿐이고, 겉으로는 시끄럽게 척왜를 외치지만, 속으로는 은근히 일본이라도 끌어들여 자신의 정치적 야망을 달성하려는 노욕(老慾)에 지나지 않아요."

마리는 초롱초롱한 눈으로 녹두를 바라보며, 추호도 대원군을 의존할 생각을 하지 말라고 다시 쓴 소리를 했다.

녹두 역시 농민군이 꿈꾸는 새 세상에 대원군이 결코 대안이 될 수 없다는 고민과 더불어, 그럼에도 불구하고 그 외에는 딱히 다른 대안이 없어 어느 정도까지는 그와 함께 갈 수밖에 없지 않는가, 라는 현실적인 판단을 하고 있었다. 그렇기 때문에 녹두는 당분간 좀 더 정세의 흐름을 관망하면서 결정적인 기회가 올 때까지는 기다려야 한다는 생각으로 8월말까지 여전히 신중하고 조심스러웠던 것이다.

그러나 녹두가 8월말이 되어 마리를 서울로 보내 정확한 정보를 파악한 이후에야, 자신의 상황판단이 지나치게 안이하고 낙관적이었음을 인정했다. 녹두는 땅을 치며 장탄식을 했다. 녹두는 경복궁 점령의 실상을 1개월이 넘도록 전혀 모르고 있었던 것이다. 그 진상은 농민군의 진로를 결정하는데 있어 너무나 중요한 것들이기 때문이었다. 물론 진상에 대한 정보는 녹두가 해월과 북접을 설득하고 압박하는 가장 결정적인 수단이 되기도 했다.

"오히려 김개남 대장이 일본의 선전에 속지 않고 그들의 움직임을 정확하게 파악하고 있었던 거예요. 그래서 마치 아이가 젖 달라고 보채듯이, 농민군의 신속한 북상만이 해답이라고 줄기차게 주장했다고 봐요."

녹두는 그 말에 순간 찔끔했다. 마리는 자신이 특히 당혹스러웠던 점이, 일본정부가 이 사태를 철저히 은폐하거나 속이면서 사건 내용뿐만 아니라 그 과정을 조작하고, 외국공사나 신문에 왜곡된 보도를 공공연하게 흘리면서, 그 전말이 완전히 잘못 알려졌다는 것이었다. 심지어 일본 국내 신문보도나 일왕(日王)조차도 군사작전에 대한 정보가 교묘하게 차단된 상태에서, 히로시마에 있는 대본영의 일부 수뇌가 비밀리에 진행하는 조선침략의 각본에 따라 경복궁 점령이 치밀하게 진행되었던 것이다.

녹두는 몸 둘 바를 몰랐다. 그러나 여전히 대원군 생각에 머물러 있었다.

'동학군이 한강을 건넌다면, 과연 그것이 이대감에게 어떤 영향을 미칠 것이라고 생각하고 있었을까? 일본과 대결할만한 충분한 세력이 등장했다고 보고 있는 것일까?'

녹두는 전주에서 화약을 맺고 농민군을 해산한 뒤, 정세를 좀 더 관망해야 한다며 계속 주춤거렸다. 그러나 그 사이 일본은 이미 그 뒷모습이 보이지 않을 정도로, 농민군이 예측한 모든 수를 훨씬 앞서 저 멀리 달려가고 있었다. 일본은 이미 중국 본토를 향해 달려가고 있었고, 특히 히로시마 대본영에서 꾸민 그들의 각본은 중국을 넘어 저 멀리 동남아 전체에 머물러 있었다. 그것이 보고내용이었다.

마리는 일본이 착착 진행하고 있던 전략에, 조선이나 동학농민군의 저항은 결코 심각한 위협이 아니었다고 했다. 일본군 주력부대는 이미 중국을 향해 있었을 뿐, 조선에 대하여는 단지 최소한의 국제적 명분 쌓기 정도만 신경을 쓰고 있었다는 것이다. 오히려 명분 찾기의 첫 단추로 이용된 것이 바로 경복궁 사태라고 했다.

마리는 농민군이 즉시 북상을 서둘러야 한다고 다시 목청을 높였다. 녹두는 순간 김개남의 주장이 귀에 박혔다. 김개남은 남원에서 한사코 농민군 해산을 반대하고, 전주화약을 맺는 대신 여세를 몰아 바로 서울로 진격해야 한다고 주장했다. 정세의 유불리를 따지고 그에 따라 이리저리 흔들리기 보다는, 직접 농민군이 물리적으로 봉건세력을 타파하고 외세를 물리치며 새로운 정부를 세우는 것이 낫다고 판단하고 있었다. 당시만 해도 일본군대가 조선에 들어와 있지 않았기 때문에 훨씬 더 유리한 상황이었다.

녹두는 말할 수 없이 괴로웠다.

'김개남 대장이 일본의 큰 움직임을 이미 알고 있었단 말인가! 전주화약이 결정적인 실수였을까!'

김개남은 호남 농민군의 파괴력을 믿으면서 적어도 즉시 북상한다면 무능하고 부패한 조정도 무너뜨릴 수 있었다고 보았던 것이 분명했다. 그러나 녹두는 사실상 청군이 있는 상황에서 일본군이 그렇게 빨리 들어오리라고는 상상할 수도 없었다. 그리고 무엇보다 단순 과격한 물리적 방식만으로는 결코 서울까지 공략할 수는 없을 것이라고 판단했다. 다소 시간이 걸리더라도 좀 더 많은 사회 지도층과 백성의 지지와 지원이 뒷받침 되어야만 절대적으로 가능한 혁명이라고 보았다.

마리의 보고는 말 그대로 충격적이었다. 마리는 지난 6월 21일 (양력 7월 23일)에 벌어진 일본군 궁궐침입사태와 관련하여, 비밀리에 러시아공관의 지인과 접촉하여 입수한 사건기록 사본을 녹두에게 자세히 전달했다. 그것은 이제까지의 모든 정치적, 군사적, 혹은 외교적 상상을 뛰어넘는 치밀한 침략작전이요 군사쿠데타였다.

문서를 보면서 녹두는 눈물을 뚝뚝 흘리며 흐느꼈다. 땅이 꺼질 듯한 한숨을 내쉬며, 1개월의 세월을 나 때문에 이렇게 허송했구나, 라고 자책하면서 치를 떨었다. 마리의 모든 정보는 대부분 러시아공관이 직접 수집하고 정리한 전보 문서였다.

지난 5월 7일 김학진 감사와 전주에서 화약을 맺고 전주성에서 모든 농민군이 물러난 그날 일본군 주력함대가 인천에 상륙하였고, 동학농민군이 호남에서 집강소 활동에 매진하며 일본의 움직임을 주시하고 있는 동안, 바로 한 달 십여 일만인 6월 18일 (양력 7월20일) 오후 1시, 일본 공사관 모토노 이치로 참사관은 제5사단 혼성여단 오시마 요시마사를 방문하여 조선왕궁점령을 제안했다. 당일 두 사람 사이의 회의는 모토노 참사관이 제의한 것으로, 오시마 여단장이 정리하여 본국의 참모총장 타루히토 신노 앞으로 보내졌다.

녹두의 두 눈은 휘둥그레졌다. 그 회의 전문(電文)은 다음날 21일(양력)부터 시작하는 왕궁점령작전을 위해 오토리공사의 뜻을 전하는 내용이었다. 외교관인 오토리가 가공할 군사작전 전체를 지휘, 조율하고 있었던 것이다.

전문은 먼저 조선정부가 일본공사에게 강경하게 일본군 철병을 요구하였기 때문에, 일본은 다시 조선정부에 이틀간의 말미를 주어 청국 군대의 차병에 대한 철회를 단호하게 요구하였다는 내용을 담고 있었다. 만약 회답이 없으면 즉시 일본군 1개 대대를 입경시키고 그 이후에도 반응이 없으면 즉각 왕궁을 포위한다는 것이다. 그리고 오토리가 대원군을 대동하여 입궐하고, 조선 병력으로 청군을 물리칠 수 없다면 일본군대로 일격을 가하겠다는 것을 알리는 내용이었다.

당시 전주에서 이미 농민군을 해산시켰던 녹두는 자신과 깊은 속내를 털어놓으며 그렇게 의기투합했던 김학진감사에게 결국 속아 넘어갔던 것인가, 매우 혼란스러웠다.

그런데 그날 모토노 참사관이 떠난 지 30분후 오시마는 대본영의 전보명령을 수령하고 다시 이날 밤 10시 타루히토 신노 참모총장에게 좀 더 강경한 내용을 보냈다. 오시마 여단장은 일본 함대가 아산 앞바다의 풍도(豊島)에 도착하기 직전까지 24일 혹은 늦어도 25일까지는 왕궁작전이 종료되어야 하기 때문에, 조선왕의 회답이 없을 경우 왕궁에 1개 대대를 입경시키는 시위하는 과정을 생략하고 즉시 왕궁을 포위하겠다고 말했다. 그리고 청국군대의 변동과 상관없이 조선의 독립을 돕는다는 대의를 내세워 여단의 주력부대로 청군을 즉시 공격하겠다고 보고했다. 사실상 풍도해전으로 청국에 선전포고를 하기 위한 명분이 일본의 경복궁 점령작전으로 억지로 짜 맞추어진 것이다.

6월 21일(양력 7월23일) 날이 채 밝기 전, 일본군은 사전 모의한대로 경복궁을 점령하고 정부를 교체하기 위해 군사 쿠데타를 일으켰다. 일본군은 군대마저 무장 해제시켜 고종을 포로로 삼아 협박하고, 동시에 일본을 대적하던 민비 일가를 제거하기 위해 형식적으로 대원군을 추대하였다. 그것은 청일전쟁을 일으키고 조선의 농민군을 토벌하기 위해 절대적으로 일본에게 필요한 과정이었다.

녹두는 일본군이 조선왕궁을 점령한 목적이 왕의 왕궁탈출을 막아 왕을 '포로'로 삼기위한 것이며, 조선 정부가 청국 군대에 대한 '구축(驅逐)의뢰'를 요청하도록 강제하기 위한 것이었고, 민씨 정권을 무너뜨려 친일개화 정권을 수립하기 위해서라고 해석했다.

"일본의 치밀한 왕궁점령전략은 농민혁명군이 전주에 입성하기 전부터 이미 히로시마 대본영의 지시에 따라 본격화된 거예요. 우리가 집강소에 전념하며 혁명전투를 쉬고 있는 동안 그들은 치밀하게 침략작전을 진행시키고 있었어요."

'아, 그 1개월, 금싸라기 같은 한 달이 이렇게 날아가 버리다니! 그래서 김개남 대장이 두 눈을 부라리며 그렇게 집강소를 반대했었나! 내가 무엇 때문에 이렇게 눈이 멀었었나!'

마리 역시 녹두에게 자료를 건네주면서 장탄식을 했다.

"그러나 이 문서들을 보면, 일본은 기회가 날 때마다 청일전쟁이 조선의 독립을 위해 치른 전쟁이라고 나라 안팎에 거듭 선전하면서, 당연한 국제질서로 받아들이도록 만들어 버렸어요. 조선의 독립을 위해 치른다는 청일전쟁에서, 일본군이 겨냥한 최초의 칼끝이 청국이 아니라 그 독립을 위해 싸운다는 조선왕궁이었다면, 그것이 무엇을 의미하는 거예요?"

마리는 자료에 나타난 일본의 분명한 야욕과 조작된 행동에 대한 비난의 칼끝으로 녹두를 겨냥하여 그를 강력하게 일깨우려는 말투였다. 녹두는 딱히 할 말이 없었다.

"이 문서를 보시면, 동학농민군의 기포가 오히려 일본이 조선에 개입할 유리한 구실을 제공한 셈이었어요. 물론 농민군의 존재가 그들의 큰 그림 속에서는 그렇게 중요한 변수가 아니었던 것이 분명해요."

"우리 조선과 농민군의 현주소가 분명히 드러난 셈입니다."

바로 그 순간 녹두는 주먹으로 뒤통수를 한 대 갈기는 것 같이 충격적인 마리의 발언을 듣고 펄쩍 뛰었다. 마리가 김개남의 주장을 또다시 되풀이 한 것이었다.

"농민군이 전주에서 해산을 하지 않고 서울로 바로 북상했더라면, 당시 일본은 경복궁을 그렇게 점령하려고 하지 못했을 거예요. 그런데 우리가 농민군을 자진해산하고 전쟁이 소강상태에 있었기 때문에, 일본은 득의양양했지요."

"아니 뭐라구요? 어떻게 그런 말을 함부로⋯⋯."

그러나 마리는 머리를 꼿꼿이 세우고 하고 싶은 말을 거침없이 쏟아냈다.

"농민군이 그 때 바로 북상했더라면, 일본이 경복궁을 점령하거나 왕을 체포하는 대신 협상을 시도했거나 아니면 바로 농민군과의 대결을 선택했을 거예요. 그랬다면, 조선 전체와 일본의 싸움으로 번졌겠지요. 그 작전이 김개남 대장의 생각이었어요."

마리의 입에서 김개남의 이름이 다시 거론되자, 순간 녹두는 폭발했다. 자리에서 벌떡 일어나 손가락질을 하며 마리에게 소리쳤다.

"제발 말끝마다 김개남, 김개남 하지 마십시오. 김개남이 좋으면 왜 여기 오셨습니까? 정말 왜 이러십니까? 그 일들은 이미 지나간 사건들 아닙니까? 지나간 일들을 왜 자꾸 꺼내는 겁니까? 이렇게 저를 몰아붙이는 이유가 도대체 무엇입니까?"

마리는 얼떨떨하여 눈앞이 캄캄했다. 갑자기 무슨 말을 해야 할지 알 수 없었다.

"전대장님, 왜 그렇게 화를 내세요? 제가 지금 김개남 대장 이야기를 하고 있는 건가요? 제가 지금 김개남 대장의 의견을 따라가자고 하는 말인가요? 왜 그렇게 소심해지셨나요? 지금 제 앞에 계신분이 녹두장군 맞나요?

우리가 알지 못했던 사이에 이런 일들이 벌어졌으니, 앞으로라도 그런 실수는 하지 말자는 얘기 아닌가요? 앞으로 헤쳐 나갈 일이 더 많은데, 김개남 대장 얘기만 나오면 왜 그렇게 예민하게 반응하세요? 질투하시는 건가요?"

'소심하게? 질투?'

녹두는 머리를 감싸고 앉아 씩씩거리며 한숨을 푹푹 내쉬었다. 그렇지 않아도 김개남 문제 때문에 자신이 골머리를 앓고 있는데, 마리가 옆에서 계속 그의 대변인이 되어 참을 수 없을 만큼 좋알거리고 있다고 생각했다.

'나한테 계속 김개남 얘기를 해서 어쩌자는 것인가! 따지고 보면 김개남은 이미 나와의 대결에서 패배한 자가 아닌가!'

그러나 녹두는 그런 생각을 하는 자신이 너무 창피하다는 생각이 들었다.

그는 눈을 감았다. 자신이 너무 한심하기도 하고 비참하다는 느낌마저 들었다.

'왜 이렇게 내가 점점 초초해지는 걸까? 누구에게 쫓기는 것도 아닌데… 마리의 말대로 내가 너무 김개남을 의식하고 있는 것인가? 설마 내가?'

녹두는 그런 생각을 하는 자신의 모습이 너무 낯설어 도무지 인정하고 싶지 않았다. 그러나 끊임없이 그런 생각이 자신을 괴롭히고 있는 것은 사실이었다.

"죄송합니다. 제가 그만 흥분해서 큰 실수를 했습니다."

마리는 녹두의 손을 어루만졌다. 그리고 그의 얼굴을 두 손으로 감싸 주었다. 녹두의 두 눈에서 소리 없이 눈물이 흘러내렸다.

마리는 그의 눈을 바라보며 혼잣말로 중얼거렸다.

'알고 있어요, 당신의 엄청난 스트레스. 나 때문에 흔들리고 있다는 것도… 그러나 걱정하지 마세요. 제가 옆에 있잖아요?'

마리의 두 눈에도 그의 깊은 상처를 어루만지듯 눈물이 흘러내렸다. 마리는 사태의 심각성을 충분히 인식하고 있었다.

마리는 러시아 공사관의 친구를 사귈 만큼 어느 정도 소통능력과 폭넓은 시야를 가지고 있었다. 마리는, 과거 불행했던 결혼생활에 대한 모든 기억을 묻어버리고, 남원으로 내려가기 전까지 오랫동안 외국 선교사와 함께 봉사하며 활동했던 여성이었다. 그러나 녹두는 마리가 어떤 삶을 살았는지 구체적으로 잘 알지는 못했다.

　　마리가 보고한 자료에 의하면, 일본 외무대신 무츠 무네미츠(陸奧宗光)는 농민군 혁명을 가능한 급박하고 위험한 것으로 확대시키고, 그 조사를 최대한 지연시켜 보고할 것을 지시했다. 자신들의 국가마저 기만한 것이었다. 더욱이 조선정부가 평화의 질서가 회복되었다고 말하면서 일본군대의 철수를 요구해올 경우, 일본정부가 만족할 만한 수준이 되어야만 하기 때문이라며 거부하고 최대한 시간을 끌 것을 요청했다.

　　그래서 일본공사는 농민반란의 원인이 다름 아닌 조선의 내정이 잘못되었기 때문이므로 이번 기회에 청일 양국이 함께 조선의 내정을 개혁하자는 생뚱맞은 제안을 하였다. 그런데 마리는 일본정부가 '조선내정공동개혁안'을 조선조정에서 논의하고 있는 그 시각, 서울에는 이미 일본군 1개 대대가 진입하고 있었다는 증거자료를 보여주었다. 내정개혁안이라는 술수를 던져놓고 완벽한 전쟁준비를 위한 조치를 이미 실행하고 있었던 것이다.

　　"이런 개자식들!"

마리는 러시아 공사관의 해설자료를 꺼내 보이면서, 당시 조선 내에서 자국의 이익을 최대한 확보하려고 애쓰던 열강들이 조선에 대한 청국의 패권에 이의를 제기하는 일본에게 간섭하려는 움직임을 보이고 있었다고 했다. 특히 당시 조선의 상황이 이미 청일 양국의 손을 벗어나, 열강세력이 자국의 이익을 확보하기 위해 날뛰면서, 놀랍게도 조선을 남북으로 분할한다는 제안을 놓고 줄다리기를 하고 있던 상황이었다고 했다.

녹두의 두 눈이 휘둥그레지면서 다시 화가 치밀었다. 녹두는 마리의 신뢰를 확신한 후 자신감을 얻었는지, 이런 개자식들, 이라고 연거푸 거친 말을 쏟아냈다.

마리가 입수한 7월 19일자 일본주재 영국대리공사의 비망록에는 조선의 남부 4개도를 일본의 감독권아래 두고, 북부 3개도는 청국의 보호아래 둔다는 '조선 분할점령안'을 제시하고 있었다. 영국은 오직 일본을 키워서 러시아를 견제하는 데에만 관심이 있었다. 그리고 경기도와 서울은 양국의 감시아래 조선왕이 자치를 하도록 구상했다는 것이다. 영국은 이러한 분할점령안에 청국이 동의할 의향이 있다는 사실을 일본에 알리고 동의를 구했는데, 일본은 당시 영국과의 통상조약 문제를 타결해야 할 사안이 연계되어 있어서, 영국의 제의를 받아놓고 조선분할에 대한 손익을 계산하고 있는 중이었다. 가공할만한 약소국 찢어먹기가 긴박하게 거래되고 있었던 것이다. 녹두는 부르르 떨었다.

마리는 영국과의 통상항해조약을 성공적으로 체결한 일본이 자연스럽게 조선 문제에 대하여 영국의 외교적 양해를 구하였고, 일본 외무대신은 조선 내에 친일정권을 수립하기 위한 내정개혁작업을 수행하기 위해 조선왕궁을 무력으로 점령하는 것에 대한 영국의 동의를 얻어냈다고 했다. 러시아와 영국과의 관계가 안정 단계로 접어들었다고 판단한 일본이, 드디어 조선의 자주독립과 동양의 평화를 내걸고 개전의 좋은 명분을 찾아냈던 것이다.

마리의 보고를 들으면서 녹두의 가슴에 광풍이 일기 시작했다. 그것은 조선과 자신의 존재에 대한 참을 수 없는 모멸감으로 불어닥쳤다. 그 모멸감은 자연히 김개남에 대한 한없는 미안함과 연민 그리고 부끄러움으로 이어졌다. 김개남의 핏발선 붉은 눈이 자신을 노려보며 점점 크게 다가왔다. 그와 갈등을 겪으며 충돌하던 지난 몇 개월의 시간이 온통 뒤죽박죽 뒤섞여 마치 거대한 회리바람처럼 모든 것을 빨아들이면서 하늘로 말려 올라가 사라지는 것 같았다. 머리가 터질 것 같았다.

'아, 김개남…….'

마리는 초승달을 옮겨놓은 듯한 둥근 눈썹을 전혀 움직이지 않으면서 눈 밑의 하얗고 도톰한 피부를 가늘게 떨며 녹두의 얼굴을 천천히 뜯어보았다. 오늘따라 말할 수 없는 우수와 분노로 그의 깊은 시선이 방향을 잃은 듯 계속 흔들리고 있었다.

"잔인할 정도로 치밀하고 섬뜩할 정도로 술수가 능한 게 일본인들이에요. 제 어린 시절 공주에서 저의 아버님이 섣불리 일본 고리

채를 얻어 쓰다가 그들의 농간에 휘말려 몇 해 농사한 쌀 백 가마니를 모두 **빼앗기고** 문전옥답까지 몽땅 일본인들 손에 넘어가, 결국 행복했던 온 가족이 뿔뿔이 흩어지는 엄청난 일을 당했어요."

마리는 그 일로 인해서 열네 살의 나이에 팔려가듯이 어느 몰락 양반가의 나이 많은 유생에게 재취(再娶)로 들어갈 수밖에 없었다고 했다. 그러나 그 후 십여 년간 마리는 육체적, 정신적 고통과 눈물의 세월을 보내야만 했고, 견디다 못해 서울로 도주하여 어느 선교사의 도움을 받으며 오랫동안 숨어 지냈다고 했다.

전주의 여름밤 붉은 달이 만경강 물비늘처럼 하얗게 흐느끼던 밤, 그 상처를 진심으로 공감해준 사람이 바로 녹두였다. 그는 20여 년 전의 마리가 되어 함께 흐느끼며 그녀의 상처를 **뼛속까지** 고통스러워했다. 고부 감옥에서 매를 맞으며 죽어가던 아버지 전창혁의 비명소리처럼 괴로워하고 아파했다. 만경강 모래밭에 앉아 쏟아지는 달빛아래 마리는 그렇게 녹두와 시름을 나누며 밤을 꼬박 새고는 했다.

녹두는 전주의 구성산 등성이 위로 힘겹게 올라온 달을 바라보며, 쓰러져있는 백성들을 생각했다. 핏빛으로 물든 둥근달, 죽음을 살며 죽음의 언덕을 달려온 민중이었다.

온갖 핍박과 수탈의 생채기로 얼룩진 얼굴에는 생사를 넘나들며 김개남과 함께 했던 꿈과 맹세가 오롯이 박혀있었다. 그것은 태인의 너른 들녘을 타고 외치며 함께 뒹굴던 어린 시절부터 상대방의 눈동자에서 언제나 볼 수 있었던 타오르는 들불이었다.

'세상의 종말이 다가오는 것이 아니라
새로운 시대가 시작되고 있는 것이다.
모든 것은 바뀔 수 있어!
바뀌지 않는 것은 우리의 꿈과 이 맹세뿐이다!'

녹두는 삼례에서 재봉기의 격문을 각처에 돌린 후에도, 1개월 가까이를 그곳에서 계속 머물렀다. 마리는 녹두와 함께 이동했으나, 김개남은 결국 합류하지 않았다.

김개남은 도무지 움직일 생각이 없는 것처럼 보였다. 녹두는 김개남과 피로써 맺은 고부 맹약을 기억하며 지속적으로 그를 설득했다. 그러나 그럴수록 김개남은 오히려 녹두의 진정성을 비웃기나 하듯이, 그 이후에도 무려 49일 이상 전주에서 움직이지를 않았다.

'왜 나를 믿지 못하는 것일까, 혹시, 내가 그를 오해하고 있는 것은 아닐까!'

녹두는 꿈쩍도 하지 않는 그를 도무지 이해할 수 없었다. 자신을 바라보는 눈초리도 예전과는 180도 완전히 달라졌다. 무엇인지 모르겠지만 녹두는 그것을 확연히 느낄 수 있었다. 같이 만나도 다른 곳을 바라보거나 침묵하면서 묘한 긴장감만 감돌았다.

마리는 김개남을 지속적으로 설득하도록 녹두에게 당부했다. 농민군이 분열한다면 그 결과는 치명적이라고 했다. 그러나 김개남의 성격을 잘 알고 있는 마리는 녹두의 설득이 그렇게 큰 효과가 있을 것이라고는 생각하지는 않았다. 자기 색깔이 분명하고 매우 독립적이며 특히 불같이 서두르고 쉽게 폭발하는 성격 때문에, 김개남 자신도 한번 내린 결정을 쉽게 바꾸지 않는 습관이 있다고 스스로 안타까워할 정도였다.

그의 성격은 '모' 아니면 '도' 라고 소문날 만큼 대인관계가 화끈하기도 하면서 동시에 철벽과 같이 완강하기도 했다. 그래서 한 가지 일이 꼬이면, 사태의 경중을 막론하고 다른 모든 것들이 전부 막혀버리게 되고, 하나가 마음에 들면 나머지는 묻지도 않고 전체를 무조건 신뢰하는 것이 바로 김개남이었다. 그 점이 김개남의 한계요, 혁명을 이끄는 지도자로서 김개남이 가진 치명적인 결점이라고 생각했다.

마리는 자신이 직접 나서지 않았다. 아니 그럴 상황이 아닌 것을 녹두도 잘 알고 있었다. 그러나 예상 밖으로 김개남의 태도가 너무나 단호한 것을 알고, 마리는 자신과의 문제로 인해 지금 그 불똥이 녹두에게 떨어진 것이 아닌가, 내심 당황했다. 녹두는 그 점을 아직 눈치 채지 못한 것이 분명하다고 마리는 생각했다.

김개남의 완강한 태도에 일부 대장들이 술렁이기 시작했다. 필요하다면 김개남 대장 측과의 협상을 요구하는 목소리도 있었다. 그러나 김개남 대장이 정작 무엇을 원하고 있는지 정확하게 아는 사람은 없었다. 다만 혁명의 노선차이 때문이라는 정도로만 짐작하고 있을 뿐이었다.

녹두는 총사령관으로서 연합을 위한 설득 노력에 최선을 다하고 있으며, 김개남 대장 측의 어떤 요구도 겸허하게 수용할 준비가 되어 있고, 심지어 자신의 자리도 기꺼이 내놓을 준비가 되어 있다고 했다.

그러자 대장들은 개인의 욕심을 위한 협상과 양보란 결코 있을 수 없다고 반대했다. 대의(大義)를 생명처럼 중시하는 농민혁명에 사심(私心)을 철저히 경계해야 한다고 김개남 대장을 성토하기 시작했다. 손화중과 일부 대장들은 그가 심지어 '개남'(開南)이라는 본인의 이름처럼 이미 '남쪽을 열어주는' 임금으로 행세한다고 비난했다. 그러나 녹두는 김개남 대장에 대한 성토는 삼가도록 주의를 주었다.

녹두는 비록 최악의 상황이 발생하여, 김개남 부대와의 연합이 끝내 이루어지지 않는다 할지라도, 그가 언제나 같은 꿈을 꾸고 있는 동료라는 점을 강조했다. 그 나름대로의 역할과 몫이 있으며, 그 나름대로 시대를 읽어가는 눈이 있기 때문이라고 했다.

"같은 장소가 아닐지언정, 목숨을 다하는 순간까지 함께 할 것입니다."

'목숨을 다하는 순간까지?'

마리는 녹두가 김개남을 누구보다도 잘 알고 있다고 생각하지만, 과연 지금 같은 상황에서 목숨을 다할 만큼 하나의 커다란 목표를 위해 최선을 다 할 수 있을지, 확신할 수는 없을 것이라고 생각했다.

비록 두 사람이 오랜 세월 같은 목표를 향해 달려왔지만, 도중에 갑자기 어떤 중요한 상황이 발생함으로서 그 목표에 대한 소명감과 열정의 온도는 각자 천양지차로 달라질 수 있기 때문이었다. 그 온도차이란, 말 그대로 열정이 있는 것처럼 보이는, 사실은 열정이 결코 뜨겁지 않은, 그러나 결코 열정이 차가운 것처럼 보이지는 않는, 그런 헷갈리는 모습일 수 있을 것이다.

'과연 지금 두 사람이 목숨을 다 한다는 것이 서로에게 무슨 의미를 갖는 것일까, 그리고 녹두와 김개남의 열정은 과연 동학혁명을 위해 각각 어떤 온도를 가지고 있는 것일까?'

특히 녹두의 목숨에 대한 언급을 듣는 순간, 마리의 눈에 불이 켜졌다. 녹두가 꿈에서 보았다는 공주감영에서 손짓하는 수운의 모습이 떠올랐던 것이다. 녹두의 마음 역시 매우 심란해 보였다.

녹두는 북상을 앞두고 있는 농민군 전체의 분위기 쇄신을 위해, 대장들에게 재봉기에 있어서 가장 중요한 요건들이 무엇인지를 물었다. 여러 대장들이 경쟁하듯 녹두의 마음을 헤아렸다.

"모두가 한 마음으로 연합하는 것입니다."

"현대식 무기를 확보하는 것이 아니겠습니까!"

"농민들의 추수가 끝나는 것입니다."

"북접 농민군들이 합류할 충분한 시간이 아닙니까?"

사실 북접은 금년 초까지만 해도 남접 중심으로 농민군이 대대적으로 봉기를 일으키자, 교도들의 무장봉기는 교단의 뜻이 아니라고 분명히 선을 그었었다. 심지어 해월은 "통유문"(通諭文)과 11개조의 근신조목을 전국 동학교도들에게 보내어 근신할 것을 당부하기까지 하였고, 일부 대장들은 남접 배척론뿐만 아니라 호남의 전봉준과 호서의 서장옥을 사문난적으로 간주해 속히 진압해야 한다는 말까지 나온 상태였기 때문에, 녹두는 여간 신경이 쓰이지 않았다.

마리는 혁명의 온도차이가 처음부터 본질적으로 존재하고 있었다고 생각했다. 다만 남북접이 연합한다는 목표를 위해서 그 차이와 다름의 폭을 일부러 감추거나 축소해왔을 뿐이었다. 언젠가는 그리고 어느 순간 그 온도 차이는 서로에게 치명적일 만큼 폭발력을 가지고 농민군 진영을 뒤흔들 잠재력을 가지고 있다.

녹두는 남북 사이의 갈라진 틈을 봉합한다는 더 큰 목표를 위해, 그동안 김개남과의 갈등과 불화를 계속 감수하고 있었다. 분명 그것은 '감수'였다. 적어도 남원 농민군과 김개남의 위상과 자존심에 적지 않은 상처가 생겼다고 말할 수 있을 만큼, 녹두가 그리고 있는 큰 그림에서 그의 우선순위 가치가 다소 밀려났다고 볼 수 있다. 그렇게 소원해지고 섭섭한 마음이 그동안 자존심강한 김개남의 말과 행동을 통해 여러 차례 표출되었다. 그러나 녹두는 인간적인 배려 외에는 그 섭섭함을 달래줄 뾰족한 수를 가지고 있지 못했다.

지금 녹두는 자신에게 가장 든든한 지원군이요 그 무엇보다 가장 필요한 김개남을 잃는 고통을 계속 느끼고 있다. 물론 그것은 서로에게 마찬가지였다. 마치 손과 발이 추위에 얼어 터져, 자신도 알지 못하는 사이에 점점 썩어가고 있는 것처럼, 그리고 상대방의 열정이 오히려 더 큰 부담이 되고 있는 것처럼, 서로에게 매우 불편한 갈등과 짐이 되고 있다.

그런데 녹두는 지금 김개남이 왜 떠나가려 하는지 전혀 감을 잡지 못하고 있다는 문제에 봉착해 있다. 물론 그런 문제가 발생하고 있다는 사실을 인식하고 있었지만, 그 원인이 무엇인지를 모르고 있다는 데 그의 한계가 있었다.

특히 두 사람이 청년으로 성장하여 고부 봉기로 만나기 전까지는 고향 마을과 인근에서 항상 김개남이 앞장서거나 그를 중심으로 크고 작은 일을 처리해왔었다. 그러나 고부사건 이후 향리 중심의 봉기가 이제 점차 더 넓은 지역의 혁명으로 덩치가 커지면서, 서서히 기존 관계에 새로운 변화의 조짐이 나타나기 시작했다.

그 동안 김개남의 그늘아래에 머물면서 아무런 존재감 없이 지내거나 딱히 드러나지 않는 평범한 삶을 살았던 녹두가, 어린 시절의 차분하고 조용한 이미지를 벗어나 어느 순간 냉철한 상황분석과 청년들 간의 소통과 포용력 그리고 인내할 줄 아는 절제된 지도력으로 인해, 자연스럽게 사람들로부터 인정을 받기 시작했고, 김개남과 차별화되는 지도자의 재목으로 갑자기 두각을 나타내기 시작했던 것이다.

특히 두 사람이 동학에 거의 같은 시기에 입문을 하고 같은 스승 아래에서 배웠지만, 가르침을 흡수하여 민중들의 삶에 녹여내는 속도에 큰 차이가 있었다. 물론 녹두의 가난한 삶과 아버지의 비극적인 죽음이 그러한 차이를 만들어내는 결정적인 계기가 되었다.

대장들은 녹두의 고민과 관심을 잘 알고 있는 것처럼 보였다. 북접은 해월이 교세확장을 위해 맨발로 전국을 숨어 유리걸식하며 오늘날 이렇게 큰 규모를 이루었고, 적지 않은 부농층의 교도들이 그를 뒷받침하고 있는 상황이었다. 어떻게 이룬 교단인데, 남접처럼 섣불리 나설 수는 없을 것이라고 녹두는 생각했다. 반면 남접 농민군들은 주로 농촌사회의 붕괴과정에서 몰락한 농민, 천민, 노동자, 영세 상인들이었다. 당연히 이들은 사회에 대한 불만과 반발, 그리고 개혁적 투쟁을 지향할 수밖에 없는 상황이었다. 그러나 마리는 두 농민군 진영의 차이가 그보다 훨씬 더 뿌리 깊다고 생각했다.

그런데 녹두가 그렇게 공을 들여 사람을 보내 설득하고 타협점을 찾은 결과, 해월은 9월 중순에 드디어 북접 두령들에게 초유문(招諭文)을 보내 총동원령을 내렸다. 손병희가 차후 귀띔해주기를, 마리를 통해 정확하게 파악된 일본정세와 녹두의 끈질긴 설득이 해월의 마음이 돌아서도록 하는데 결정적인 영향을 미쳤다고 했다. 그러나 억울하게 누명을 쓰고 죽은 수운의 숙원을 풀어줄 것을 근거로 장문의 훈시를 내렸던 지난번의 통유문과 달리, 이번의 초유문은 임금과 나라의 위기에 적극 동참하라는 매우 간단한 내용이었다.

마리는 해월의 총동원령이 여전히 진심으로는 원하지는 않는, 그러나 동학의 이름으로 죽어가는 교도들의 현실을 보면서 나서지 않을 수도 없는, 특히 지난 20년 전 이필제가 주도했던 영해 교조신원운동으로 엄청난 피바람을 체험했던 해월이 볼 때 필시 그런 전철을 밟을 것이 너무나도 뻔한, 그런 정치적 혁명에 어쩔 수없이 나선 것이라고 보았다. 그래서 마리는 녹두에게 농민혁명의 성취를 위해 북접군에게 너무 많은 기대를 하지 않도록 당부했다. 그럼에도 불구하고, 녹두의 예상대로, 해월의 교지 1통은 전 농민군을 하나로 연합하는 엄청난 위력이 있었다.

"그러나 사실 북접 농민군의 합류보다 더 중요한 것이 있습니다."

북접을 설득하기 위해 누구보다 노심초사하며 공을 들여왔던 녹두가 던진 말 한마디에 대장들이 모두 얼음장같이 하얀 얼굴로 녹두를 바라보았다.

"조선의 농민들이 다 우리를 돕는다 해도 우리가 매우 신중하게 살펴야 하는 것이 있습니다. 그것은 하늘의 뜻입니다."

그러자 이방언 대장은 너무 어이가 없다는 생각이 들었다.

'아니, 그 말은 평소 북접에서 주로 많이 사용하던 주장이 아닌가… 너무 운명적이고 수동적인 그런 북접의 주장이 혁명에 장애물이 된다며 사령관 자신이 그것을 수정하거나 반대하다시피 하며 설득해 왔는데, 지금 그 주장을 본인이 나서서 뒤집고 있는 것인가!'

손병희와 북접 대장들도 안색이 어두워지며 못마땅하다는 표정이었다. 일부 남접 대장들 역시, 사령관이 왜 난데없이 하날님의 때, 하날님의 뜻을 말하고 있는지, 서로 영문을 모르겠다는 눈치였다. 마리가 녹두를 거들고 나섰다.

"이제 곧 겨울철이 다가와요. 아무리 용맹스럽고 사기충천한 농민군이라도 추우면 싸울 수가 없어요. 오래 끌수록 농민군이 불리하지요. 그래서 때를 바로 읽는 것이 최대의 관건인데, 대장님들이 말씀하신 여러 조건들이 해결되기를 기다리는 그 시간, 관군과 일본군도 동시에 준비하는 시간임을 항상 기억해야 해요. 그런 뜻이 아닌가요?"

"그런 시간문제는 그동안 김개남 대장이 계속 주장하던 것 아닙니까? 김 대장만큼 그렇게 시간을 강조하신 분이 또 있습니까? 왜 그러면 진작부터 김개남 대장의 의견을 따르지 않았습니까?"

갑자기 좌중에서 '때'와 관련하여 김개남 이야기가 심각하게 거론되자, 녹두는 자신이 질문을 던져놓고도 화들짝 놀랐다. 자신의 불편한 상처를 또 다시 건드리는 것 같은 엄청난 부담감이 엄습해왔다.

녹두는 때를 중시해야한다는 마리의 주장이 잘못이 아닌 것과 마리의 주장이 김개남의 주장과 결코 다르지 않다는 점을 잘 인식하고 있었다. 마리 역시 그런 점을 잘 알고 있었고, 특히 녹두의 지나친 신중함이 오히려 혁명에 걸림돌이 될 수 있다고 생각하고 있었다. 때에 대한 녹두의 인식은 손병희와 김개남 사이에서 비교적 중도적 입장이었는데, 다만 그의 특징은 매우 역동적이고 주체적인 이해를 하는 특징이 있다고 생각했다.

그래서 마리는 녹두가 반드시 김개남과 손병희와 함께 있어야 한다고 종종 주장했다. 세 남자는 삶의 배경에 큰 차이가 있었던 만큼 서로 다른 시각을 가졌기 때문에, 농민혁명을 위해 서로 보완적인 관계에 있다고 생각했다.

녹두는 항상 행동하기 전에 충분히 생각하고 예상되는 결과를 철저히 검토할 것을 주문했다면, 김개남은 큰일이든 작은 일이든 일단 행동하면서 생각하라는 주장이었다. 삶의 환경 속에서 그만큼 녹두는 절박했고 절박한 만큼 치밀할 수밖에 없었다. 그러나 김개남은 어느 정도 유복한 생활을 해 오면서 일에 대한 실수나 사건의 결과에 녹두처럼 그렇게 큰 의미를 두거나 집착하는 대신, 사건을 다소 낭만적으로 볼 수 있는 여유가 있었다.

그런데 그렇게 치밀한 녹두가 지금 자신의 약점과 같은 부분 혹은 반대 논리를 스스로 들춰내어 문제시하고 있는 것이다. 마리는 녹두가 혼란스러워하는 대장들 앞에서 어떻게 설명하려는지 다소 긴장되었다. 그러나 녹두는 오히려 편안해 보였고 담담하게 자신의 생각을 펼쳐 나갔다.

"저도 같은 판단입니다. 그러나 저는 다른 사람이 아니라 바로 제 자신의 때를 살피고 있습니다. 하날님의 때는 제 자신만이 가지고 태어난 운명이기 때문입니다. 물론 그렇다고 제가 운명주의자는 아닙니다만, 작은 언덕이 깎이고 높은 산이 평평해지며, 모든 골짜기들이 채워지는 그 꿈, 저는 그 꿈을 이루게 될 날을 바라봅니다."

"그렇다면 그것은 결국 우리 동학의 '무위이화'를 말하는 것 아닙니까?"

녹두의 오른팔과도 같은 이방언 대장의 질문은 해월의 총동원령이 내려진 이후에도 여전히 남북접 농민군 지도부 사이에서 끊이지 않는 '무위이화'(無爲而化)에 대한 논쟁을 언급한 것이었다. 특히 북접의 최고 지도자인 손병희와 대접주들이 이제 막 합류를 하게 된 상황에서, 그 부분은 언제 또 심각한 갈등과 분열을 가져올지 모르는 폭발성 질문이었다.

그 뿌리를 동일하게 수운에게 내리고 있음에도 불구하고, 동학의 무위이화는 남접과 북접 사이에서 같으면서도 다르고, 다른 듯하면서도 여전히 같은 외양을 가진, 그래서 사실상 녹두에게는 북접과 구별되는 혁명의 중요한 명분이면서, 그것은 동시에 김개남 대장으로부터 지적받고 있는 약점이기도 했다. 김개남 대장은 무위이화 자체를 인정하지 않고 있었다.

마리는 녹두가 무위이화에 대한 설명을 통해 손병희와 북접 대장들을 향하여 동학의 깊은 저변을 훑고 있다고 생각했다. 이들을 하루아침에 설득시킬 수는 없지만, 적어도 자신의 신념이 어떻게 다른지를 분명히 보여준 역동적인 해석이라고 생각했다. 녹두의 눈빛이 강렬하게 빛났다.

"결국 수운의 '지기금지'와 '시천주 조화정'은 이 모든 운수를 규정하는 위치에 있는 사람을 보라는 것입니다. 운수가 아니라 사람을 말입니다. 수운은 개인과 나라의 운명을 쥐락펴락할 수 있는 사람의 막중한 책임을 알아차리라는 것입니다. 그래서 '지기금지'(至氣今至)가 중요합니다. 사람이 간절히 원하기만 하면, 지금 여기에서, 바로 그 사람이 모든 거짓된, 인위적인 것을 물리치고, 하날님의 조화를 이룬다는 것입니다. 그것이 동학이 말하는 무위이화요 하날님의 때입니다."

이방언 대장이 녹두의 마음을 헤아렸다는 듯이 한마디 거들었다.
"하늘을 바라보고 별을 연구해서 무위이화를 기다리는 것이 아니라, 인간 스스로 사람다운 사람이 되고, 거짓되고 왜곡된 것을 제

거하여, 사람다운 사람이 살아가는 세상을 만들어야 한다는 것을 말씀하시려는 것입니까?"

녹두는 고개를 끄덕이면서 반대편 쪽에서 손병희의 표정이 다소 시무룩한 것을 보았다.

"혹시 제 말을 잘못 이해하시면 제가 수운의 '시천주'를 훼손하고 있다고 볼 수 있겠지만, 사람 속에서 삼라만상의 진리를 주체적으로 깨우치지 못한다면, 동학은 서고(書庫) 속의 수많은 다른 이론들 속으로 다시 돌아가는 것입니다. 동학이 하늘을 말하는 것은 구름이나 별의 움직임을 살피려는 것이 아니잖습니까? 우리 동학은 탁상에 모여 앉아 공론을 통해 전개된 것도 아니고, 서교와 같이 권력과 결탁한 상태에서 종교회의를 통해 전개된 것도 아닙니다!

우리 동학은 수운과 해월이 쫓기고 박해를 받아가면서 보따리하나 지고 그것을 펴고 강론하는데 따라 사상이 하나씩 만들어졌습니다. 그래서 동학은 어느 하나라도 피와 눈물이 스며있지 않은 것이 없습니다. 그래서 동학을 민중의 종교라고 말하지요."

녹두는 이치만을 던져놓고 멀리계신 초월자가 아니라, 수운처럼 우리의 절박한 역사 환경 속에서 살아 움직이는 하날님을 민중 속에서 찾았다. 녹두는 그 하날님이 바로 인간이요, 해월은 모든 물질까지 포함한다고 주장했다.

손병희의 얼굴에 한 조각 미소가 흘렀다. 녹두는 그 미소를 보면서 그가 조선 민중의 삶이 얼마나 핍절한 지를 절박하게 느낄 수 있기를 바랐다.

마리는 안도의 한 숨을 내쉬었다. 녹두는 북접의 주장과 달리 역사 속에서 주체적인 인간이 구체적으로 하날님의 때를 규정하고 있다는 점을 강조했던 것이다.

녹두의 표정을 살피면서 마리는 그가 하늘의 때를 민중으로 해석하고 있음을 알아차렸다. 민중이 어떻게 일어서고 앉느냐에 따라 결국 하늘이 열리고 닫힌다는 생각이었다.

마리는 녹두야말로 조선을 위한 위대한 지도자, 아니 진정한 용기와 지혜를 겸비한 남자라는 신뢰감이 생기기 시작했다.

"저도 깊이 공감하고 있어요. 도탄에 빠진 이 민중들을 바라보며 하날님의 마음을 가진 그 사람이 곧 그들을 구해내야 할 책임이 있어요.

다른 것을 구하지 마세요. 하날님의 마음을 가진 사람, 그가 곧 하날님이에요. 그것이 제폭구민, 광제창생, 보국안민, 척양척왜를 실현하는 무위이화의 정신이 아니겠어요?"

마리는 녹두의 생각에 불을 지펴 주었다. 녹두는 마리야말로 짧은 시간에 동학의 핵심인 시천주와 인간의 책임을 정확하게 인식했다고 생각했다.

"저는 종교적 논쟁에는 관심이 없습니다만, 그러나 마리의 말씀대로, 사실 하날님이 어디에 계시냐가 중요한 것이 아니라, 문제는 민중과 나라를 도탄에서 구하려는 의지를 가진 종교인가, 그렇지 않은 종교인가, 하는 데에 있다고 봅니다."

녹두는 서교에 대한 마리의 생각이 어떠한지 알 수는 없었지만, 필시 서교와 관련한 어떤 특별한 사연이 있었을 것이라고 짐작하고 있었다.

"그런데 수운이 동학은 서교와 운이 같다고 말씀하신 이유가 무엇입니까?"

"서교 안에서 민중들의 역사에 개입하는 하날님을 보았기 때문이에요."

마리가 주저 없이 결론을 내리자, 녹두는 빙긋이 웃으며 대답했다.

"하늘의 때를 살피되, 지나치게 과장해서 하늘의 때, 혹은 하늘의 뜻이 어떤 절대적인 순간이나 외부의 선물인 것처럼 기대하지 말고, 사람이 자신의 역사 속에서 직접 보고 듣고 발견한 행동이 곧 하날님의 때요 하날님의 뜻이라는 것입니다."

손병희와 북접 대장들은 묵묵히 듣기만 했다. 마리가 다시 서교에 대하여 언급했다.

"사실 수운이 지적했듯이 그 부분이 원래 서교의 강점이었어요. 서교의 예수도 성전 안에 있는 자기를 찾는 부모를 향해, '내가 내 아버지 집에 있어야 하지 않겠느냐'라고 말했어요. 듣기에 따라서는 생뚱맞은 대답 같지만, 예수는 마치 물고기가 물을 대상화할 수 없듯이, 자기 집에서는 자기의 이름을 밝힐 필요가 없다는 뜻으로 말한 거예요. 그리고 하날님의 나라가 여기 있다, 저기 있다 주장하는 종교인들에게 책망하기를, '하날님의 나라는 바로 너희 안에 있다'고 했어요. 그것은 마치 물고기가 물이 어디에 있는지를 찾는 어리석음과 같다는 뜻이지요."

서교를 빌어 동학의 이치와 때를 설명하는 마리의 지혜에 이방언을 비롯한 대장들이 모두 탄복하는 눈치였다. 특히 무뚝뚝하고 투박한 말투의 유한필 대장이 그녀 앞에서 한 마디를 거들었다. 그는 녹두 앞에 갑자기 나타난 마리를 다소 못마땅하게 생각하고 있었다.

"우리 동학은 이 세상 그 자체가 하날님이라고 믿고 있습니다. 우리가 이미 그 속에 들어가 살고 있는데, 어디서 하날님을 별도로 찾는다는 말입니까!"

녹두는 문득 유한필 대장이 언급한 하날님이란 지금 버림받은 민중이라고 생각했다.

공주로 출발하기 전날, 녹두는 손병희와 의형제를 맺고 생사를 함께 하기로 약속했다. 무엇보다 김개남과 남원 농민군을 합류시키지 못한 문제와 해월 산하의 교단 지도부를 불편하게 했던 자신의 부족함을 진솔하게 털어놓으며, 북접 농민군이 주도적으로 큰일을 담당해 주기를 부탁했다.

손병희는 녹두를 형으로, 자신은 아우가 되기로 하고 그의 손을 잡으며 화답했다.

"일을 이루고 못 이루는 것이 한울님께 있습니다. 우리는 다만 우리가 하고자 하는 일을 최선을 다해 노력할 따름입니다. 함께 힘을 모아 후회 없도록 합시다."

녹두는 손병희의 다짐을 반갑게 받아들이면서, 그동안 많은 난관이 있어 결정을 내리기가 쉽지 않았음을 다시 한 번 감사했다.

"아우님, 조금 전에 모든 것이 한울님의 뜻에 달려있다고 하셨듯이, 남쪽에서는 천주를 하날님이라고 말하지만 아우님이 계신 북쪽에서는 한울님이라고 부르고 있습니다. 두 이름에 어떤 차이가 있습니까?"

녹두의 질문은 사실 단순한 호칭문제가 아니라 남북접 사이의 차이를 상징하는 대표적 종교 용어에 대한 것이었다.

"이 현상우주가 그 정점에서 피운 꽃들이 바로 인간입니다. 무한우주인 한울님의 사랑이 결실을 맺어 삼라만상이란 꽃을 만들어 냈는데, 인간만이 그 중에서 한울님을 감지하고 깨우침으로써, 자신이 한울님의 분신임을 자각하여 거듭날 수가 있습니다."

긴 설명을 통하여 손병희는 인간이 한울님의 때가 될 때까지 자신을 정성껏 수련하며 기다릴 것을 강조하고 있었다. 그러나 녹두는, 부족한 인간이지만 그 순간의 상황 속에서 어떻게 행동할 것을 결정할 책임이 인간에게 있다고 생각했다.

마리는 손병희의 한울님이 여전히 종교적이며 보편적인 하늘사상에 머물러, 민중과의 역사적 개입에는 다소 소원해질 가능성이 있음을 직감했다.

손병희의 시천주는 인간이 전체마음으로 거듭난 한울님이 되는 것을 말했다면, 녹두의 시천주는 민중이 되어 민중으로써 십자가를 지는 인간이 되는 것을 의미했다. 마리는 손병희의 시천주가 인간이 어떻게 진정 하늘이 되는지의 도덕적 과정에 좀 더 집중하는 것 같다고 생각했다. 물론 그것이 남접과 북접의 시각차이라는 점을 잘 알고 있었다.

순간 녹두는 마리가 왜 굳이 행동파 김개남을 떠나 적극적이지 못한 자신에게로 왔는지, 그 이유가 너무 궁금했다.

7

녹두는 모든 생명이 한울님으로 살아나도록 역사 속의 인간이 깨어나야 한다고 생각했다. 그것이 수운의 시천주가 지향하는 핵심이라고 믿었다. 종교가 거짓된 질서를 합리화해주면서 관념의 세계로 도망가지 못하도록 꾸짖은 교리가 곧 시천주였기 때문이다.

그리고 멸절의 위기를 당하고 있는 민중들에게 요구되는 에너지란 거짓된 질서를 강력하게 해체할 수 있는 수운의 시천주라고 믿고 있었다. 녹두에게 강력히 뿌리를 내리고 있는 시천주는 예배와 공경의 대상으로서 존재하기보다는, 오히려 인간들에게 신적 자유를 주어, 자신들의 삶의 문제를 스스로 해방시켜 나가도록 하는 인간을 의미했다.

"집강소는 새로운 세상, 우주의 꽃을 지금 여기에서 체험하는 맛보기였습니다."

녹두는 손병희에게 민중을 통해 이 땅에서 이상세계를 잠시 맛보았던 집강소 시절을 잠시 소개하고 싶었다. 그곳이야말로 손병희가 꿈꾸는 한울의 세상을 시작하는 씨알과 같은 곳이었다.

"그것은 우리 동학농민군이 서울에 들어가서 실현하려는 세상의 작은 모판이었는데, 짧은 기간이었지만 그토록 그리워하며 꿈꾸던 세상이 우리 민초들의 투쟁으로 잠시나마 가능했던 세상이었습니다."

손병희는 반색을 하며 좋아했지만, 한울의 조화대신 민초들의 투쟁이라는 녹두의 말에 역시 다소간의 불편함을 드러냈다. 그러나 녹두는 전주 점령 이후에 전라감사 김학진과 함께 투쟁했던 사건부터 차례로 이야기를 열어갔다. 마리는 경군의 무차별 포격으로 김개남과 함께 이리 저리 도망 다니던 순간을 회상하며, 집강소 활동기의 잊을 수 없는 순간들을 다시 생각했다.

"전주화약이 이뤄지고 김학진 감사의 적극적인 호응으로, 6월 중순부터 농민군은 능동적으로 폐정개혁을 실행하기 위해 스스로 집강소를 설치하기 시작했습니다."

"전라도 전 지역에 집강소가 바로 설치되었습니까?"

"그렇지 않습니다. 6월 하순이 되어서야 대부분의 호남지방에 집강소가 설치되어 본격적으로 활동을 시작했는데, 나주를 비롯한 몇 고을은 결국 설치되지 못했습니다."

"초기에는 주로 관리나 양반 그리고 부민의 약탈 등으로 발생한 억울함을 해소하는 성격을 띠고 있었어요."

"아, 그렇게 집강소의 경험을 통해서 농민군들의 의식도 대단히 성장했겠어요."

"그런데 일본군이 경복궁을 점령하는 급변사태가 발생하자, 김학진 감사와 저는 전주에서 회담을 갖고, 감영과 농민군이 협력하여 호남의 안정과 치안질서를 더욱 신속하게 바로잡기로 약속했습니다. 실제로 각 군현마다 집강소 제도를 전면적으로 설치 운영하기로 합의했습니다. 물론 이때 농민군 내부적으로는 북진에 대한 강온 대립이 본격화되기도 했습니다만."

녹두는 담담하게 당시 상황을 소개했다. 마리는 당시 김개남과 함께 강력하게 북진을 주장했지만, 녹두는 그때의 마리를 알지 못했었다.

"농민군은 각 군에 집강소를 설치하고 나서 군수와 함께 그들의 목표대로 개혁 작업을 수행해 나갔습니다. 여기에는 각종 제도개혁과 함께 지주, 부민 등에 대한 처벌 등 사회개혁운동이 적극 반영되었습니다. 심지어 지주들의 지나친 지대료를 빼앗아 돌려주기도 하고 전답문서를 다시 본 주인에게 반환해주기도 했습니다."

녹두는 폐정개혁안이 적힌 누런 종이쪽지를 손병희에게 보여주었다.

"폐정개혁은 매우 포괄적이어서 우리 사회의 많은 문제들을 담고 있습니다. 우리는 탐관오리와 횡포한 부호, 양반, 유생을 징벌하고, 노비문서를 소각하며, 천인들에 대한 처우개선과 과부의 재혼 허가, 그리고 모든 무명잡세를 폐지할 것과 문벌과 지벌을 타파한 인재등용을 실시하고, 일본인과 밀통하는 자에 대한 처벌과 공채, 사채 일체의 면제를 요구했습니다."

"대단한 변화를 주도하셨습니다."

"아우님 말씀대로 이 모든 것은 무엇보다 고통 받는 민중이 주체 가 된 혁명 활동이었습니다. 농민군은 심지어 토지의 평균분작을 요 구하며, 토지소유의 근본적 개혁을 주장했습니다. 토지문제가 우리 조선사회 온갖 부정부패의 핵심이기 때문입니다."

"토지개혁도 실행에 옮기셨습니까?"

손병희는 토지개혁 이야기가 나오자 화들짝 놀라 당황하는 눈치 였다. 녹두는 손병희가 토지문제에 매우 보수적이라는 점을 알고 있 었지만, 이에 개의치 않고 개혁의 전말을 소상하게 이어갔다.

"토지개혁은 준비와 시행이 비교적 수월하던 몇 개 집강소에서 평균분작으로 먼저 시작을 했고, 그와 관련하여 토지문서와 노비문 서를 즉각 소각했습니다."

녹두는 농민혁명과정에서 있었던 집강소활동을 매우 소중하게 생각하고 있었다. 마리도 당시 녹두의 순수한 열정이 녹아들어간 집 강소 자체를 문제 삼지는 않았다.

"더욱 자랑스러운 것은 저희가 이러한 요구를 조정에 제시하는 데서 그치지 않고, 민중 스스로 각 지방의 고유한 권력을 창출하고 이를 실천했다는 것입니다. 각 향촌의 집강소는 농민들의 자발적 참여를 통해 성립된 자치기관이었습니다."

"그러면 기존의 지방관청이나 유림들과는 관계가 좋지 못했을 텐데……."

손병희는 경상도의 상주나 예천에서처럼 집강소가 오히려 농민군 탄압과 박멸에 앞장선 경우를 알고 있었기 때문이었다.

"집강소 기간 동안 형식적으로는 지방관청이 존재했지만 전주화약 이후 적어도 3개월 동안은 모든 실권이 집강소에 있었습니다. 집강소는 폐정개혁의 중심축이 되어 노비문서와 토지문서를 즉시 소각하고 창고를 열어, 식량과 금전을 농민들에게 나눠주었습니다."

녹두가 집강소 활동을 소개하면서 투쟁적인 개혁을 크게 강조하자, 손병희는 그에 대한 동학적 의미가 무엇인지를 물었다.

"제 생각에는 무엇보다 농민들이 역사의 현장 속에서 비로소 주체의식을 가지고 자신감을 되찾은 것이지요. 민중이 스스로를 지킬 수 있을 때에 모든 것을 바꿀 수 있기 때문입니다."

마리는 손병희가 종교로서의 동학과 관련된 어떤 진취적인 대답을 듣고 싶어 한다고 생각했다. 그러나 질문의 의도를 잘 알고 있었지만, 녹두는 한울 공동체의 확장과 같은 동학의 포교적 차원을 언급하지 않고, 농민군의 고양된 역사의식에만 초점을 맞추어 대답을 했다. 손병희는 더 이상 질문하지 않았다.

마리는 녹두의 관심이 호남에서의 집강소 활동이 종로 한 복판에서 펼치게 될 새로운 세상의 예행연습이 되도록 하는 것이 아니었을까, 라고 짐작했다. 그런 역사적인 경험을 통해서 고통 받는 민중이 초월적 종말사상으로 숨어들지 않고, 오히려 구체적인 현실 문제를 정면으로 당당하게 승부할 수 있다는 꿈을 가지게 되었다. 녹두는 이점을 매우 소중하게 생각했다.

"특히 집강소는 동학 농민군에 대한 지지 계층을 넓히는데 적잖게 기여했습니다."

"그런데 집강소의 다른 측면을 간과해서는 안 된다고 봐요. 특히 앞으로 서울과 경기로 나아갈 것을 생각한다면."

마리가 집강소에 전혀 다른 평가를 내리고 있었다.

"전주에서 화약을 맺고 집강소를 운영한 것은, 한편으로는 많은 개혁조치가 실행되고 농민군에게 주체적인 경험이 축적된 것은 나름대로 의미가 있었지만, 동시에 커다란 실책으로도 기억될 수 있어요."

"커다란 실책이라니 무슨 말입니까?"

손병희가 화들짝 놀라 순간 당황했다. 마리가 녹두와 함께 있으면서 그런 말을 할 수 있다는 사실이 도무지 믿겨지지 않는다는 표정이었다. 집강소는 녹두의 현재요 미래였기 때문이었다.

"결과적이기는 하지만, 전주화약과 집강소 활동은 한창 달아오르던 농민혁명군의 기세를 억누른 셈이었지요."

"기세를 억누르다니요? 오히려 조선 민중들에게 새로운 세상이 어떤 것인지 맛을 보여주지 않았습니까?"

"물론 그런 면도 없지 않아요. 하지만 무엇보다 한창 상승하고 있던 농민전쟁의 위세를 누그러뜨림으로써, 결과적으로 정부와 일본군에게 그만큼 반격할 수 있는 시간적인 여유를 주었다는 사실을 반드시 기억해야 해요."

녹두는 마리와 손병희의 말을 들으며 묵묵히 눈을 감고 있었다. 그것은 1개월 전 전주에서 김개남으로부터 귀가 따갑게 들으며 시달려왔던 문제였다. 농민군 대장들 역시 격렬한 논란이 있었지만 결국 만장일치로 모두 집강소를 찬성하며 동참했다.

그러나 김개남만은 여기에 마지막까지 동의하지 않았고, 수차례에 걸친 녹두의 개인적인 요청마저 끝끝내 거부했다. 그리고 그때부터 감정이 매우 흥분된 상태에서 김개남은 본격적인 독자 노선을 걷기 시작했다. 물론 녹두와 농민군 지도부는 김개남의 독자행보가 상당히 오래 전부터 남원을 중심으로 진행되고 있음을 파악하고 있었다.

그런데 지금 마리가 김개남과 동일한 주장을 거침없이 쏟아놓고 있는 것이다. 그것도 손병희 앞에서… 녹두는 마리의 불같은 성격을 예상하고는 있었지만, 자신의 자존심과 같은 집강소문제를 단칼에 부정하는 듯한 마리의 비판에 불쾌하기 짝이 없었다. 마리는 독설에 가까운 말들을 계속 쏟아냈다.

"당시 저는 김개남 장군에게 전라감사와 화약을 맺는 것 자체부터 농민군이 더 큰 대의명분을 잃거나 북진의 동력을 상실할 염려가 있다고 강력히 항의했고, 녹두장군에게도 그 사실이 전달된 것으로 알고 있어요."

녹두는 마리가 김개남을 '장군'으로 호칭하는 소리를 처음 들었다. 그것은 자신과 김개남을 여전히 동등하게 보고 있다는 마리의 본심이 드러난 것이라고 생각했다. 녹두는 갑자기 눈앞이 캄캄해졌다.

'남원 농민군이라면 몰라도, 마리가 내 앞에서 김개남을 장군으로 부르다니!'

마리의 태도는 집강소 활동의 의미를 평가절하 했던 당시의 김개남보다 훨씬 더 강력한 부정이요 반대라고 생각했다.

순간 녹두는 엄청난 분노가 치밀어 올랐다.

'마리가 김개남을 그렇게 좋아했던 것이었나! 그렇다면 혹시 나에게 와있는 것이 김개남을 돕기 위한 위장인가!'

마리의 이중적인 태도가 김개남과 오버랩 되자 녹두는 도무지 견딜 수가 없었다. 마리와 이미 서로 깊은 마음을 주고받았으며, 어느 정도 깊은 신뢰감이 쌓였다고 믿고 있었는데, 마리가 여전히 김개남의 여자로 보였다.

녹두는 그녀의 모든 것이 가식처럼 보여, 더 이상 무슨 말이든 듣고 싶지 않았다.

"농민들이 충군애국이라는 김학진 감사의 회유책에 말려들어, 뻗어나가야 할 동력을 상실한 것은 분명해요. 김개남 장군이 그렇게 반대를 했는데도… 당시 진압을 위해 파견된 경군 역시 농민군을 해산하고 빨리 서울로 철수해야 하는 다급한 상황이었고요."

김개남을 옹호하는 마리를 보면서, 녹두는 얼굴이 붉으락푸르락하고 피가 거꾸로 솟아오르는 것 같았다. 손병희는 녹두가 그렇게 흥분하여 안절부절 못하는 모습을 처음 보았다.

　손병희는 마리가 나름대로 상황을 정확히 판단하고 있었다고 생각했다. 물론 손병희는 당시 녹두가 집강소활동에 더욱 전념하기를 바랐고, 전쟁을 더 확산시키는 것이 부질없는 일이라는 교단 최고 지도부의 생각에 동의하고 있었다. 간신히 이루어놓은 교단의 위상과 포교활동에도 치명타를 입힐 가능성이 있었지만, 아직은 혁명의 때가 성숙되지 않았기에 서울점령을 위한 북진은 여전히 무리라고 생각하였고, 그것이 솔직한 그의 판단이었다.

　녹두의 안색이 크게 일그러지는 것을 본 손병희는 어쩔 줄을 몰라 자신도 심히 난처했다. 그러나 마리는 눈썹 하나 까딱하지 않고, 녹두를 똑바로 쳐다보며 말을 이어갔다.

　"때마침 농번기라서 각 향토에서 농민들의 일손을 애타게 부르고 있는 마당에, 대부분의 농민들은 안절부절 했지요. 그런데 녹두 장군도 당시 청일 양국 군대와의 직접적인 대결을 회피하면서 농민군전력을 보호해야 하는 입장에 있었기 때문에, 양측은 서로 의견이 일치했다고 봐요. 그러나 그 순간의 고통을 넘어섰어야 했어요."

　참고 있던 녹두가 격앙된 목소리로 대답했다. 그러나 스스로를 절제하며 차분하고 친절한 어조로 말하려고 안간힘을 쓰고 있었다.

　"말씀이 좀 지나친 것 아닙니까? 우리는 농민군이 전주로부터 철수하면 정부군도 철수하고 외국군도 분명히 철병할 것이며, 농민군이 요구한 폐정개혁안을 전면 수락할 것이라는 분명한 약속이 있었기에 화약을 맺었던 것입니다!"

'분명히'라는 말을 거듭 강조하는 녹두의 대답은 분노가 가득했다. 그러나 마리역시 전혀 물러설 기색 없이 오히려 초강력 화살을 녹두의 가슴에 날려 보냈다.

"그 상황에 분명한 것이 있었다고 생각하시나요? 오히려 장군이 무능한 조정을 너무 단순하게 믿은 것이 아닌가요? 아니면 그렇게 분명하다고 믿고 싶었던 것인가요?"

"아니, 뭐라구요?"

물러서지 않는 마리의 비난에 녹두는 할 말을 잃었다. 그러나 자신의 심장을 꿰뚫고 있는 마리의 독설 앞에서 순간 움찔했다. 그녀의 말은 사실이었기 때문이었다.

"사실 저도 그 점이 걱정되지 않았던 것은 아닙니다만……."

세 사람은 한 동안 말이 없었다. 늦가을의 쌀쌀한 바람 속에 아직 떨어지지 않은 나뭇잎들이 몸을 떨며 낙하를 준비하고 있었다. 여기저기 떨어진 낙엽들이 뿔뿔이 흩어졌다.

손병희는 녹두와 마리에게 그러한 깊은 고민과 갈등이 있었다는 점을 미처 알지 못했다. 물론 개인적인 문제 때문이 아니라는 것을 손병희도 잘 알고 있었다. 그러나 매우 가까운 연인처럼 늘 함께 지내는 두 사람 사이에 그런 엄청난 비난이 터져 나올 정도로 신뢰하지 못하는 부분이 있었다는 점에 대하여, 손병희는 둘 사이에 심각한 문제가 있는 것이 아닌가, 다소 혼란스러웠다. 그러나 무엇보다 정국현안에 대하여 여성으로서 마리가 가졌던 심오한 통찰과 비판에 손병희는 할 말을 잃었다.

'도대체 어떤 여성이기에 두 남자를 오가며 저렇게 휘어잡을 수 있는가!'

손병희는 이해할 수가 없었다. 처음부터 대략, 신식여성이 아닐까, 라고 짐작은 했지만, 마리에 대하여 아무것도 알지 못했던 손병희는 궁금증이 더 쌓여갔다.

마리는 집강소에 대하여 더 이상 말을 하지 않았다. 사람들에게 잘 알려진 대로 나름대로는 좋은 결과가 있었다고 보기 때문이었다.

처음부터 마리는 다소간의 고통이 있더라도 녹두에게 언젠가 한 번은 강력하게 쓴 소리를 해주고 싶었다. 집강소는 녹두의 최대 업적이면서 동시에 그의 치명적인 실수라고 생각했다. 그 사실을 그냥 덮어두고 지나갈 수는 없었다.

더욱이 집강소 때부터 본격적으로 김개남과 틈이 생기기 시작했던 것이다. 김개남과 더불어 마리역시 농민혁명의 최대목표는 서울 장악이라고 믿고 있었다. 여러 가지 꿈을 동시에 추구하기에는 농민군이 분명히 너무나 많은 한계를 가지고 있었다. 무엇보다 김개남과 마리가 볼 때, 시간문제 때문이었다.

녹두는 마리로부터 예상치 못한 충격을 받은 때문인지, 여전히 가쁜 숨을 내쉬면서, 목을 이리저리 돌리며 목덜미를 주무르고 있었다.

마리는 집강소 자체로도 의미가 없었던 것은 아니라고 생각했다. 거창한 이상보다는 가난하고 설움 받던 민중들이 지금 여기에서 마음껏 꿈을 펼쳐보는 것을 매우 소중하게 생각했던 녹두였다. 억눌려있던 소작들이 당당하게 큰소리를 치고, 온갖 잡세의 노예로 살던 가족들이 오랜만에 둘러앉아 하얀 밥을 먹어보는 조그마한 행복들이, 녹두에게는 눈물겹도록 그리웠을 것이라고 생각했다.

그것은 녹두가 아버지 전창혁의 억울한 죽음에서 뼈저리게 실감한 것이었다. 그리고 엄마 없이 자라고 있는 자신의 어린 자식들에 대한 미안함도 적지 않은 영향을 주었을 것이라고 생각했다. 마리 또한 평탄하지 못한 결혼생활과 십여 년간의 도피생활로 전전긍긍하면서, 그 서러움이 누구 못지않게 절절했다.

마리는 한 밤중에 잠을 이루지 못하고 홀로 괴로워하는 녹두의 모습을 종종 보아왔다. 그러나 녹두는 자신의 상처와 고통을 단 한 번도 내색하지 않았다. 언제나 사람들 앞에서 의연하고 친절하며 당당한 모습이었다.

마리는 녹두를 바라보며 생각했다.
'당신이야말로 제가 체험한 가장 아름다운 집강소입니다!'

손병희의 말은 불에 기름을 들어붓는 격이었다.

"마리는 성격이 보통이 아닌 것 같은데, 너무 가까이하시면 화를 입을 지도 모르겠습니다. 조심해야겠습니다. 제 생각에도 그것은 총사령관에게 심각한 도전 행위였습니다."

"심려를 끼쳐드려 면목이 없습니다. 그러나 너무 염려하지 마십시오."

녹두는 그렇게 손병희의 추측을 차단하기는 했지만, 내심 곤혹스럽고 불편하기는 여전히 마찬가지였다.

'너무 허물없이 가까이하고 믿은 내 자신이 문제겠지!'

어금니를 굳게 물고 녹두는 먼 하늘을 바라보았다. 강경으로 내려가는 텅 빈 하늘에 구름 한 조각 없이 기울어진 햇살만이 힘겨운 발걸음을 재촉하고 있었다.

"미색이 보통이 아닙니다. 모르긴 해도 남자를 수없이 후릴 팔자입니다. 손병희 사령관님도 그만한 미색이 조선팔도에 없을 거라고 말합디다."

"남원에 있을 때 김개남도 완전히 푹 빠져서 제 정신이 아니었대요. 총각이었으니 오죽 했겠어요?"

"이인전투가 절대로 승리가 아니었다고 주장하던데요… 그것도 손대장님 앞에서!"

"앞으로의 전투에 대해서도 본인은 큰 희망을 걸고 있지 않다는 소리를 손대장님이 직접 들었답니다. 김개남이 있었다면 좀 달라졌을 거라면서……."

대장들과 농민군들 사이에서 마리에 대한 좋지 않은 소문들이 꼬리를 물고 나돌았다. 이인전투 후에는 더 심한 소문들이 들려왔다.

특히 녹두가 이방언 대장을 통해 전해들은 소문은 차마 듣기에도 민망한 것이었다. 손병희가 마리의 행동을 몰래 엿보고 있다는 것이었다. 심지어 그는 손병희가 마리에게 남다른 관심이 있는 것 같다는 말까지 귀띔해주었다.

그 외에도 마리가 녹두에게 계속 잘못된 정보를 주고 있다거나, 이상한 마술을 피우며 무녀(巫女)처럼 행동한다는 등, 그동안 여러 가지 좋지 않은 소문이 나돌고 있었다.

녹두 자신도 종종 마리에게서 이상한 점을 발견했다.

마리는 간혹 이상한 주문을 외우듯 중얼거리며 일이십 분이 아니라 몇 시간을 앉아 기도하고는 했다. 그리고 소문 그대로 이따금 어떤 환상을 보는 것처럼 격한 감정을 드러내기도 하였다.

녹두가 보기에도 마치 심각한 신경증을 앓고 있는 여자 같았다. 그때마다 녹두는 소스라치게 놀라 어찌할 바를 알지 못했다. 그러나 이상하게도 그런 날은 오히려 마리의 얼굴이 눈부신 빛으로 가득했다. 물론 평상시에는 대체적으로 자신의 가녀린 목소리처럼 온화하고 조용하며 매우 여성적이었다. 천당과 지옥을 오락가락하는 모습에 사실 녹두는 마리가 어떤 여성인지 전혀 종잡을 수가 없었다.

마리는 사흘 째 식음을 전폐하고 깊은 생각에 잠겨있다. 눈을 감은 채 머리를 똑바로 세우고 벽을 향해 앉아있다.

강경으로 내려온 이후 마리는 줄곧 말이 없다. 녹두와 손병희는 물론 어느 농민군하고도 아무런 대화나 접촉 없이, 오직 벽을 향하여 눈을 감은 채 꿈을 꾸듯 가부좌를 틀고 묵상에 잠겨있다.

그 동안 한 번도 빠짐없이 참석하던 모임에도 며칠째 두문불출이다. 대장들과 농민군들이 그 이유를 몰라 서로 수군거리는 소리들만 진영 안팎으로 무성하다.

녹두는 특별히 내색을 하거나 찾아오지는 않았다. 지난번 손병희가 함께 있던 자리에서 폭발했던 녹두에 대한 마리의 원색적인 비난으로 특히 세 사람 사이에 긴 침묵이 흘렀다. 녹두역시 그 섭섭함의 앙금이 여전히 가시지 않은 상태였다. 아니 그것은 차라리 분노였다고 녹두는 생각했다.

닷새째가 되는 날 저녁, 녹두는 마리를 방문했다. 전투 준비도 그렇거니와 마리와 관련된 문제를 이렇게 방치해서는 안 될 것 같다는 판단 때문이었다. 그리고 그녀의 신변에 무슨 일이 있는 것인지, 왜 식음을 전폐하면서까지 계속 기도하고 있는 지도 매우 염려가 되었다. 혹시 김개남과 자신 사이에서 갈등하고 있다면 이제 결론을 내려야겠다고 다짐했다.

무엇보다 김개남과 관련된 의혹에 대하여 그 진상을 밝히고 싶었다. 그 소문들이 만의 하나라도 사실이라면, 굳이 그녀가 자신과 함께 더 지낼 이유가 없을 것이라고 생각했다. 마땅히 김개남에게 보내주어야 할 것이었다.

그렇지 않아도, 전주에서 출발할 때 김개남이 그렇게 막판까지 확답을 보류하며 합류를 강경하게 거부한 이유는, 다른 것이 아니라 마리가 녹두에게로 갔기 때문이라는 소문도 돌았다. 녹두는 그때 설마, 하며 대수롭지 않게 흘려 넘겼다.

그러나 녹두는 마리에게서 직접 들은 것이 아무것도 없기 때문에, 기다리며 두고 보아야 하지 않을까, 하는 염려도 있었다.

"마리, 괜찮습니까?"

마리는 아무 대답이 없었다. 아직 깊은 사색에 몰두해 있어서 녹두가 와 있는 것을 알지 못한 듯하였다. 초겨울의 냉기가 막사 안에 서있기가 힘들 정도로 심하게 느껴졌다. 낮에 한줄기 비가 쏟아져 기온이 많이 내려간 상태였다.

"마리, 무슨 기도를 그렇게 오래 하십니까? 식사는 하셔야 합니다."

자신에 대하여 여전히 큰 불만을 갖고 있다고 생각한 녹두는 마리에게 무슨 말을 어떻게 꺼내야 할지 몰랐다.

그러나 마리는 한동안 미동도 없이 그 상태로 계속 앉아 있었다. 바깥 먼 길 쪽에서 농민군 한 무리의 죽창 다듬는 소리가 거칠게 들려왔다. 곧 시작될 힘든 전투가 머리를 어지럽게 했다.

녹두가 헛기침을 하며 문을 열고 나가려는 순간, 그제야 마리는 가부좌를 풀고 일어났다. 마리는 녹두를 지긋이 바라보더니, 하얀 입김을 날리며, 녹두를 데리고 갯벌 쪽 벌판으로 내려갔다.

밤하늘은 온통 별들의 잔치였다.

몇 줄기의 은하수가 초승달의 가는 허리를 감싸며, 두 사람의 얼굴에 내려와 앉았다. 녹두는 마음이 조마조마하면서도 바닷바람이 그렇게 춥게 느껴지지 않았다. 이미 들어오고 나가기를 수만 번도 더 했을 먼 바다의 물결 끝자락을 가리키며 마리는 천천히 입을 열었다.

"밤바다는 조용히 만들어주는 하얗고 긴 선을 멀리서 볼 수 있어서 좋아요. 낮에는 볼 수 없는 저 신비한 해안선 아래로 은비늘 같은 긴 꼬리를 흔들며 춤추는 모습을 볼 수 있기도 하고, 어떤 때는 달님이 뿌려주는 보석가루를 뒤집어쓰면서 바다는 결혼을 앞둔 신부처럼 마냥 즐거워하기도 하지요. 그래서 저는 밤바다를 좋아해요.

특히 달님이 해안선 바로 위에 머물러 있는 그 밤바다를요.”

마리는 여전히 묵상에게 깨어나지 않은 것처럼 감상적인 언어로 이 세상을 그윽이 느끼고 있었다. 녹두는 마리의 손끝을 따라 포구 쪽 아래로 내려다보이는 하얀 해안선을 바라보았다. 그는 밤바다를 바라보며 마리의 마음을 헤아려 보았다.

“바다는 늘 하늘을 품고 있어서 외롭지 않을 것입니다. 하늘은 바다를 항상 바라볼 수 있어서 누구보다 행복하겠지요. 밤이 되어도, 태풍이 불어도 그렇지요.”

자신의 불안과 외로움을 그렇게 호소하며 녹두는 긴 한숨을 내쉬었다.

마리는 녹두의 얼굴을 마주보며 그의 손을 살며시 잡았다. 녹두는 순간 움찔하며 마치 온 몸이 얼어붙는 것 같았다. 동시에 자신의 손을 얼른 빼고 싶었다. 그러나 어머니의 두 손처럼 포근하게 감싸는 마리의 체온을 느끼며 녹두는 그 순간 그대로 멈추고 싶었다.

긴장하는 모습이 역력한 녹두의 몸을 느끼며 마리가 잡은 손에 힘을 주며 말했다.

“자신을 모르는 사람은 아무것도 알 수 없어요. 그렇지만 자신을 아는 사람은 동시에 모든 것에 관한 심오한 지식을 알고 있는 사람이에요. 자신을 아는 사람은 신을 아는 사람이지요.

자신을 아는 사람은 반드시 환상을 보게 되고, 환상을 보는 자는 그 환상을 통해 영적 직관을 얻게 되지요. 그리고 영적 직관을 얻은 사람은 이를 통해 현실의 본질을 꿰뚫어 볼 수 있어요. 저는 그러한 경험을 존중해요.

자신의 운명을 자신의 발아래 두고 최선을 다해 노력했으니, 결코 후회하거나 비관할 필요는 없어요."

마리는 녹두가 전혀 알 수 없었던 자신만의 길을 가고 있었다. 그녀의 얼굴에서 어두운 그림자는 추호도 찾아볼 수 없었다. 의심의 안개에 휩싸여있던 녹두는 머쓱하여 할 말이 없었다.

녹두는 바다가 하얀 해안선 아래에서 갑자기 벌떡 일어나 신비한 은비늘 춤을 추기 시작하는 것을 보았다. 달빛은 검은 바다 위에서 금가루를 날리며 하늘거리는 사랑스런 꼬리를 흔들고 있었다. 녹두는 그 꼬리를 붙들고 바다 속으로 풍덩 뛰어들고 싶었다.

"괜찮습니다. 제가 선택한 길이었고, 결코 후회는 하지 않을 것입니다."

녹두는 당황하여 자신이 방금 무슨 말을 했는지조차 기억하지 못했다. 마리가 속삭였다.

"지난 일도 털끝만큼이라도 마음에 남겨 두시면 안돼요.

김개남 장군은 잊으시고, 손병희 대장님에게도 큰 기대를 하지 마세요. 손대장님은 이번 혁명에 대해 그렇게 큰 의미를 두고 있지는 않은 것 같아요. 제가 볼 때 여전히 동학의 포교문제에 더 큰 관심이 있으신 것 같아요."

김개남을 잊으라는 말에 녹두는 밤하늘이 환하게 열리는 것을 보았다. 밤바다가 은비늘 춤을 시작하며 훈풍이 불어왔다. 녹두는 무슨 말이든 하고 싶었다.

"손대장님과 무슨 좋지 않은 일이 있었습니까?"

"네? 무슨 말이에요? 아, 조금의 어긋남이 있었지만, 상관하지 않아요."

녹두는 손병희에 대한 보고를 듣고 신경이 매우 날카로워졌었다. 김개남 문제와 더불어 손병희까지 마리와 관련하여 심각하여 꼬였다고 생각했다. 그러나 녹두는 밤바다의 달빛 속에 빛나는 그녀의 눈빛을 보고 마리에게서 의심할만한 일은 아무 것도 없을 것이라고 단정하고 싶었다.

마리는 녹두의 눈을 깊이 들여다보며 또 다시 녹두의 예상과 다른 대답을 했다.

"이 혁명이 어떤 결과로 나타나든, 또 그 결과가 어떤 평가를 받든 상관없이, 저는 확신해요. 그 결과가 너무나 아름다운 또 다른 결과를 가져올 것이라고요. 그것이 제가 기도에 집중하고 있는 이유예요… 남의 길에 기웃거릴 필요는 없어요. 자신이 선택한 길을 의심하지 마시고, 언제나 자신의 길을 가셔야해요."

녹두는 손병희와의 언쟁이 무엇 때문인지 알고 싶었다. 그러나 묻지는 않았다. 대신 마리의 위로에 대해서 눈물이 날 정도로 고마웠다.

"비관하지 않겠습니다. 제가 하늘이면 마리는 바다시고, 제가 바다이면 마리는 하늘이신데 결코 외롭지 않습니다."

"설마 그것을 이제 아신 것은 아니지요?"

마리는 두 눈을 동그랗게 뜨고 싱글거리며 꼬집는 시늉을 했다. 녹두는 마리의 얼굴을 바라볼 수가 없었다.

하얗게 이어지고 있는 해안선이 다시 앙증맞은 포말을 일으키며 즐거운 몸싸움을 하고 있었다. 사랑스런 포말은 원래부터, 이미 오래 전부터, 적어도 전주에서 출발할 때와 똑같이, 그렇게 행복한 몸싸움을 하고 있었을 것이다.

그동안의 시름을 바닷물에 한꺼번에 녹여버린 것처럼, 마리의 한마디 말, 그녀의 한조각 미소는 신기하게도 녹두의 몸과 마음을 상쾌하게 치유했다. 아니 터질 듯이 머릿속을 부풀게 하던 뜨거운 수증기가 순식간에 모두 사라지고 흔적도 남지 않았다.

어둠 속의 해안선이 환하게 밝아졌다. 녹두는 해안선의 갈매기처럼 가벼워진 몸을 날려 그녀의 두 눈동자 속으로 뛰어 들었다. 거부할 수 없는 강력한 자석의 힘에 이끌리듯 머리끝부터 발끝까지 단번에 빨려 들어간 느낌이었다.

그러나 흔들리는 마리의 머리카락 사이에서 반짝이는 두 눈에는, 어느새 하얀 초승달이 뿌려놓은 두 줄기 눈물이 바람결에 이리저리 흩어지고 있었다. 마리 역시 녹두로부터 받았던 그동안의 오해에서 풀려났다는 듯 섭섭한 감정을 내비치며 훌쩍거렸다.

"미안합니다… 마리, 그대는 눈부신 빛으로 가득한 하늘의 천사입니다."

마리는 피해자로서, 도망자로서 숨어 살았던 시절이 주마등처럼 지나갔다. 그러나 전주에서 진심으로 자신의 상처를 어루만져 준 사람이 바로 녹두였다. 별빛 쏟아지는 만경강 모래밭에서 마리는 녹두와 함께 밤을 꼬박 새며 수많은 이야기를 나누었다.

"저는 변하지 않아요. 고마워요."

녹두는 마리의 허리를 끌어안고 깊은 입맞춤을 하였다. 농민군 주둔지에서 피워놓은 화톳불이 멀리서 희미하게 타오르고 있었고, 경비를 서는 농민군들이 서로 몸을 붙들고 씨름하듯 장난을 하며 재미있게 웃고 있었다.

마리는 명랑해 보였다.

대장들이 모두 모인 자리에 며칠 동안 보이지 않았던 탓인지, 남자들은 좀 쑥스러워하며 마리에게 반갑게 인사했다. 특히 걱정을 많이 한 이방언 대장은 마리를 보자 반색을 하며, 그동안 기도 많이 했느냐고 껄껄 웃었다.

한 시간 가량의 회의가 끝난 자리에서, 마리는 서교뿐만 아니라 큰 전투를 앞두고 본인이 하고 싶었던 몇 가지 이야기를 꺼냈다. 경복궁사태에 대한 대장들의 오해와 과거 고통스러웠던 삶을 헤쳐 나가면서 겪고 터득한 개인적 체험들, 그리고 손병희 등 몇몇 대장들과의 언쟁에 대한 입장 표명이었다. 전반적으로 자신의 소문에 대한 해명이었다.

그러나 무엇보다 마리는 남접 출신의 대장들이 쟁쟁한 교단 지도부 출신의 북접 대장들 앞에서 감히 나서서 녹두의 이렇다할만한 보호막이 되어주지 못하고 있다고 생각했다. 특히 손화중과 김덕명이 돌아간 이후, 어느 누구도 적극 나서는 대장이 없었다.

마리는 워낙 개성이 뚜렷한 북접 지도자들이 호락호락 녹두의 지휘아래 들어오지 않을 것을 처음부터 염려했다. 그것이 몇 달 전 김개남이 펄펄 뛰며 북접을 기대해서는 안 된다고 주장한 이유라고 생각했다.

지난 1차전투를 끝낸 후, 농민군들 사이에서는 녹두의 농민군 총사령관이라는 직책이 유명무실할 정도로 이러저러한 수많은 의견들이 파벌에 따라 넝쿨처럼 얽혀 난맥상을 만들고 있었다. 마리가 나선 것은 그런 상황 때문이었다. 그러나 마리의 호소는 전혀 예상치 못한 방향으로 흘러가고 있었다.

"여성 동학도로서 조심스럽게 한 말씀 드릴게요. 우리 동학은 인격적인 하날님을 믿는 믿음에서 출발하지요. 수운의 경신년체험 역시 살아있는 하날님과의 만남이었던 것을 우리는 잘 알고 있어요."

마리의 종교성 다분한 이야기가 손병희를 의식하는 것 같다고 녹두는 생각했다.

"눈에 보이지 않는 부분까지 꼭 생각해야 하겠습니까? 눈에 보이는 삶도 너무 생각할 것이 많은데 말입니다."

장흥의 이방언 대장이 큰 눈을 껌벅이며 자신의 소신을 털어 놓았다.

"네. 역시 이대장님다우신 질문이네요. 사실 우리 역사만 해도 우리 눈에 보이지 않는 부분이 더 중요하고 본질적인 때가 많아요. 예를 들어 지난번 일본군이 경복궁을 침략했을 때, 조정의 발표는 물론 심지어 많은 동학지도부까지도 조선 수비대가 먼저 공격하여 전투가 시작되었다고 믿고 있었습니다. 일본군은 방어차원에서 응사하다가 전투가 크게 번졌다고 말입니다."

"아니 그럼, 일본군이 먼저 공격했다는 말입니까?"

마리의 가벼운 대답에 북접 대장들이 잠에서 막 깨어난 아이처럼 짜증스럽게 대꾸했다.

"북접 대장님들은 그렇게 알고 계셨다는 말씀입니까, 세상에……."

이방언 대장이 이해할 수 없다는 듯 북접 대장들에게 쏘아붙였다.

"대부분의 보도는 관군이 먼저 발포하였고, 일본군에 의한 왕궁점령이 '우발적인 사건의 결과였다'고 말하고 있어요. 그러나 제가 러시아 공사관을 통해 알아본 자료에 의하면, 일본군은 이미 며칠 전부터 왕궁점령을 위해 군사작전을 치밀하게 준비하고 있었습니다. 고종도 이미 눈치 채고 침소를 옮길 정도였으니까요."

"일본이 그렇게까지 할 수 있다고 생각하십니까?"

"23일 당일 전투도 15분정도 진행되다가 곧 조용해졌다고 일본 외무성이 발표했지만, 사실상 새벽 4시경부터 아침 7시 반까지 약 3시간에 걸쳐 양측의 치열한 총격전이 있었고, 실제 오후 2시경이 되어서야 고종의 명령으로 겨우 끝났던 거예요."

"우리는 그렇게 알고 있지 않습니다. 그거 허위 사실 아닙니까?"

"특히 오토리 공사는 고종을 협박하여 포로로 삼은 이 엄청난 사건을 대수롭지 않은 우발적 사건으로 축소하여 본국에 보고했어요. 무엇보다 일본군의 무력침입사건을 감추고, 밖에서 왕의 결재를 순순히 기다린 결과 조선왕이 모든 병사들의 무기를 순순히 내주었다고 조작했어요."

"절대로 그 이야기는 사실이 아닐 것입니다. 어떻게 그런 일이……."

마리는 공식보도 이면에 엄청난 사실이 감추어져 있다는 사실을 말하려는 것이었다. 녹두는 주고받는 얘기를 들으며 허탈한 표정이었다.

"고종이 별 저항 없이 일본군에 협조했다고 말함으로써, 조선의 무능을 드러내고 일본의 조선 점령이 순리였다고 선전하려는 의도였어요. 그러나 조선백성들마저 그렇게 알고 있으니, 얼마나 통탄스럽고 억울합니까?"

농민군 지도부 특히 북접의 대장들 몇 명은 마리가 쓸데없이 선동하고 있다고 계속 반발했다. 손병희 역시 얼굴표정이 편치 않아 보였다.

"더욱 놀라운 것은 우리 대장들 사이에서도 일본이 우리보다 많이 앞서 있기 때문에, 결국 조선이 일본을 따라가야 할 운명이라는 소리도 들었어요. 심지어 일본이 대원군을 불러들여 '조선국의 땅을 한 치도 **빼앗지** 않을 것'이라고 했던 약속을 끝까지 믿어야한다는 말도 들었어요."

"그런 약속이 있었다면, 천황을 믿어야 하는 것 아닙니까?"

"일본이 우리보다 앞선 것은 사실이지 않습니까? 우리가 지금 싸우고는 있지만, 우리 민족이 너무 게으르고 부족하기 때문에, 그들의 앞선 문물을 적극 배우고 따라가야 하는 것 아닙니까? 그게 무위이화 정신이 아닙니까?"

"맞습니다. 동학은 한울님의 때를 잘 분간하여 그 때가 무르익도록 기다릴 것을 가르치고 있습니다. 하늘이 내린 시련을 견디지 못하고 너무 무리하게 때를 앞서가려고 하면, 반드시 탈이 나는 법입니다. 그래서 무위이화가 중요합니다."

특히 손병희와 함께 토지문제로 마리와 격론을 벌였던 북접의 손천민 대장마저 흥분하며 따졌다. 그는 해월을 설득하여 남북접 연합군의 성사를 이룬 장본인이었다.

"우리 농민군 대장들 가운데 어느 분은 심지어 토지를 전부 몰수해서 '평균분작을 해야 한다'고 들었는데, 그게 어디 가능이나 할 소리입니까? 송충이는 솔잎을 먹고 살아야 합니다. 아무리 우리가 기포를 했어도, 하늘이 정해준 질서를 무너뜨리면 안 됩니다. 토지는 당연히 주인이 있는 법입니다. 불온한 사상으로 동학을 호도해서는 안 됩니다. 마리는 여자로서 어찌 그런 엄청난 일을 그렇게 쉽게 말할 수 있습니까?"

벌집을 쑤신 것처럼 특히 북접 대장들이 들고 일어났다. 마리는 할 말을 잃은 채 물끄러미 녹두를 바라보며, 쏟아지는 대장들의 말을 무심코 듣고 있었다.

녹두는 마리가 왜 대장들과의 논쟁이후 며칠 째 식사를 중단한 채 두문불출했는지, 그 이유를 알 수 있었다. 그 동안 드러나지 않았던 심각한 내홍이었다. 남북접 농민군이 천신만고 끝에 연합부대를 형성했지만, 여전히 종교 사상적 갈등과 균열은 단 한 가닥도 실마리를 풀지 못했던 것이다. 무엇보다 여성비하의 태도는 도를 넘고 있다고 생각했다.

마리는 지난번처럼 흥분하는 대신 차분하게 말을 이어갔다. 녹두는 뒤에서 앞으로 자리를 옮겨 앉았다.

"저의 기도하는 모습에 여러 대장님들의 비난이 쏟아지고 있는 것을 알고 있어요. 저는 깊이 묵상에 들어가면서, 하날님이 삼라만상을 만드시고 멀리 혼자 떨어져 계신 것이 아니라, 바로 자신이 창조한 만물 안에 스스로 깃들어 계시다는 것을 인식하게 되지요. 저의 기도는 인간된 제 몸 안에서 하날님을 경험하는 순간이에요."

"그 인간이란 도대체 어떤 인간을 말하는 겁니까?"

공주 임기준 대장이 침묵을 깨고 처음 입을 열었다. 토지의 평균 분작문제를 두고 마음이 심란하여 북접 대장들의 의견을 따랐지만, 마리의 언급으로 마음이 열린 듯 했다.

임기준은 공주전체를 뒤흔들어, 한 때 박제순 감사를 꼼짝 못하게 했던 영걸이었다.

"사실 저는 수운의 초학주문(初學呪文) 때문에 우리 동학에 깊이 빠지게 되었어요. 우리 동학의 진정한 정수는 초학주문에서 출발해요. '시천주 고아정 영세불망 만사의'(侍天主 顧我情 永世不忘 萬事矣)인데, '고아정'(顧我情), 즉 '나의 정을 돌아보라'는 뜻이지요."

마리는 수운이 왜 초학자들에게 '나의 정을 돌아보라'고 주문했는지 질문했다.

"'시천주'와 '고아정'은 서로 반대되는 것이 아닌가요?"

"서학은 사람 내면의 본성을 '이성'(理性)으로 보고, 중국은 '덕'(德)과 '성'(性)으로, 그리고 불교는 '불성'(佛性)으로 보고 있어요. 그러나 수운은 사람이 진정 돌아보아야 하는 것이 오히려 '성'도 '덕'도 '이성'도 아닌 '정'(情)이라고 했어요. 나는 이 부분이 동학 최고의 가르침이라고 생각해요.

"심지어 주자와 퇴계는 정(情)을 '악의 근원지'로 보았는데, 수운은 '정'(情)이 악의 근원지가 아니라, 오히려 생명의 원동력과 삶의 본원지라고 보았던 거예요."

마리는 동학의 핵심을 저 밑바닥에서 힘차게 질주하고 있었다.

"선교사님은 수운이 서학이나 중국 모두가 버린 원시적인 '정'을 종교의 본질로 다시 회복시킨 것이라고 대단히 좋아했어요.

서교도 원래는 당시의 정통주의 유태교와 달리 바로 이런 뿌리에서 출발했어요. 인간의 '정'으로 돌아가라고요. 그러나 지금의 서교는 원줄기에 '이성의 때'가 너무 많이 끼었어요."

대장들의 함성과 박수소리가 터져 나왔다. 손병희도 고개를 끄덕이며 박수했다.

"선교사님은 수운이 '천주'를 찾음으로써, 동시에 '정'을 회복시켰다고 보았어요. 우리가 투쟁하며 열어가는 새로운 세상은 결국 '정'(情)으로 하나가 되는 세상이 될 거예요."

"저의 기도에 비난의 소리가 많은 것을 알고 있지만, 저는 기도할 때 바로 저의 정(情)을 감지하고 그 정에 집중하려고 애쓰고 있어요."

떠들썩하던 대장들의 분위기가 갑자기 조용해졌다. 손병희는 침을 삼켰다.

녹두는 농민군들 사이에서 마리가 마치 악마와 같은 여성이라고 비난하던 소문을 떠올리며, 마리가 오히려 진정한 악마의 정체를 보여주려고 애쓰고 있다고 생각했다.

"몇 말씀 더 드리겠습니다. 여성이라는 것을 못난 것, 부족한 것, 틀린 것으로 바라보지 마세요. 서학과 서교는 여성적인 것과 물질적인 것 그리고 감성적인 것을 무조건 열등한 것으로 배타시하고 악마적인 것이라고 매도해 왔어요.

사실 서교의 초기에는 동양적이고 여성적이고 육체적인 것을 중시했던 신앙운동들이 수없이 많았어요. 지금의 서교는 사실 지극히 작은 한 부분에 불과했는데, 그 원시적 뿌리를 바로 우리 동학이 이어가는 것이지요."

손병희의 눈이 반짝였다.

"그래서 우리 동학은 성의 전환으로 새로운 문명사를 이해하려는 거예요. 그것이 후천개벽의 본질이 아닐까요?"

마리는 남성들이 악마라고 불렀던 자기 안의 목소리를 따라가고 있었다.

9

겨울 날씨치고는 아직 훈기가 남아있는 밤이었다. 한낮의 열기
처럼 다소 들뜬 마리의 얼굴에는 포구 쪽에서 불어온 시큼하면서도
따스한 바람이 서성거리고 있었다.

세 명이 찾은 해안선은 반가운 손님이라도 맞이한 부엌의 아낙
네들처럼 두런두런 작은 물소리로 속삭이며 잔칫상을 준비하고 있
었다.

녹두는 모임이 파한 뒤 자연스럽게 마리, 손병희와 함께 바닷가
를 찾았다. 녹두는 마리와의 긴 대화에 행여나 손병희의 마음이 상
한 것은 아닌 지 다소 신경이 쓰였다. 무엇보다 손병희가 마리에 대
하여 어떻게 생각하고 있는지도 녹두는 여전히 궁금했다.

특히 일본의 경복궁 점령에 대한 해석 문제로 북접 대장들이 일
제히 일어나 한 목소리로 마리를 강력히 비난하며 감정이 폭발했던

것은, 비록 마리를 빗대기는 했지만 사실상 녹두의 지도력에 대한 도전이요 공격 행위였다고 생각하고 있었다. 물론 손병희도 마음이 불편한 것은 마찬가지였다. 그러나 마리가 먼저 입을 열었다.

"제가 배움도 없이 대장님들 앞에서 쓸데없는 말을 많이 했던 것 같아요."

"수줍어하는 모습을 보니, 마리도 여성이시네요. 하하! 그런데 남자들을 언제부터 그렇게 휘어잡으셨나요. 참으로 대단하십니다."

손병희가 녹두를 보고 한바탕 너털웃음을 터뜨렸다. 그러나 그의 웃음에도 불구하고 남북접 대장들 사이에 감정이 폭발했던 아찔한 순간이 여전히 녹두에게는 해소되지 않고 남아 있었다. 녹두는 특히 북접 대장들이 마리가 아니라 자신을 공격한 것이라고 생각하고 있었다.

"사실 저도 오늘 말씀을 드리면서, 오히려 제가 시원해졌어요."

"그렇습니까? 혹시 더 하고 싶은 말이 있으시면 하시지요……."

"서로 간에 이름의 차이나 삶의 방식의 다름을 오해해서, 하나의 사건에 대하여 다른 시각이나 목적을 갖는 것처럼 보이기도 해요. 마치 제가 손대장님을 불편하게 해드렸던 경복궁 사태나 토지문제처럼 말이에요. 진심은 서로 다르지 않은데 말입니다."

"그렇습니다. 토지문제는 사실상 저도 형님과 같은 마음입니다."

손병희는 경복궁 문제에 대해서는 함구했다. 여전히 일본에 대한 극단적인 행동이 포교를 위해 바람직하지 않은 일로 손병희가 생각하고 있다고 녹두는 판단했다. 토지개혁 문제도 여전히 농민군의 구호일 뿐이지, 실상 이렇다 할 구체적 실행이 아직은 없었다.

"서교에서는 우리 몸이 바로 하날님이 거하는 성전이라고 가르쳐요."

"그 말씀은 아우님이 대단히 좋아하시겠습니다. 향벽(向壁)이 아니라 향아(向我)라고 말씀하면서, 절을 올리는 대상이 바로 자신이라는 것이 아닙니까?"

"그렇습니다. 형님. 우리 몸이 곧 성전이니 말입니다. 이제는 저의 입장을 조금 이해해 주십니까? 생각만하지 행동이 굼뜬 저의 행동 말입니다."

"네. 결국 두 분의 생각도 하나로 모아져요."

마리는 두 사람 사이의 거리를 더 좁히려고 애썼다.

"서교에서도 예수는 '내 안에 계신 하날님을 보라'고 했어요. 그리고 심지어 예수는 '나와 아버지는 하나'라고 선언하여 당시 깨닫지 못한 지도자들로부터 엄청난 저항과 박해에 시달리게 되었지요."

"예수의 선언은, 우리 동학의 '사람이 곧 하늘이다'는 말보다 더 심한 것 같습니다. 하하."

"그래요. 사실 서교와 같은 시기에 활동했던 '영성을 가진 사람들'이라는 무리가 있었는데, 다소 정도의 차이는 있지만, 그들은 향벽적으로 하날님이라는 초월적 존재를 믿으면서도 동시에 현재적인 자아의 깨달음을 중시하는 향아적 신앙을 가지고 있다가 대대적으로 이단으로 몰려 박해를 받았어요."

손병희는 의외라는 듯이 머리를 크게 끄덕이며 녹두의 손을 꽉 잡았다. 밤바다에 갈매기들이 다시 소란스러워졌다.

"지기(至氣)가 금지('지금 여기')라는 것이 바로 이런 현재적 직접성의 핵심이에요. 하늘은 법이나 규범이 아니라, 곧 인간이기 때문이지요. 제가 조금 과장해서 말씀드리자면, 인간은 하날님의 요구에 따라 행함으로써 자유를 얻는 것이 아니라, 인간은 이미 자유롭게 되어있다고 예수도 수운도 가르치고 있어요."

손병희가 화들짝 놀라 눈을 크게 뜨고 녹두를 바라보았다.

녹두 역시 마리가 자신의 마음을 읽은 것이 아닌가, 라고 당황하여 두 눈이 휘둥그레졌다.

손병희는 일찌감치 마리를 알아보았던 김개남이 오히려 부러웠다.

남원의 이필주라는 접주가 있었다. 그는 몇 개월 전 김개남 진영에서 이탈하여 삼례에서 손병희 진영에 가담한 자였는데, 당시 김개남의 상황을 상세히 보고해 주었다.

김개남은 마리의 모든 소원을 들어주었다. 심지어 그렇게 성격이 불같은 남자가 마리가 죽으라면 죽는 시늉까지도 마다하지 않았다. 총각으로서 김개남은 자기의 생명처럼 마리를 사랑하고, 말 그대로 몸과 마음을 다해 헌신하며 최선을 다해 그녀를 지켜주었다. 그래서 마리는 농민군 사이에서 마치 왕비처럼 대접을 받으며 지냈다.

전주에서 집강소활동이 시작되면서 김개남이 녹두에게 다소 동조한 이유는 마리가 그것을 이해하고 좋아하는 모습을 보았기 때문이었다. 심지어 김개남은 처음부터 북진을 강력하게 주장하는 마리 때문에 오히려 녹두와의 협상에서 자유롭지 못할 정도로, 마리의 지시에 따라 움직이며 마리에게 집착하고 있었다. 그러나 그 점을 녹두는 알고 있지 못했다.

그래서 마리가 행여 다른 생각을 하거나 달아날까봐 김개남은 전전긍긍했는데, 사람들은 김개남이 아주 어릴 때 어머니를 잃고 외롭게 자라서, 자기 여자를 잃는 데에 대한 엄청난 두려움이 있었다고 했다.

그러던 차에 마리가 전주에서 김개남을 이탈하여 녹두 진영으로 넘어갔는데, 그때 김개남은 완전 실성한 사람처럼 며칠 동안 술독에 빠져 헤어나지를 못했다. 원래 과격한 성품이었던 김개남은 극도로 흥분하여 고함을 지르며 손도끼로 집 기둥을 찍어 넘어뜨리기도 하고 직접 소의 머리를 내리쳐 도살하기도 했다. 그래서 실망한 이필주가 도망하여 손병희에게 왔던 것이다.

그렇게 한 사내의 마음을 뒤흔들었던 마리! 손병희는 그렇지 않아도 마리가 어떤 여성인지 무척 궁금했다. 그런데 그 소문의 주인공이 지금 바로 가까이에 서서, 깜짝 놀랄 새로운 경지를 소개하고 있는 것이다. 손병희는 한동안 마리를 유심히 살피기도 했다.

녹두는 미소를 지으며 머리위로 날고 있는 갈매기들을 바라보고 있었다.

"알고 보면 서교에서 말하는 '구원'이란 하날님 편에서 본 것이고, '깨달음'이란 사람 편에서 바라본 말일 뿐이지요. 그러나 구원이나 깨달음은 결국 '전체가 된 개체'의 상태라고 말할 수 있어요."

"저도 동의합니다. 마리가 부럽습니다."

"인간이 자기 안에 들어있는 이 영원한 신성을 발견하는 것이 곧 깨달음이고 구원이라고 할 수 있어요… 제가 집을 뛰쳐나와 길거리에서 방황하며 가장 힘든 시기를 보낼 때, 저를 구렁텅이에서 꺼내준 말씀이 바로 이것이었어요."

마리는 갑자기 감정이 북받쳐 올랐는지, 잠시 말을 잇지 못했다.

"나는 종이처럼 구겨지고 빈 우물처럼 텅 빈 내 모습에 너무 힘들고 외로웠어요. 그래서 저는 힘들 때마다 선교사님에게 하소연 했어요. '도대체 내가 가야할 곳은 어디인가요?' 그랬더니 선교사님은 '네가 닿을 수 있는 곳, 그곳에 있으라'는 이상한 말씀을 주셨어요."

마리는 자신이 깨달음의 자리에 이르게 된 여정을 고통스럽게 이어나갔다.

"그러던 어느 날 저는 걸레질을 하다가, 머리에 번개를 맞은 듯 이 순간 번쩍하는 것이 있었어요. 그때에야 선교사님 말씀이 이해되었는데, 나의 내면에 있는 나의 길을 밝혀 줄 '내면의 빛'을 찾으라는 것이었어요."

"걸레질을 하다가 그 빛을 발견하셨다니 대단합니다."

"그 후 선교사님은 우주와 자신을 이해하지 못하는 사람은 결국 고통 속에 소멸될 수밖에 없다고 말했어요. 그리고 삶이 주는 상처에 무릎을 꿇지 않는 사람이 곧 용기 있는 사람이라고 충고해 주었지요."

"참으로 옳은 말씀입니다."

찬바람이 불어오기 시작했다. 먼 바다에서 녹두와 손병희의 몸을 이탈하여 떠도는 영혼처럼, 파도가 거칠게 흔들리고 있었다.

"일본의 경복궁 점령 문제와 관련하여 몇몇 대장님들과 논쟁이 있었지만, 사실 손병희 대장님의 가르침도 저는 깊이 존중하고 있어요. 왜냐하면 일본과의 싸움보다 더 중요한 싸움이 우리 내면의 빛을 찾기 위한 자신과의 싸움이니까요. 우리 땅에서 일본이 없어진다 해도 항상 더 큰 적들은 그대로 남아 있어서, 우리의 근본적인 싸움은 결코 끝나지 않지요."

손병희가 한숨을 크게 들이쉬며, 고개를 끄덕였다.

"마리도 그런 생각을 하고 계십니까?"

그러나 마리는 인간 내면의 빛과 어둠을 더 중요하게 살펴야한다는 깨달음을 강조한 것이지, 결코 인간 가치를 말살하려고 악귀처럼 달려드는 일본에 대한 물리적 행동이 불필요하다고 말하려는 것은 아니었다.

마리가 공감하는 기미를 보이자, 손병희가 한걸음 더 나아갔다.

"제가 알기로 서교의 예수는 십자가에 처형되기 직전 재판석상에서 로마의 총독에게, '이 세상은 내 나라가 아니다'고 말했는데, 왜 그랬겠습니까? 예수는 로마보다 더 크고 근원적인 적군과 싸워야 했기 때문입니다. 로마를 물리친들 로마의 폭력성이 그대로 남은 인간에게, 얼굴만 바뀐다고 문제가 결코 해결되지 않기 때문입니다."

녹두는 금세 표정이 굳어졌다.

'물론 평상시라면 손병희의 논리가 당연히 설득력 있는 깨달음이겠지만, 그러나 적군을 앞에 둔 군인에게는 전투의 사기를 떨어뜨리는 매우 치명적인 유혹이 될 수도 있다!'

'폭력성은 매우 근본적인 것이지만, 또한 동시에 우리 삶에서 매일 행동으로 대처해야만 하는 매우 구체적인 것이 아닐까!'

그렇게 말하고 싶었지만, 녹두는 웃으며 고개를 끄덕이고 있었다.

손병희가 할 일이 있다며 먼저 자리를 뜨고 난 뒤, 녹두는 포구 쪽으로 길을 따라 걸으면서 마리와 함께 만경강 모래밭에서 읽던 시 한 수를 기억했다.

'네 자신이 스스로 네 안에서 신을 찾지 못한다면, 너는 영원히 자신을 찾지 못할 것이요, 너는 영원히 지옥불 속을 헤맬 것이다. 네 안에 우주가 꽃을 피우고 있다.'

어둠 속에 하얗게 작은 포말을 일으키며 기다란 실을 끊임없이 자아내고 있는 물레처럼, 마리는 자신의 가슴에서 빛을 발하며 살았던 것이다.

녹두는 이미 신이 된 여성을 바라보며, 신의 입술로 들어가 자신의 존재를 감사하며, 샘물을 길어 올리듯 숨을 길게 들어 마셨다.

마리는 녹두에게 태초의 생기를 불어넣어 준 여성이었다.

'스스로에 대한 지식은 곧 신에 대한 지식입니다.'

녹두는 아득한 울음소리를 들었다.

작은 호롱불처럼 흔들리는 저 멀리 어린 아기의 젖을 보채는 울음소리! 할머니의 머리카락처럼 곱게 쪽머리를 하고 있는 초가집 안방에서, 죽음의 순간을 넘긴 젊은 어머니는 생명이 반짝이는 두 눈을 바라보며 기꺼이 가슴을 풀어 헤칠 것이다. 자신의 배고픔을 울음으로 외치는 아이는 자신이 죽은 것이 아니라 살아있다는 증거를 외치고 있다. 아이는 달콤한 생명수를 깊이 들이마신다.

녹두는 일찍 어머니를 여의고, 아내 역시 네 남매를 남기고 세상을 떠났다. 어린 시절 어려운 가정형편 속에서도 아버지 밑에서 좋은 가르침을 받으며 곧게 자라왔지만, 어머니 없는 외로움과 그리움은 늘 그에게 어두운 그림자를 만들어 놓았다. 아프고 고통스러울 때마다 어머니의 따스한 손길이 그리웠다. 배가 고프고 기운이 없을 때는 어머니의 포근한 가슴을 생각하며 잠이 들곤 했다. 그래서 가끔 어머니 산소에서 한나절을 누워 있다가 돌아오기도 했다.

녹두는 손가락으로 전해져오는 마리의 따스한 체온을 느끼면서, 수정처럼 반짝이는 맑은 눈동자 속에 빨려 들어가, 우주의 꽃 한 송이를 만나고 있다.

'죽음의 세월을 온 몸으로 투쟁하며, 자신의 존재를 부르짖었던

여신!'

젊은 엄마는 아기의 배고픔을 침묵으로 느끼고 있었다. 가슴을 풀어 헤치고 아기의 흥얼거리는 소리를 들으며, 젊은 엄마는 자신의 아득한 고통을 기쁘게 노래한다.

'아가야. 네가 네 안에 있는 것을 낳으면, 네가 낳은 것이 너를 구할 것이다.

네가 네 안에 있는 것을 낳지 못하면, 네가 낳지 못한 것이 너를 파멸시킬 것이다.

아가야, 네 눈앞에 보이는 것을 인식하라.

그러면 숨겨진 것이 네 앞에 드러날 것이다.

아가야, 네가 바로 그것이다.

이 세상에서 단 하나의 죄는 자신의 참모습을 잊어버리는 것이고, 단 하나의 미덕은 자신의 참모습을 기억하는 것이다.

죄라고 하는 것은 자신의 존재를 팽개치고, 외부에 나와 있음을 말하는 것이다.

아가야, 너는 힌두교도나 이슬람교도, 불교도나 서교도, 심지어 동학교도가 될 필요는 없다. 오직 너는 네 자신이 되는 일만 필요하다. 조직적인 종교의 신도가 되는 것은 순수한 종교성을 파괴하는 일이다. 어느 조직의 일원도 되지 않은 채, 완전히 이방인으로 남는다는 것은 초월을 경험하는 것과 같다!'

마리는 녹두의 머리칼을 어루만지며 눈물을 흘렸다.

'저는 보았어요. 당신이 잠을 자고 있을 때조차도, 이미 그곳으로부터 당신의 꿈과 욕망을 끄집어내고 있다는 사실을. 사랑해요. 당신 자신이, 바로 꿈꾸던 모든 것 그 자체예요.'

이심전심의 노랫소리가 두 사람의 영혼과 육체에 뱃고동처럼 길게 울려 퍼졌다. 두 사람은 서로에게서 자신의 꿈이 자라가고 있음을 보았다. 마리는 몸을 떨며 이 고요한 침묵이 영원의 본질임을 알아차렸다.

'신이나 피조물이나 그 어떤 것도 밖에서 찾아 헤매지 마세요. 고요함 속에 당신 자신을 출발점으로 삼고, 당신 자신을 아는 것이 곧 신을 발견하는 유일한 길이에요. 자기 안의 신성을 발견해야 우주의 한 부분이 될 수 있어요. 인간이 신이 되기 전까지는 진정한 성취나 사랑은 있을 수 없어요.'

별들이 소란스럽다. 저만치 떨어져 있던 밤하늘의 별들이 모두 달님을 따라 나서며 한 자리에 모여 불꽃놀이를 하고 있다. 반달이 수줍은 듯 얼굴을 세상에 내밀자마자, 골목에서 떠들며 놀던 개구쟁이 소년들이 한꺼번에 와아, 하고 밀려들었다.

전갈을 가지고 놀던 아이, 염소를 치고 있던 아이, 황소를 돌보고 있던 쌍둥이 소녀, 활을 쏘거나 천칭을 가지고 놀던 아이, 그리고 크고 작은 강아지의 얼굴을 하고 놀던 아이들까지 모두 몰려 나왔다.

키가 큰 소년들은 달님의 코나 귀를 만지기도 하고, 눈동자가 사랑스러운 하얀 얼굴을 두 손으로 감싸기도 했다. 그리고 작은 아이들은 허리와 옷자락에 매달려, 자기네들끼리 서로 춤을 추고 있다. 아이들에게 둘러싸인 달님은, 일곱 난장이의 사랑을 독차지하고 있는 백설공주였다.

태양빛보다도 더 강렬하고 도도한 눈빛으로 미소를 흘리며, 동시에 투명한 잠옷을 걸친, 차갑고도 요염한 자태로 머리카락을 날리며, 달님은 소년들을 그렇게 유혹했던 것일까. 소년들의 앳된 얼굴을 태우지 않는 그 부드럽고 달콤한 시선으로, 달님은 천천히 몸을 흔들며 걸어갔다.

녹두는 마리의 눈을 들여다보며, 별들이 깔깔거리는 웃음소리를 들었다. 녹두는 거추장스런 체면의 누더기를 벗어 던지고, 두 팔을 활짝 열었다. 마리의 부드러운 입술로 수놓은 하얀 비단이 온 몸을 휘감았다. 마리와 녹두는 은은하게 번지는 달빛 속을 거닐면서 서로 신의 얼굴을 보았다.

녹두는 소년들이 왜 달님의 유혹에 대하여 이러쿵저러쿵 말이 많은 지, 그 이유를 알 것 같았다. 왜 달님의 유혹이 악마적이라고 하는지, 마치 바다 한 가운데를 운행하던 선원들을 죽음으로 몰고 갈만큼 치명적인 아름다움으로 노래했던 싸이렌처럼, 녹두는 그 유혹의 실체를 보았다. 그것은 '이브의 유혹'과 같은 것이었다.

'그 달콤한 유혹의 실체는 무엇이던가? 이브는 아담에게 무엇을 하라고 요구했던 것인가?'

녹두는 자신의 몸에서 새로운 문명이 시작되고 있는 것을 알아 차렸다.

'아, 이 새로운 문명… 주저하지 말고 감사히 받아야겠지!'

마리와 녹두는 수목이 울창한 아름다운 동산의 한 가운데를 거 닐었다. 꽃창포로 빚어낸 머리카락과 우윳빛 솜털이 복숭아처럼 붉 은 젖가슴에서 하늘과 땅을 모두 마비시킬 만큼 아찔한 향기가 뿜어 져 나왔다. 녹두는 어디에선가 배가 고파 보채는 아이의 울음소리와 가슴을 풀어 헤치는 젊은 어머니의 소리를 들었다.

마리는 녹두를 유혹하는 대신 그에게 생명의 가르침을 내렸다. 마리는 풀이 죽어있는 녹두를 보고 그를 향하여 말했다.

'살아나시오! 땅위에 우뚝 서시오!'

마리의 말은 즉시 실행되었다. 녹두는 일어서자마자 즉시 눈을 떴기 때문이다. 녹두는 마리를 보고 말했다.

'당신은 나에게 생명을 주신 분이므로, 당신을 모든 생명의 어머 니라고 부르겠습니다.'

'당신이 바로 나의 어머니요, 나의 애인이요, 나의 생명을 낳은 여인입니다.'

'당신은 물질에 머물고 있던 나를 일으킨 영적 본질입니다.'

그러자 영적본질인 마리는 녹두를 보고 말했다.

'다른 이들이 부르는 이름을 두려워하지 마세요. 그대는 죽지 않 을 것이니까요.'

'나는 그대와 함께 그대를 돕는 영원한 반려자가 될 거예요. 그

대가 스스로 설 수 있다면 어느 누구도 두려워할 필요가 없는 불멸이 된 거예요.'

흙에서 태어난 아담과 하늘의 루악(히브리말로, '영'이란 뜻)은 비로소 온전한 인간으로 합일되었다. 육체와 영혼이 결합한 날, 삼라만상은 사랑의 정원에 사는 불멸이 되었다.

'너희들은 살아나라!'

모든 만물은 그 자체가 한울의 생명이요, 한울의 아름다운 꿈이며 생각이었다. 우주는 비로소 위대한 영혼, 위대한 뜻, 위대한 생각, 하나의 큰 몸으로 드러났다.

'너희들은 사랑을 통하여 신이 되어라!'

나무, 돌, 강아지, 풀, 바람, 꽃, 달, 별은 모두 위대한 창조적 사랑이 숨 쉬는 진정한 생명이 되고 하날님이 되었다.

육체와 영혼이 결합하는 날, 삼라만상 일체와 미물에 이르기까지 모두 하날님의 이름이 붙여졌고, 모든 하늘은 하늘을 먹고 살아갔다.

삼라만상 안에서, 삼라만상 위에 서서, 그리고 동시에 삼라만상을 통하여 존재하는 하날님이, 하날님 아닌 것이 하나도 없는 하날님을 향하여 외쳤다.

'보기에 정말 아름답구나. 내가 다 이루었다!'

"이렇게 우리의 사랑은 세상에서 가장 거룩한 종교의식이에요."

녹두는 마리의 화원에서 달콤한 새벽잠에 취했다.

16

대장들의 관심도 녹두의 생각과 일치하고 있었다. 사실 당장의 공주도 문제지만 더 큰 문제는 농민군의 북상로가 유실되었다는 것이다. 공주전투 이후 다음 경유지인 천안의 세성산 농민군이 남하하는 관군에 의해 힘없이 무너짐으로써, 농민군은 사실상 북쪽을 향한 공격의 예봉이 꺾이고 오히려 반대 방향으로 내몰리고 있다는 것이었다. 그들은 적어도 공주 전투가 마무리 될 때까지 천안이 잘 버텨주기를 바랐다.

농민군은 강경으로 내려온 뒤 1주일 동안 전열을 계속 재정비하면서, 마리를 포함한 녹두, 손병희, 송희옥, 손천민, 유한필, 임기준, 이방언, 이유상 등의 대장들이 계속 전략회의를 가졌다.

녹두역시 다른 대장들처럼 이인과 효포에서의 전투결과에 대한 관심보다는 천안지역 농민군들의 세성산 전투 패배에 엄청난 좌절과 충격을 느꼈다. 물론 공주감영을 농민군이 접수하는 것 자체도 큰 의미가 있을 것이다. 서울 아래에서 전주의 전라감영과 더불어 가장 크고 중요한 지역인 공주의 충청감영을 굴복시킨다면, 그것 자체로서 농민군 전투의 절반을 이미 성취한 셈이기 때문이었다.

그러나 전라도를 평정한 동학농민군이 마땅히 충청도를 접수해야 그 다음 서울을 향한 강력한 동력과 자신감이 발생하여, 적어도 삼남 백성들의 지지를 받으며 경기와 서울을 무리 없이 공략할 수 있을 것이라고 예상했던 것이다. 공주감영을 점령한 뒤, 농민군은 천안의 세성산을 거점으로 화력과 군량미를 보충한 뒤 경기지역과 서울의 주변을 도모하려던 계획은 큰 수정이 필요하게 되었다.

녹두는 천안전투의 실패가 청주를 경유하여 북상할 김개남 부대를 맞이할 합류지점이 사라졌다는 것으로 풀이하며 크게 염려했다. 그렇지 않아도 힘들었던 두 부대의 연합이 지리적으로 한층 더 힘들어졌기 때문이었다.

특히 다른 지역으로부터 별도의 농민군 지원을 받지 못하는 한, 천안 농민군이 견디지 못한 관군의 화력을 공주와 청주에서 북상하는 두 부대가 추가로 부담해야 하는 어려움이 생긴 것이다.

물론 녹두는 공주와 청주 전투가 모두 성공할 경우, 양쪽에서 공격하여 올라갈 수만 있다면 상황이 그렇게 어두운 것만은 아니라고 생각했다. 그러나 관군뿐만 아니라 일본군이 전투력을 모두 공주와 청주로 집결하고 있는 상황에서 결코 낙관할 수 없다는 점을 잘 인식하고 있었다.

그런데 가장 큰 문제는, 김개남 부대의 북상 속도가 너무 느리다는 점이었다. 녹두의 농민군과 멀찌감치 거리를 유지하면서, 김개남 부대는 그동안 전주에서 겨우 금산까지 올라와 있었다. 마치 공주 전투가 모두 끝나기를 기다렸다가, 농민군과 관군—일본군 연합부대 양측의 전력이 모두 소진된 상태에서, 김개남이 의기양양 개선장군처럼 북진하려는 것이 아닌가, 라고 녹두가 의심할 정도였다. 그러나 마리는 녹두에게 김개남을 더 이상 의심하지 말도록 당부했다.

녹두는 말했다. 각 지역의 감영을 차례로 평정하고 그리고 마지막으로 서울을 접수한다는 것, 그것은 부패하고 무능하여 백성들의 고통을 그대로 방치하고 있는 현 정부에 대한 무효화 선언의 의미가 있을 것이다. 그리고 구태질서와 무기력한 세력을 등에 업고 조선백성들을 억압하고 약탈하는 일본을 동시에 패퇴시켜 버리는 것이다.

마리는 그것이 마치 서교의 예수가 예루살렘 성전으로 올라가, 채찍을 휘갈기며 타락한 성전을 청소했던 것과 같은 이유라고 했다. 굶주린 이리떼와 같이 오직 자신들의 이권에만 눈이 멀어있던 사악한 정치와 종교에 대한 무효화, 무능화, 심판, 처형이다. 그래서 녹두의 북진은 그 과정자체가 매우 큰 의미를 가지고 있다고 생각했다.

그 큰 꿈을 가지고 논산에 있던 농민군 대본영을 경천으로 옮겼는데, 경천에서 다시 강경으로 후퇴한 것은 대대적인 전략 후퇴와 수정을 의미하는 것이었다. 육로로 서울을 향해 진격한다는 것은 이

제 거의 불가능해 보였다. 설사 공주가 점령된다 해도 그 이후의 상황에 대한 시계는 칠흑같이 불투명해진 상황이었다.

특히 일본군과 관군 연합부대의 화력은 당초 생각보다 훨씬 강력했고, 무엇보다 전보(電報)라는 현대식 연락 수단을 통해 농민군이 며칠씩 걸리는 통신을 단 몇 분 안에 해치웠을 뿐만 아니라, 신속한 교신을 통해 농민군들의 동향을 손바닥 들여다보듯이 했다.

그래서 농민혁명군이 그 대안으로 선택한 방법이 곧 해상통로를 염두에 둔 강경이었다. 공주전투에서 패할 경우를 대비해 퇴로를 열어두는 의미도 있었지만, 전투가 장기화 될 경우 강경은 군수 보급품을 쉽게 확보할 수 있는 항구였다. 무엇보다 녹두는 만일의 경우를 대비해 금강줄기를 타고 올라가 공주감영의 앞쪽을 역습할 별동대를 구상하고 있었다.

강경은 일찍부터 수륙 교통이 발달한 곳이었다. 들판이 넓어 물화가 넉넉하여 무엇보다 대군을 먹이는데 편리한 장소였고, 호서와 호남을 연결하는 중부 지역의 중심지였기 때문에 광주 나주지역과도 쉽게 연결 할 수 있는 곳으로 판단되었다. 그러나 일부 북접 대장들은 김개남과의 합류가 더 어려운 지점으로 이동한다고 염려했다.

계룡산과 대둔산에서 발원한 금강의 지류들이 북서쪽으로 돌아 남쪽으로 흘러내려오다가 논산천에서 합류하고, 논산천은 강경천과 더불어 논산평야의 젖줄 노릇을 하고 있다. 강경은 이 지류들이 금강으로 유입되는 곳으로, 조선 후기에 특히 서해안에서 수로와 육로를 잇는 큰 포구로 번성하였다.

강경은 동해안에 있는 함경남도의 원산항과 더불어, 강폭이 4백 미터에 달해 1백여 척의 배가 드나들 정도로 커서, 조선 2대 포구로 불릴 만큼 큰 항구였다. 그리고 쌀을 비롯한 해산물 등의 집산이 활발하여 금강 유역에서 생산되는 농산물을 전국적으로 유통시키는 중심지고, 동시에 전국 각지의 상품을 유입하여 금강 주변 지역으로 분배시키는 역할도 하고 있었다. 그래서 강경장은 평양·대구와 함께 조선의 3대 시장으로 번성하였다. 마리는 강경이 녹두를 품어줄 것이라고 기대했다.

어둠이 깊게 내려온 포구, 그 정박장에는 밧줄에 코가 묶인 채로 이리저리 흔들리는 몇 척의 목선들이 희미하게 보였다. 바다에서 불어오는 세찬 바람 탓에 배들은 서로를 부딪치며 심란하게 몸을 흔들고 있다.

제법 덩치가 있는 배들도 좌우로 머리를 들이받는 억센 물결들로 인해서, 멀리서도 들을 수 있을 만큼 끼, 끼, 끼, 라고 외치며 자신의 고통을 신음하고 있었고, 작은 배들은 작은 바람에도 이기지 못하여 연속 쿵, 쿵, 쿵, 비명을 지르며 큰 배에 몸을 비비면서 치근거리고 있었다.

녹두는 마리가 옆에 서 있는 줄도 모르는 채, 비틀거리고 있는 목선들을 물끄러미 바라보고 있었다. 공주 재공격의 시각이 점점 다가오면서, 녹두는 종전과 달리 갈수록 말이 없어지고 밝던 얼굴도 어느새 칠흑 같은 어둠이 역력했다. 종종 막사에서 두 다리를 꼰 채로 쭉 뻗고 머리는 뒤로 젖힌 채 벽에 기대어 눈을 감고, 한참을 앉아 있는 모습을 마리는 목격했다.

"바람이 찬데 무슨 생각을 그렇게 많이 하세요?"

"아, 오셨습니까? 바닷바람을 쐬고 싶어서 나왔습니다."

녹두는 헛기침을 하며 목도리를 끌어 올렸다.

"무슨 걱정이 있으신가요? 준비가 잘 진행되고 있는데…….."

"공주를 좀 생각하고 있었습니다. 생각보다 적들이 호락호락 공주를 내줄 것 같지 않습니다. 박제순 감사는 전라감영의 김학진 감사하고는 천양지차라서 많이 힘들 것 같습니다. 무기도 큰 차이가 나지만, 겨울날씨가 정말 큰 문제일 것 같습니다. 마리가 지난 번 염려해 주셨던 것처럼, 날씨라는 지원군이 어떤 지원군보다 가장 큰 지원군인데 말입니다."

녹두는 손가락으로 하늘을 가리키며 남쪽에서 1개월을 지체한 것에 대해 여전히 마음이 편치 않아 보였다. 마리는 녹두의 손을 어루만지며 두 눈을 바라보았다. 외로움이 깊이 묻어있는 눈망울이었다.

"이번 싸움은 결코 쉽지 않을 것입니다. 여러 가지 비상수단을 써 봐야겠지만, 최악의 사태가 벌어질 것도 각오해야 할 것입니다. 그래서 마리가 천거해 주신대로 이곳 강경으로 급히 내려왔습니다."

"최악의 사태라니요?"

마리는 녹두가 이미 최악의 상황을 예감하고 있다는 사실을 이 전부터 알고 있었다. 그러나 일부에서는 지난 전투가 나쁘지 않았다고 말할 정도였는데, 그의 예상이 생각보다 너무 빨리 나온 것에 대해 깜짝 놀랐다.

　"천안 농민군들의 패전이 그렇게 큰 것이었나요?"

　"그 부분도 결코 작지 않습니다만, 전반적으로 공주 전투에 대한 여론과 지지도가 경기와 서울 쪽에서 그렇게 좋은 상태가 아닌 것 같습니다. 우리가 전주 이후 이만큼 올라왔으면, 위쪽에서도 분명히 끌어주어야 그나마 우리가 북상할 여력이 생기는 것인데 말입니다. 그것은 무엇보다 일본군과 관군이 파죽지세로 조선을 훑으면서 세 갈래로 내려오며, 농민군들을 완전히 박멸하고 있다는 소문 때문입니다."

　"판세가 그 쪽으로 기울었다는 뜻인가요?"

　"그렇습니다. 게다가 농민군이 들어가 전투한 일부 지역에서 농민군들이 너무 지나쳐, 불필요하게 관민과 재산에 큰 상처와 손해를 끼치고 있다는 악소문도 크게 난 상태입니다. 그래서 제가 신신당부하고, 호남에서 이렇게 일을 크게 벌여서 절대로 좋은 것만은 아니라고 수차례 언급했습니다."

　마리는 그것이 김개남을 겨냥한 말이라는 것을 잘 알고 있었다.

　녹두는 충청에서도 농민군이 필요한 지원을 받지 못하고 고립될 위험에 처한다면, 그것은 보수 양반층의 충청 관민을 지나치게 자극한 김개남 때문이라고 생각하고 있었다. 특히 금산에 들어간 김개남

부대가 마치 폭도들을 진압하는 것같이 관민에게 휘두른 무자비한 폭력은 충청 전체를 뒤흔들 정도로 민심이 요동쳤던 것이다. 녹두는 김개남의 분노가 왜 그렇게 큰지 도무지 이해할 수 없었다.

마리는 김개남의 움직임에 대해 녹두가 과민반응하지 않도록 여러 차례 부탁했다. 그리고 현재 충청과 경상지역 농민군의 연합부대인 충경포 등 여러 부대가 전투지원을 약속하는 등 여건이 그렇게 나쁘지 않다며 마리는 녹두를 계속 격려했다.

"많이 속상한 부분이지요. 당신과 김개남 대장은 그래서 서로 하나씩 얻고 하나씩 잃은 거예요. 당신은 사람을 얻으려고 때를 잃은 형편이었고, 김 대장은 때를 얻기 위해 사람을 잃은 상황이지요."

녹두는 김개남이 사람을 잃었다고 말하는 마리가 자신에게는 사랑을, 아니 모든 것을 차지한 남자라는 점을 말하고 있다고 생각했다.

"그러나 당신은 이제 때를 걱정하며 안타까워하지요. 그렇다고 지금 그 때가 최악인 것은 아니잖아요? 그러나 김개남 대장은 주도권이 당신에게 있는 이상 때를 마음대로 할 수 없으니, 사람을 잃은 것이 모든 것을 잃은 형편이 되어 버렸어요. 두 분 모두 힘든 상황에 있는 것은 같지만……."

계속 심란하게 삐거덕거리는 목선들. 바다 바람이 녹두의 얼굴부터 발끝까지 더욱 차갑게 얼어붙게 만들고 있었다. 녹두는 하얀

입김을 내뱉으며 몇 번이나 무슨 말을 하려고 입술을 오물오물하다
가 그만두었다. 그의 시선은 계속 초점이 없었다.

"김개남 부대를 생각하는 줄 잘 알고 있어요. 너무나 아쉬운 상
황이에요. 그러나 상황이 최악이라 할지라도, 당신에게 남아있는
선택을 망가뜨리면 안돼요."

마리는 목선처럼 심란하게 흔들리는 녹두를 계속 다잡아주고 있
었다.

"이번 전투가 저의 마지막이 될 수도 있습니다."

순간 마리의 얼굴에 총알이 박히는 통증을 느꼈다. 뼈를 뚫고 들
어오는 고통이 마리의 두 눈을 하얗게 덮었다. 마리는 한동안 아무
말도 할 수 없었다. 눈물이 주르르 흘러내렸다.

"아직 남은 선택을 모두 다 써버린 것은 아니잖아요."

"생각보다 빨리 오기는 했지만, 언젠가 닥칠 그 때를 마음에 준
비하고 있습니다."

녹두는 굳은 표정으로 덤덤하게 말을 이어갔다. 마리는 세성산
사태와 더불어 상황이 그만큼 좋지 않다는 사실을 알면서도, 그의
깊은 절망감에 가슴이 아팠다.

"최선을 다하는 자는 자신의 때를 자신이 결정해요. 그 때가 자
기 안에 있기 때문이에요. 아직 당신은 스스로 결정하고 있는 것이
아니잖아요. 당신은 운명의 노예가 아니잖아요?"

녹두는 혼란스럽다는 듯이 마리를 바라보며 우두커니 서 있었다. 마리를 정면으로 바라보는 녹두의 얼굴에는 여전히 눈물이 그렁그렁하게 맺혀 있었다. 마리는 녹두가 무슨 말을 하려는지 잘 알고 있었다. 매서운 바닷바람이 회리치듯 불어왔다.

"당신을 사랑하므로 나는 모든 일을 할 수 있습니다. 사랑에 눈을 뜨면서 실재의 지혜가 나를 깨우쳐, 죽음이 더 이상 나를 두렵게 하지 않습니다……. 그런데 문제는 죽음을 초월한다는 그 마음이 저에게 계속 죽음을 의식하게 만들고 있습니다. 죽음이 두렵지는 않지만 싫은 것입니다. 죽음의 현상은 분명 사랑과는 정 반대의 세력으로 다가오기 때문입니다."

마리는 순간 녹두와 김개남의 관계가 자신에게서도 유사하게 재현될 수 있다는 불안감이 들었다. 하나를 얻고 하나를 잃었던 관계처럼, 녹두는 마리에게서 사랑을 얻었지만 동시에 자신의 때를 놓치는 실수를 또 다시 범할 우려가 있다는 생각이 번뜩 스치고 지나갔다. "사랑은 움켜쥐는 것이기도 하지만, 동시에 움킨 것을 내려놓기도 하는 것이지요. 물론 움켜쥐고 내려놓는 일체가 사랑이에요."

"죽음이 두렵다거나 사랑을 잃을 것을 염려하기 보다는, 그 동안 꿈꾸어왔던 일이 완성되지 못할 수도 있다는 것이 저를 괴롭게 하고 있습니다. 하날님의 일을 성취한다는 그 명분을 단 한 번도 의심해 본적이 없기 때문입니다."

마리는 녹두가 사랑에 눈뜸으로 인해, 남자가 되는 대가를 치르고 있다고 생각했다. 남자의 본성이 살아남으로서 경쟁적인 삶의 원칙, 즉 목표를 달성하고자하는 의지가 더욱 강해졌기 때문이었다.

"물론 제 자신이 그 일을 성공할 수도 있고 실패할 수도 있습니다. 그러나 악한 의도를 가진 세력이 조종하는 죽음과 싸워서 결코 물러나고 싶지 않습니다. 그러한 패배는 사람이 사람답게 인정받으며 살아가야 할 세상에서 가장 고통스럽고 수치스러운 경험입니다."

마리는, 이 남자가 제대로 사랑에 빠졌구나, 생각했다.

"그러나 마리의 말씀대로 저는 확신하는 것이 있습니다. 이 혁명이 성공하든 실패하든 결코 그 파장이 적지 않을 것이라고 말입니다. 앞으로 조선의 후손들은 밑바닥으로부터 시작하는 이 혁명을 두고두고 평가하며, 자신들의 인간적 가치가 제대로 실현되고 있는지를 비교할 것입니다."

"앞서가는 자의 고통이 그것이 아니겠어요? 그러나 사람에 대한 희망을 포기하지 않고, 짓밟힌 자들의 상처를 쓸어주고, 그들의 눈물을 씻어주면서 살아가는 그 자체가 이미 성공한 혁명이 아니겠어요?"

그러나 마리역시 스스로 너무나 고통스러웠다.

"모두가 아귀다툼하는 권력이나 명예, 재물을 따라가는 대신, 오히려 보잘것없는 자들, 어린아이들, 가장 힘없는 자들, 소외되고 가난한 자들에게 관심을 가져주고, 또 그들이 스스로 일어서서 정직

한 권력을 행사할 수 있도록 돕는 그 노력이야말로, 이 세상에서 꿈꿀 수 있는 가장 아름다운, 진정한 권위라고 생각해요."

녹두의 두 눈에서 닭똥 같은 눈물이 후두둑, 떨어졌다. 마리는 녹두의 눈물을 닦아 주었다.

"집강소 경험을 통해 나는 보았어요. 군림하며 지배하는 대신 사람들이 스스로의 권력을 행사할 수 있도록 섬기며 준비시켜 주는 일이 가장 어려운 혁명이었다는 것을……."

"마리, 우리 농민혁명에 대하여 그 성격과 방향 그리고 본질을 끊임없이 질문하고 또 지적해주셔서 항상 감사드립니다. 그 질문으로 우리의 성격과 방향과 본질을 지속적으로 확인을 해나가는 것이 이 운동의 생명이라고 생각합니다."

"네. 그 본질을 잃는다면 우리도 지금 싸움의 대상들과 결코 다르지 않고, 또 싸움의 의미도 사라질 거예요."

"혁명의 목표는 하날님의 명령을 따르는 일인데, 그것이 한두 번의 질문으로 끝나는 것이 아니라, 마지막 순간까지 끊임없이 우리가 구하고 있는 것이 무엇인지를 정직하게 질문하며 평가해 나가야 하겠지요."

집강소에 대한 지난번의 단호한 평가절하와 달리, 마리의 긍정적 평가가 이어지면서 녹두는 마음이 다소 진정된 것을 느꼈다.

마리는 녹두가 그토록 염원해왔던 꿀맛 같은 새로운 질서가 다시 활짝 꽃피울 수 있기를 간절히 기원했다.

"저는 그 과정을 옆에서 지켜보면서, 당신이 왜 그렇게 조선의 밑바닥 사람들에게 필요했는지를 생생하게 들여다 볼 수 있었어요. 그리고 당신을 알게 된 결정적인 순간이었을 뿐만 아니라, 주변의 모든 사람들이 그 색깔별로 너무나도 다양하게 드러나는 것을 세밀하게 살펴볼 수 있었어요."

녹두는 집강소 기간 중 드러난 김개남의 태도를 마리가 지금 언급하고 있는 것이 분명하다고 생각했다. 자신을 크게 방해하지는 않았지만, 결코 협조하지도 않았기 때문이었다. 그러나 그 기간 중 계속되었던 그의 북진 압박은 농민군이 갈라진 결정적 계기가 되었다고 크게 실망했다.

"역시 보시는 눈이 남다르십니다. 정말 수많은 사람들이 부나방처럼 모여들었으니 말입니다. 그런데 그때 몰려든 무리 속에 떠밀리듯 들어와서는, 지금 대장이 된 사람도 있지 않습니까?"

"그때 당신은 저를 알지 못했지만, 수많은 집강들을 세우고 훈련을 시키는 모습을 멀리서 바라보며, 저는 신비한 체험을 했어요… 그 체험 때문에 제 삶에도 결정적인 변화가 있었고요. 믿으실지 모르겠지만, 기도 중에 엄청난 빛이 쏟아지면서 새들이 내려오고 음성이 들려왔어요. '그는 나의 아들이다!' 라고요. 저는 주변을 둘러보았지만 아무도 없었어요."

마리는 녹두가 사람을 보고 앞날을 예측한다거나 길흉사에 대하여 점을 잘 친다는 소문에 대하여는 믿지 않는다고 했다. 그러나 자신이 하늘의 음성을 체험한 뒤로부터, 동학농민군에 모여들고 활동하는 모든 사람들을 분명히 살펴볼 수 있는 계기가 되었다고 했다.

"집강소는 사람이 사람대접 받도록 행정하는 부속기관이었습니다. 진정한 집강소는 바로 그 마을 자체였고, 또 그 마을사람 자신들이었습니다. 이것을 알아차린 집강들은 그렇게 행정을 했고, 그것을 미처 알지 못한 사람들은 이리저리 실수와 시행착오를 많이 했습니다."

마리는 녹두가 집강소활동을 있는 그대로 곧 현실화하고자 했던 것이 아님을 잘 알고 있었다. 어느 정도 그 기간은 서울로 들어가서 전국적으로 실행할 완성된 프로그램의 예행연습 성격이 많았다.

"그런데 집강소 활동이 그곳에서 그대로 지속되기를 원하는 접주나 집강들도 많았어요. 물론 그것이 전라감사의 뜻이기도 했지요. 가능하면 이 형태를 영구화, 고착화 했으면 하는 사람들이지요."

"집강소를 통해 마음이 열린 사람도 있지만, 오히려 마음이 닫히고 심지어 원수가 된 사람들도 있습니다. 그러나 그들 모두가 한 뜻을 품은 형제들인 것은 분명합니다."

"집강소를 통해 가장 큰 소득을 얻은 사람도 바로 당신이에요. 새로운 세상에도 여전히 낡고 어설픈 삶의 그림자들이 깊숙이 머물러 있다는 사실을 발견한 것이지요."

마리는 집강소 이야기로 녹두가 완전히 상심한 마음에서 벗어났다고 생각했다. 누구보다도 인간에 대한 넓은 이해심을 가져서 사람을 소중하게 대하고, 자신을 가장 아프게 하는 사람조차도 결코 화를 내어 다투지 않는 녹두를 진심으로 신뢰하고 따랐다.

녹두는 마리가 하늘의 음성을 들었다고 했을 때, 마리가 항상 오래토록 기도하는 모습이 다시 떠올랐다. 그러나 그녀의 기도는 자신의 고통스런 과거를 빠져나올 수 있었던 유일한 통로였기 때문이었다. 그리고 이미 30년 전 수운 역시 이러한 격렬한 신내림의 체험을 통해서 살아있는 하날님을 만났던 것이 아니었던가! 녹두는 마리의 손을 붙잡고 달빛을 맞으며 포구 쪽 북옥리의 해조문을 멀리서 바라보면서 강경천을 따라 걸었다.

"마리의 과거를 잘 알지 못하지만 저 역시 많은 아픔과 고통이 있습니다."

녹두는 사람들에게 내색하지 않기 위하여 자신을 철저히 단속해왔지만, 그러나 고부관아에서 비명횡사한 아버지의 일은 결코 잊을 수가 없었다. 어떤 때는 한밤중에 소스라치게 놀라 침상에서 벌떡 일어나 한참을 앉아있기도 했다. 아버지 몸에 남아있던 그 엄청난 상처와 피범벅이 항상 녹두의 꿈에서 자신의 몸으로 재현되었던 것이다.

"농민군들과 기포하면서 저는 개인적 감정이 일을 그르치지 않도록 엄격하게 제 자신을 단도리 해왔습니다. 그러나 악몽에 시달려, 온 몸에 땀이 비 오듯 할 때가 많았습니다."

"그 상처가 쉽게 사라지지는 않을 거예요. 저도 의처증이 극심했던 남편에게 십년이상을 매 맞으며 도망생활 했으니까요. 너무 힘들고 고통스러워 그 후유증이 오래 갔어요. 그러던 중 기도하는 가운데 저에게 이상한 현상이 나타나기 시작했어요. 제 입에서 외국말이 튀어나오고, 가슴 속에 불덩어리 같은 것이 머무르면서 사람들의 마음이 종종 보이기 시작했어요.

저는 깜짝 놀랐어요. 놀라운 것은 그 이후로 제 가슴에 답답하던 것이 사라지고 상처도 온데간데없고, 죽고 싶던 마음도 사라져서 마음이 편해졌어요.

그래서 서교의 모임에 열심히 참석하고 선교사님의 지도를 잘 받았어요. 그러던 중 어느 날 호남으로 내려가 동학을 만나라고 했어요."

녹두는 자신의 분노가 여전히 가슴 속에서 느껴진다고 말하면서, 그것을 이겨내는 일이 너무 힘들다고 했다. 마리는 길지 않은 시간이었지만, 녹두가 그렇게 힘든 상처를 가지고 그에 대한 내색을 전혀 하지 않았다는 사실에 가슴이 저려왔다.

"말씀은 안 하시지만, 당신의 그 분노는 오늘의 당신이 있도록 한 동력이 되기도 했지요. 그러나 동시에 당신으로 하여금 늘 극단적인 선택을 하도록 유혹하는 위험요소가 되기도 해요. 그러나 당신은 동학을 통해 이미 사회에 대한 책임감이 성숙한 경지에 이르렀기 때문에, 그러한 상처가 결코 당신에게 해를 주지는 않는다고 생각해요."

마리는 녹두보다 오히려 자기 안에 곪아있는 삶의 상처를 말하고 있었다. 북옥리의 채운산을 뒤늦게 넘어온 조각달이 산등성이에서 가야할 길을 바라보며 떨고 있었다.

11

그들은 녹두를 전혀 알아보지 못했다. 노새에 많은 짐들을 싣고 이동하는 것으로 보아 포구에서 막 하역을 끝내고 돌아가는 것 같았다. 일본 상인들의 밀무역과 불법 상행위는 개항장 이외에도 이미 전국적으로 크게 퍼져 쌀값폭등과 화폐가치 급락 등, 조선 상권을 거의 마비시키고 있었다.

'저 짐 속의 물건들이 또 어느 조선 백성들의 피를 빨아먹는 빨대가 될까!'

그들 일행이 굽은 길로 사라졌을 때. 녹두는 강경 북옥리 시장 한 가운데에 커다란 일본 신사가 서 있는 것을 보았다. 누군가 그 제단에 양초와 향을 올려놓았고, 축문을 기록한 한지 깔개 위에 일본 동전 몇 닢이 놓여 있었다. 녹두는 순간 인간을 억압하는 종교, 세상을 혼돈으로 몰아가는 어리석은 종교, 사람들의 필요에 봉사하지 못하고 종교, 자신만을 위해 존재하는 종교를 생각했다.

'종교라면 마땅히, 여러분이 갈 곳은 바로 저곳이오, 라고 가리키며 보여주어야 하지 않는가! 인류가 모두 한결같이 꿈꾸는 그 세상을 가리키며, 종교는 사람들에게, 이제는 귀환해야 합니다! 라고 말해주는 곳이 되어야 하지 않는가! 이런 거짓 성전을 청소하여 사람들에게 그릇된 희망을 갖지 않도록, 그리고 그런 희망을 가지고 살았던 자들의 결말이 어떠한 가를 보여주어야 하지 않는가!'

일본제단을 보고 피가 역류하는 것을 느끼며, 녹두는 그 성전을 쓸어버리고 싶은 충동을 느꼈다. 아니 그러한 종교를 무효화하고 싶었다. 녹두의 격한 감정을 눈치 챈 마리가 녹두의 손을 잡아끌었다.

"참아야 해요. 강경에도 일본 사람들이 가득해요."

마리는 녹두의 어깨에 기대어 포구의 낮은 둔치에 앉았다. 이미 밤은 깊어 사방은 모두 잠들었다. 그러나 바다는 여전히 두런거리며 낮에 하던 이야기를 여전히 끝내지 못하고 있다. 초승달은 갈 길이 급한지 벌써 눈썹 위까지 올라와 있고, 모든 별들은 일찍 잠자리에 들었다. 유독 초롱초롱한 눈빛을 가진 별 하나만, 가슴이 움푹 파인 초승달을 붙들고 끊임없이 귀에다 무엇인가를 소곤거리고 있다.

녹두는 수시로 일본 신전을 돌아보며 생각이 이어지고 있었다. 마리의 이야기를 들으면서도 그는 안절부절 못했다. 초승달은 자신의 구멍 난 가슴을 어루만지고 있었다. 순간, 마리는 마치 서교의 예수가 당장이라도 예루살렘 성전을 돌격할 것 같이 흥분한, 그런 녹두의 모습을 보았다. 격렬한 분노가 요동치고 있었다.

"저에 대한 소문이 완전히 가라앉지는 않은 것 같아요!"

마리는 녹두의 흥분을 가라앉히려고 애쓰면서, 자신의 이야기를 시작했다. 마리는 희미한 달빛이 떨어지는 밤하늘을 올려다보았다. 달님과 별 하나, 그 둘이 서로를 어루만지며 도란도란 이야기를 나누고 있었다.

"저는 기도에 깊이 몰입하는 동안, 제 자신의 의식과 본능과 마음과 몸을 하날님께 맡겨요. 제 생각이나 의지가 아니라 저 안쪽 깊은 곳에서 울려오는 소리의 안내를 받으면서, 위에서 들려오는 물흐름이나 빛줄기 속으로 이끌려 들어가게 되지요."

"기도에 대한 말씀이군요."

"그 안에서는 마치 하늘에서 달빛을 타고 내려온 새 한 마리가 제 머리위에서 퍼덕이며 내려앉듯이, 하늘의 위대하신 존재가 제 머리 속으로, 가슴과 배 속으로, 온 몸으로 스며들어와 저를 온통 사로잡는 모습을 제 자신이 바라보게 됩니다."

"그렇게 자주 체험하십니까?"

"그 순간 제 몸은 격렬한 통증을 느끼게 되고 동시에 기쁨과 격정에 사로잡혀, 온 몸이 떨리면서 날아갈 듯하고, 머리가 아주 맑아져요. 그리고 천리 앞도 내다 볼 수 있을 것 같은 지혜로 가득해져요. 이상하게도 그런 모든 순간들이 아주 또렷하고, 제 정신과 몸 안에서 위대한 존재와 하나가 된 느낌이 들어요.

그런데 이전에는 제 개인문제에만 매달려 있었다면, 그 이후에는 사람들의 눈물과 고통이 항상 생생하게 느껴져요. 멀리서도 병든 사람들의 신음소리가 들려오고, 억울하게 학대받는 사람들의 탄식 소리가 제 귀에 생생하게 울리고는 해요."

"신통(神通)한 경험을 하신 것입니다."

"그러한 과정 속에서 제 과거의 오랜 고통과 상처는 모두 씻은 듯이 사라져갔지요. 제 가슴속에 있던 십년 묵은 응어리가 완전히 쑥 내려간 것이 확실히 느껴질 정도예요."

마리의 체험을 들으면서, 녹두는 문득 수운의 안심가(安心歌)를 생각했다. 신내림의 체험을 통해, 수운 자신의 억울함을 표출한 개 인적 한풀이 노래였다. 그리고 동시에 그 노래는 억울하게 억압된 여인들의 한(恨)을 대변해준 신음소리였다.

'기험하다 기험하다 아국운수 기험하다
개 같은 왜적놈아 너희신명 돌아보라
너희역시 하륙해서 무슨 은덕 있었던고'

녹두는 그런 신적 체험이야말로 수운의 동학이 고달픈 백성들 속으로 깊이 스며들어갈 수 있게 했던 근본 원인이라고 생각했다. 자신의 무적(巫的) 체험이 민중의 저변에 깔려있던 한(恨)과 동심원 이 되게 한 것이었다.

"그런 현상들이 빈번해졌을 때, 선교사님은 저의 상황을 가장 잘 이해해 줄 분이라며, 저에게 동학을 소개했던 거예요. 물론 남원으로 가게 되어 먼저 김개남을 만나게 되었지만… 선교사님은 동학이 서교의 본질과 장점을 가장 잘 드러내고 있기 때문이라고 했어요. 특히 이런 신비한 체험과 관련해서 말이에요."

녹두는 마리의 체험에 공감한다는 표정이었다.

"시천주 고아정(侍天主 顧我情)이 바로 그런 특징을 드러냅니다. 살아계신 하날님과 비인격적인 지기(至氣)를 동시에 체험한 자가 수운이었습니다. 그렇게 통합된 득도의 과정에는 마리처럼 수운의 고통스러웠던 삶이 스며있습니다. 삶의 고통은 원리(原理)를 넘어서게 해주니까요."

마리는 순간 녹두의 머리 위로 하늘이 열리고 새 한 마리가 내려오는 것을 보았다. 달빛을 타고 하얀 날개를 치며, 그를 향하여 내려오는 새 한 마리! 온 몸이 푸른 광채가 감도는 융단처럼 곱고 부드러운 털로 덮여 있다. 별처럼 반짝이는 두 눈과 날카로운 부리는 천상의 군대를 거느리는 왕처럼 당당해 보였다.

면류관을 쓴 새는 마리에게 굴욕을 강요하거나 무시하는 대신, 좌우 날개로 마리의 머리와 가슴을 품고 삶의 무게를 부드럽게 어루만졌다. 그 날개의 따뜻하고 부드러운 질감이 온 몸에 가득 전해졌다. 마리는 그의 우아하고 절제하는 몸놀림이 너무나 사랑스러웠다.

마리는 그 새의 몸짓이 자신의 원초적 본능과 지혜를 일깨우고 있음을 알았다. 섬세한 깃털이 마리의 모든 감각을 일깨워 초롱초롱한 의식 속으로 이끌었다. 아니 의식의 뿌리까지 환한 등불이 밝혀졌다. 태초부터 남자와 함께 존재하였던 아득한 기억들이 한꺼번에 떠올랐다. 잊혔던 밤하늘의 별들이 마리의 눈물처럼 왈칵 쏟아졌다.

새의 두 눈에서 강력한 빛줄기가 쏟아져 내려와, 마리의 온 몸을 휘감았다. 순간 마리는 폭포수같이 쏟아지는 물소리를 들으며, 새의 안내를 따라 올라가 남자의 궁전으로 들어갔다. 화려한 꼬리를 가지고 있던 새는, 자신의 부드러운 털로 마리의 가슴과 배 그리고 떨고 있는 귓불과 가녀린 목을 닦아 주었다. 새는 마리에게 속삭였다.

'그대는 어둠 속에 살았지만, 어둠 때문에 자신의 강한 빛을 발견한 여신입니다.'

새가 가슴 속의 불덩어리를 마리의 입에 넣어 주었다. 온 몸이 수증기처럼 끓어올랐다. 마리는 새털처럼 가벼워져, 자신의 날개를 타고, 자신의 신전으로 날아갔다. 자신의 신전에서 흐르는 주스를 마시며, 마리는 자신의 몸이 연주하는 음악을 따라, 미친 듯이 춤을 추었다.

밤하늘을 휘감아 돌고 있는 달빛을 손끝으로 느끼며 녹두는 생각했다.

'이렇게 끓어오르지 않으면, 마리는 길을 잃고 헤매는 거리의 악사가 되었을 것입니다.'

녹두는 마리의 두 눈에서 삼나무처럼 타오르는 불꽃을 보았다. 그 불꽃은 12개의 별들과 함께 태초의 춤을 추고 있었다.

'스스로 불처럼 타오르지 않았다면, 그대는 모든 여행자들로 하여금 길을 잃고 헤매게 만드는 검은 달이 되었을 것입니다. 그대는 그들에게 꿈과 사랑과 행복을 주는 대신, 그것들을 불로 태우는 파괴자, 병과 죽음을 가져다주는 마녀가 되었을 것입니다.'

'우리가 사랑으로 하나가 되지 않았다면, 그대는 단지 남성들을 굴복시키기 위해 그들을 정복하려고 했을 것입니다.'

천상의 제단에서 마리는 눈을 떴다.

'나는 그것이다!'

달빛이 다시 격렬한 소용돌이를 일으켰다. 마리는 자신의 마음과 무의식 속에 있는 것들뿐만 아니라, 녹두의 정신과 몸을 마음대로 들어가고 나오는 천상의 여사제가 되었다. 육체와 영혼이 하나되는 제사가 완성됨으로서, 녹두는 문명을 열어가는 최초의 남성이 되었고, 마리는 남성을 유린하는 마녀가 아니라 문명 창조를 위해 남성의 영감을 공급해주는 여신이 되었다.

생기가 충만한 마리는 녹두를 향하여 태초의 지혜자처럼 자신을 선포했다.

"나는 만물의 어머니, 나 자신의 주인이며, 어느 누구도 나의 행동을 규정하거나 명령하지 않고, 오직 내가 내리는 명령만을 받는다."

"나는 나 자신을 예배하며, 영원한 처녀로서 내가 해야 할 일을 내가 정한다. 내가 스스로 신성을 포기하지 않는 한, 나의 처녀성은 영원하다."

"나는 나 자신의 이야기를 만들고 가르친다. 나의 이야기 속에서 우주 만물은 잉태되어 활동하고, 내 이야기를 흉내 내어 남자들은 종교를 만들고, 정치를 만들고, 도시를 만들었다. 그러나 그것들은 고독한 남자들이 만든 것들이다."

자신의 무릎으로 우뚝 선 녹두는 마리의 선포가 곧 자신의 꿈과 하나임을 알아차렸다. 마리는 남자의 종교와 정치가 유린한 왜곡된 계시를 유보하고, 창세기(創世記)의 신적 영감을 새롭게 예언하였다.

"나는 남자들의 행동에 매여 있거나, 남자와의 관계에서 내 존재가 발생된 것이 아니다. 나는 지금 여기에서 절대적으로 자유롭다. 나는 나 자신으로 충분하다."

"나는 남자를 기쁘게 하거나 남자에게 사랑받기 위해서, 또는 남자의 관심을 끌기 위해서 행동하지 않는다. 나는 내가 하는 일이 옳기 때문에 그렇게 행동한다."

"나는 획일화된 남자들로부터 야만적이고 악마적이라는 비난을 듣는다. 그들이 주도하는 문명적 에로스에서 벗어나려는 나의 시도는 퇴행적인 것이라고 비난받는다."

예언자는 남자를 안내하여 자신의 숲속 제단으로 이끌었다. 남자의 머리에는 달무리의 소용돌이가 다시 격렬하게 일어났다. 그는 최초의 경건한 예배자가 되어 고백했다.

"마리는 남성들의 일부로 만든 복제품이 아닙니다. 그대는 누군

가의 채움이 필요한 불완전한 존재가 아니며, 태초부터 누구의 도움도 필요하지 않았습니다."

"그대는 남자를 유혹하여 망가뜨린 악마가 아니라, 남자가 지혜가 필요할 때 어머니가 되어 주고, 사랑이 필요할 때 연인이 되어 주었으며, 외로울 때 용기와 힘을 주는 친구였습니다."

"그대는 성적 경험이 필요 없는 영원한 처녀입니다. 다만 생명의 창조와 우주의 성장을 위하여 영혼의 동반자가 필요할 뿐입니다. 온 우주는 그대의 돌봄과 안내를 통하여, 비로소 길을 잃지 않고 자기 자신의 길을 갈 수 있기 때문입니다."

여사제는 자신의 신전에서 예배하는 남자를 향하여, 다시 지혜의 소리로 외쳤다.

"나는 결혼의 여신이 아니라 영원한 성애의 여신이다. 나의 영혼과 몸속에서 남성들은 끊임없이 태어나며 자라간다."

마리는 집에 등불이 꺼져있는 남자들 가운데 오직 한 남자에게만 여성의 창조적 에너지가 소용돌이치는 새로운 문명을 말해주었다.

"나는 삼라만상을 다스리는 지혜의 주인이다. 나는 세상의 모든 존재들이 하는 말을 알아들을 수 있으며, 그들도 내가 하는 말을 알아듣는다. 내가 다스리는 나라는 오직 사랑으로 가득하며, 전쟁을 알지 못하고, 함께 포도주를 즐기면서 비파를 연주하며 노래한다.

어느 날 내가 묵상을 하고 있는데, 하늘에서 큰 새 한 마리가 나에게 날아왔다. 무지개 깃털을 가진 새의 발목에는 먼 나라의 남성왕이 보낸 편지가 달려있었다. 그 내용은 자신들의 나라에 조공을 받치거나 자신과의 결혼요청을 받아들이라는 것이었다. 그렇지 않으면 자신이 제시하는 세 가지 문제를 모두 알아맞혀야 한다고 했다. 만약 모든 조건에 실패한다면, 강력한 군대를 보내 내 나라를 없애버리겠다고 했다.

그는 남성이었기에 자기 나라의 부귀와 명성을 자랑하며, 남성다운 위엄과 권세를 가지고 나에게 명령했다. 장로들은 남성은 항상 위험하고 괜한 일에 트집을 잡아 싸우려는 성향이 있기 때문에 개의치 말고 그 나라에 가지 않는 편이 나을 것이라고 반대했다. 그러나 나는 일단 직접 남성 왕을 만나 왜 싸움을 걸려고 하는지, 그의 생각을 듣고 싶었다.

나는 오랜 여행 끝에, 남성왕의 나라에 도착했다. 그 왕은 매우 남성답게 잘생긴 장군을 보내어 나를 맞게 했다. 그 사신의 빛나는 외모로 여성인 나의 마음을 유혹하려 했던 것이다. 그러나 나는 그에게 왕 앞으로 안내하도록 명령했다.

왕궁에 도착했을 때, 영접 나온 왕은 나를 유리 궁전으로 안내했다. 나는 마치 물속에 들어가는 듯 착각이 들어, 순간 나의 옷자락을 손으로 들어 올렸다. 그때 남성왕은 내 다리를 보고 껄껄 웃으며 비난했다. 그는 내가 온 몸에 털투성이인 마녀라는 소문을 듣고 있어서, 그것을 확인하려고 유리 궁전으로 안내했던 것이었다. 나의 두 다리에는 약간의 털이 있었다.

남성왕은 나에게 말했다.

'그대의 아름다움은 모든 여성들보다 뛰어나지만, 그대의 다리에 난 털만은 여자라기보다 차라리 남자에게 더 가깝습니다!'

나는 남성들의 취향이 참 독특하다고 생각했다. 첫 번째 성적인 모욕도 참았지만, 다시 두 번째 신체적인 모욕에 대해서도 나는 개의치 않았다. 왕은 본격적으로 나에게 세 가지 수수께끼를 내놓았다. 그것을 모두 알아맞히면 무사하지만, 그렇지 않을 경우, 조공을 받치거나 자신의 결혼요청을 받아들여야한다고 했다.

첫 번째 수수께끼는, '나무로 만든 샘 속에서 쇠로 된 통으로 돌을 퍼내기 시작하면, 물이 흐릅니다. 그것이 무엇입니까?' 라는 것이었다. 나는 즉시 '그것은 화장상자입니다' 라고 대답해 주었다. 그 속에서 조그만 쇠 수저로 눈 화장하는 돌가루를 퍼내어 눈꺼풀에 문질러 바르면, 눈에서 눈물이 흐른다고 설명했다. 남성왕은 내가 우리나라에서 사용을 금지한 여성 사치품에 대하여 잘 모를 것이라고 생각했던 것이다. 여성인 나에 대한 세 번째 모욕이었다.

왕은 두 번째 수수께끼를 냈다. '흙 속에서 나와서 먼지를 먹고 반죽같이 되어 집 안을 엿봅니다. 무엇입니까?' 나는 '집을 지을 때 바르는 안료(顔料)입니다.'라고 대답했다. 왕은 내 나라의 집을 건축하는 토목기술의 수준을 시험해본 것이었다. 안료는 일부 부자나라에서 최신의 고급주택에서만 사용했기 때문이었다. 나는 네 번째 모욕도 참았다.

왕은 다소 장황하게 세 번째 수수께끼를 냈다. '바람이 불면 흔들리며 울부짖는데, 마치 갈대와 같이 머리를 늘어뜨리고 있습니다. 부자에게 명예를 주고, 빈곤한 사람에게 수치심을, 죽은 사람에게는 장식일 뿐이며 살아있는 자에게는 고통입니다. 새에게는 기쁨이며, 물고기에게는 전염병 같은 것입니다. 이것은 무엇입니까?' 나는 즉시 '그것은 모시입니다' 라고 대답했다. 그리고 설명해 주었다. '들판에 있을 때는 머리카락을 늘어뜨리고, 배의 돛으로 만들어 달면 바닷바람에 포효하듯 울부짖고, 좋은 옷을 만들어 입는 부자는 뽐내며, 누더기 같은 옷을 걸친 가난한 사람은 부끄러워하는데, 죽은 사람에게는 베옷을 만들어 싸매고, 교수대의 밧줄에 목을 들이밀고 있는 자는 가슴이 쓰라리다. 새는 그 씨의 열매를 먹어서 기쁘고, 모시로 만든 그물에 걸린 물고기는 한없이 고통스럽다.'

남성왕은 자신들의 문화수준을 과시하며, 우리나라 여성들의 의복 문화 수준과 여성인 나의 지혜를 시험한 것이었다. 그것은 다섯 번째 모욕이었다.

남성왕은 감탄하며 말했다. '저는 지금까지 여왕께서 가진 지혜의 절반을 가진 사람조차도 본 일이 없습니다. 왕의 백성 또한 그러할 것이라고 생각합니다. 미처 알지 못하여 여왕께 무례했던 저의 어리석음을 용서해 주십시오.'

나는 대답했다. '남성들은 괜히 경쟁하거나 정복하는 일을 좋아합니다. 머리로만 살기 때문에 마음은 늘 폭력적이고 잔인해질 가능성이 많습니다. 그래서 남성들이 세상을 다 정복했다 하더라도, 그 세상은 온갖 갈등과 미움의 상처로 가득합니다. 무엇보다 가슴으로 사는 여성의 마음을 얻는다는 것은 남성들에게 가장 힘든 일입니다.

남성들은 가슴에 더 가까워지는 삶을 배워야합니다. 가슴으로부터 자기 존재와 우주로 들어가는 길이 열리기 때문입니다. 가슴을 비켜 머리를 통해 들어가는 길은 없습니다. 여성은 가슴에서 존재와 우주로 직접 들어갈 수 있습니다.

여성은 정복의 대상이 아닐뿐더러, 오히려 가슴과의 접촉을 잃은 남성들이 망가뜨린 문명을 치유하고 회복합니다. 여성들은 훨씬 더 원초적이고 근본적이기 때문에, 삼라만상 존재계와 자연스러운 조화를 이루며 살아갑니다.

여성은 유혹에 잘 넘어가는 갓난아이가 아닙니다. 오히려 여성은 남성들의 지혜요, 용기와 영감의 원천이요, 가정을 통하여 그들을 영원히 보호하는 어머니입니다.

여성을 통하여 신은 남성을 영원한 실상세계로 다시 태어나게 하고, 그리고 그를 통하여 삼라만상이 깨어나 영원히 살게 합니다. 여성이야말로 창조자가 스스로 창조한 것을 남성들이 되살려 기억해 내도록 하고, 그것을 영구히 보존케 하는 우주적 기억장치입니다.'

마리의 이야기를 듣고, 녹두는 남자로서 참회의 눈물을 흘렸다.

"남성들은 나를 사악한 마녀라고 비난해요. 치명적인 유혹으로 당신을 연인처럼 또는 아들처럼 만들고 있다고 말이에요. 그러나 나는 내 자신의 깊은 본능과 내 자신에 대한 열정을 가지고 있을 뿐이에요."

"어떤 남성은 내가 너무 능란하여 남성들을 나의 그물에 가두어 놓고, 오직 나의 이익을 위해 자신들을 제멋대로 통제하는 차가운 요녀라고 낙인찍어요. 그러나 나는 나의 감정에 충실하여, 남성들이 가지고 있는 필요에 따라 각각 어머니와 아내와 연인의 역할을 수행할 뿐이에요."

"이런 비난도 있어요. 내가 비인간적이고 영혼이 없는 사랑으로 남성들을 철저하게 악용한다고 말이에요. 그러나 나는 나에게 끌리는 남성을 정복하기 위하여 내 자신의 본능을 사용하지 않아요. 왜냐하면 나는 헌신적인 태도를 나에게 보인다고 해서, 그 남성에게 확보되어있는 하나의 물건이 아니기 때문이지요."

녹두는 순간 김개남을 떠나야했던 마리의 결단을 생각했다. 그리고 자신의 헌신과 배려 또한 마리를 사물화(事物化)하는 구실이 되지 않기를 바랐다.

"여성의 중심에는 완벽하게 의식이 깨어있는 사랑이 있기 때문에, 사랑의 화신인 여성을 연인으로 둔 남성은 즉각 엄청난 변혁을 일으켜 내밀한 존재의 사원으로 들어가는 길을 발견하게 되지요. 그래서 여성의 사랑을 받고 있는 남성은 온 우주를 가진 거예요."

"나는 때로 용기가 부족하고 대범하지 못하다는 남성들의 비난에 시달려요. 그러나 세상의 어떤 남편도 아내만큼 사랑하지 못하며, 어린아이 때에도 말과 행동을 통해 진심으로 부모를 사랑해요. 아들에게는 어림없는 일이지요."

녹두는 마리가 나이어린 십대에 졸지에 고통의 나락으로 떨어진 부모님의 간청에 따라 정든 가족을 떠나, 심지어 신경증을 앓고 있던 나이 많은 남성에게 재취로 시집을 갔다는 사실을 기억하고 있다. 그의 가슴이 다시 저려왔다.

"여성은 삶 전체가 사랑이에요. 남성들의 삶에서 사랑이란 작은 부분에 지나지 않아요. 남성들은 돈, 권력, 지위, 명예를 위해 사랑을 헌신짝처럼 버려요. 남성들은 무엇을 위해서든 사랑을 희생할 수 있어요. 그러나 여성들은 어떤 것을 위해서도 사랑을 저버리지 않아요. 그러니 여성은 엄청난 용기를 지닌 존재예요."

녹두는 신비하게 퍼져가는 달빛의 신탁을 받으며 무의식의 욕구를 당당히 말했다.

"마리, 나는 당신을 만나 사랑을 알게 된 뒤, 나는 나 자신이 되었습니다. 당신이 드러내주는 그 현실 앞에서 나는 더 이상 연극을 할 필요가 없어졌기 때문입니다."

마리는 삼라만상을 가리키며 녹두에게 말했다. 그것은 마치 김개남을 향해 선포했던, 그리고 동일하게 지금 자신을 향해 던지는 가슴 아픈 충고라고 녹두는 생각했다.

"사랑의 포로가 되어 눈먼 자가 되지 마세요. 진정한 사랑을 나누게 되면 우주적인 동료가 되요. 사랑은 단지 두 사람사이의 축제가 아니라, 별과 태양, 꽃과 새, 그리고 모든 존재를 불러 모아 향연을 베푸는 일이기 때문이지요. 사랑은 삼라만상이 모두 친구가 되는 길이지요."

갈 길을 다 달려간 초승달은 미처 다하지 못한 내밀한 이야기를 두 사람의 가슴 속에 가득 채워주었다.

"자기 자신을 알아가는 과정이 곧 환상과 깨달음임을 가르쳐주고 있습니다. 아니 그것이야말로 하날님을 알게 하는 길입니다. 저도 깊이 묵상하는 습관이 필요한 것 같습니다."

"나를 들여다보는 일이 곧 자기 자신을 아는 행위의 시작이에요. 그런데 자기를 들여다보면 볼수록 도(道)와 하날님에게 가까워져서, 보편적인 높은 사상이 태어나지요."

"여성들은 묵상에 익숙해요. 묵상은 자신이 홀로 있을 때의 아름다움을 즐기는 것이에요. 묵상은 자신을 축하하며 즐기는 일이지요. 묵상은 자신만의 영광과 자신만의 빛 속에 몸을 담그는 것이에요. 이 세상에서 존재한다는 것은 가장 장엄한 기적이에요. 묵상은 이러한 기적으로 향하는 문을 열어줘요. 자신을 진정 사랑하는 사람만이 묵상할 수 있어요."

"서학이 너 자신을 알라, 라고 했을 때, 우리 동학은 너 자신으로 존재하라, 라고 말할 수 있습니다."

"네. 인간을 이해하고 사랑하는 그 감정이 활짝 열릴 때라야, 비로소 초월적 영성으로 나아갈 수 있기 때문이겠지요."

마리와 녹두는 초승달과 함께 산 속으로 숨어 버렸다. 두 사람은 '나 자신으로 존재하라'는 고아정의 약속을 묵언수행하고 있다. 새벽이 될 때까지 수많은 사랑의 언어들을 쏟아냈지만, 두 사람은 그것을 알기 위해 실제 사랑하는 사람이 되는 방법밖에 없음을 경험했다.

사랑은 끝없는 모험이었다. 그래서 두 사람은 사랑이 모순이라는 사실도 알게 되었다. 처음에는 두 사람이 필요하지만, 결국에는 하나로 존재해야하기 때문이다. 그래서 사랑은 가장 어려운 수수께끼이며, 가장 난해한 문제라고 고백했다.

마리는 자신의 신전에서 사랑하는 예배자에게 속삭였다.

"나는 기도를 통해 거대한 침묵을 느끼며 신이 되고, 그리고 동시에 사랑을 통해 나의 삶을 노래와 춤과 축제로 만들어가요. 기도와 사랑, 그것이 여성의 특징이에요."

12

눈보라가 매섭다. 포구에는 손발이 묶여있는 배들이 두툼한 솜옷을 입은 채 서로 몸을 비비며, 추위를 몰아내려고 안간힘을 쓰고 있다. 녹두의 하얀 입김은 그대로 사나운 눈발과 하나가 되어, 맹렬하게 몸부림을 치면서 떠나갔다. 공주를 바라보는 녹두의 마음은 어지럽기 그지없다.

공격시점이 코앞으로 다가오면서 농민군들은 대체적으로 많이 긴장하는 눈치였다. 소가죽으로 쌀밥을 지어 호호, 불면서 시끌벅적하게 떠들며 나누던 식사 분위기도 이제는 조용해졌다. 유쾌하게 농을 주고받으며 분위기를 띄워주던 농민군들도 더 이상 찾아볼 수 없다. 더욱이 긴장감이 감도는 녹두의 표정을 살피면서, 한숨을 내쉬며 하늘을 바라보고 주문을 외는 대장들도 점점 더 많아졌다.

"어려운 전투가 될 것입니다."

하늘에서 쏟아지는 하얀 눈 기둥들이 녹두의 마음처럼 그대로 검은 바다 속으로 빨려 들어가고 있었다. 녹두와 마리를 당장 삼켜 버릴 태세로 커다란 입을 있는 대로 다 벌리고 있는 성난 바다는 왜곡된 욕망을 위해 붉게 충혈 된 눈을 번뜩이며 조선을 삼키려고 달려드는 일본 승냥이들의 얼굴이었다.

'이 매서운 칼날을 어떻게 물리칠 것인가?'

쏟아지는 눈송이로 녹두의 뒷목이 섬뜩했다.

'너는 우리 목에 칼을 꽂을 것이다. 그러나 우리 민중은 결코 소멸하지 않을 것이며, 너희의 거짓된 영혼과 육체를 심판하며, 진정한 민중 중심의 세상을 열어갈 것이다.'

눈보라가 더 세차게 몰아치기 시작했다. 녹두는 눈을 똑바로 뜨고 쏟아지는 눈발을 주시하였다. 눈송이는 그의 눈동자를 덮었다. 그리고 눈송이는 그의 눈동자가 되었다.

함께 막사로 돌아온 마리는 굳어진 녹두의 손을 따뜻하게 감싸주었다. 입안으로 가득 퍼지는 차의 향기가 달콤하면서도 녹두의 마음을 편안하게 어루만져 주었다.

"걱정하지 말아요. 당신은 이미 이긴 싸움을 싸우는 거잖아요. 자신을 이긴 싸움은 어느 누구도 결코 그를 이길 수 없어요."

그러나 마리는 그의 고민이 더욱 깊어지는 것을 보았다.

"사람들은 자신의 삶이 억압되어 있고, 특히 자신의 사랑이 억눌려 있을 때, 그들은 또 다른 삶을 갈망하게 되요. 일본은 조선을 빼앗아야만 자신들의 뜻을 이루고 행복할 것이라고 생각하지만, 자신들의 뜻을 이루거나 천국 건설을 자신들의 현재에 만들어낼 생각은 하지 못해요."

"반드시 그 대가를 치르게 될 것입니다."

"자신들의 꿈과 사랑과 천국은 조선이나 어떤 외부에 있는 것이 아니라, 이미 자신들의 현재에 있지요. 내부적으로 자신들의 사랑의 에너지가 억압당할 때, 그들은 이런 생각을 하기 시작한 것이에요."

녹두는 순간 귓가를 맴도는 소리를 들었다.

'나의 꿈과 사랑과 천국도 결국 김개남보다 탁월한 조건을 갖추는 것이나 마리의 사랑을 얻고 못 얻는 데에도 있지 않을 것이다!'

한숨을 내쉬며 녹두는 마리의 얼굴을 보았다. 단호한 눈빛이 쏟아져 나오고 있었다.

"그들은 이런 생각도 하지요. 여기에는 아무것도 없다, 여기가 아닌 어딘가에 우리 일본이 가야할 목적지가 있을 것이다, 라고 말예요."

'마리, 나 역시 늘 그런 함정에 빠져 허우적거리고 있답니다! 나 자신과의 싸움도 여전히 끝나지 않았습니다!'

마리는 창조적이며 자기 주도적인 삶을 살아가도록 깨우친 것이 동학이라고 말했다.

"사람은 신성을 자기 나름대로 구현하면서 살아가고 있어요. 자세히 들여다보면, 사람에게는 창조나 파괴, 기억과 보존, 그리고 응용이나 재생의 놀라운 신적 능력이 깃들어 있어요. 사람이외의 그 어느 존재도 흉내 낼 수 없지요."

"네. 우리 인간이 본래 모습을 잃어버렸기에, 일본처럼 너무나도 조악하고 이기적이며 물질 중심적인 한심한 창조행위를 하고 있습니다."

녹두는 차를 마시면서 자신에게 우주적 사랑의 불꽃을 점화시켜주고 있는, 마리의 작은 손과 귀와 얼굴을 조용히 주시하였다. 마치 마리를 처음만난 그 놀라움으로, 자신의 기억 창고에 사랑의 감정과 신비한 존재감을 영원히 저장해두려는 듯이, 한 장면 또 한 장면을 천천히 훑어갔다.

'이 작은 손이 어떻게 그렇게 우주전체를 어루만지는 위대한 손이 될 수 있었을까, 달처럼 하얗고 여전히 솜털이 송송한 가냘픈 얼굴이 어떻게 그토록 엄청난 억압과 폭력, 분노와 상처에 당당히 맞서고, 이젠 그것들마저 모두 포용하고 용서하는 여성이 되었을까!'

녹두의 찻잔에 후두둑, 눈물이 떨어졌다.

맹렬하던 눈보라는 멈추었지만, 막사 지붕을 뒤흔드는 겨울바람은 여전히 그칠 줄을 몰랐다. 녹두는 마리의 차가운 손을 두 손으로 감싸며, 심란한 마음을 가라앉히려고 애를 썼다. 겨울바람을 뚫고 마리의 뜨거운 입김이 녹두의 가슴을 데워주었다.

"전투의 본질과 승패여부는 결국 일본이 아니라 곧 나 자신과의 싸움에 달려있는 것이 아닐까요? 우리 농민군의 전투는 외세를 몰아내려는 자주독립의 항쟁이라는 과정을 통해, 궁극적으로 우리 민중의 인간적 권리와 존엄을 회복하려는 내인적 혁명으로 이어질 거예요. 온갖 성적 차별과 학대 그리고 비인간적인 억압과 왜곡을 물리치고 개선하려는, 새로운 문명창조를 위한 도전이에요!"

순간 녹두는 당황했다. 마리가 자신이 가장 경계하는 손병희의 인간 개조론을 다시 거론하기 때문이었다.

'이 여자가 정말 손병희와 나를 혼동하고 있는가, 아니면 나를 설득하여 결국 손병희의 노선을 따르게 하려는 것인가!'

그것은 근본적으로 전쟁의 사기를 꺾고 또한 방해하려는 교묘한 술책이었기 때문이다. 녹두는 매우 혼란스러웠다. 그러나 녹두는 흥분을 가라앉히고, 반복되고 있는 마리의 말 속에 무엇인가 이전과 다른 분위기가 감돌고 있음을 발견했다.

'나라의 자주권을 위한 전투를 뛰어넘어, 성적 차별과 학대와 억압을 개선하기 위한 혁명투쟁… 물론 동학혁명은 구시대적 반상제도나 과부의 재혼 금지 같은 엄청난 악습과 악법의 철폐를 관철시켜오지 않았나! 토지개혁 문제도 그렇고… 마리와 손병희가 거듭 제시하고 있는 농민군 투쟁의 내인적인 목표는 결코 틀린 것이 아닐 것이다. 그래, 인간성 말살의 치명적이 잔혹성은 우리 내부에 존재하는 차별과 학대 그리고 온갖 악습과 억압이 아닐까!'

마리가 던지는 말들을 곱씹어보며, 녹두는 수운이 객관적 하날님을 인정하면서 동시에 자기와 하날님을 동일시하는, 소위 '양극

단'(兩極端)적 하날님 모심이 구체적으로 무엇을 의미하는지를 질문
했다.

'수운은 우주의 모든 존재가 바로 하날님의 드러남이요 하날님
의 창조물이기 때문에, 모든 인간은 존엄성과 평등한 가치를 가지
며, 모든 존재는 시비분별을 뛰어넘어 무한하다고 했다. 모든 것이
본질적으로 무한하다는 것은, 아무것도 어떤 인간도 특별하다거나
더 아름답다거나 혹은 더 유의미하고 더 소중하지 않는다는 것이다.
물론 뒤집어 본다면, 살아가는 동안 이 냄새나고 보잘것없는 삶이야
말로 얼마나 특별하고 소중하고 아름답다는 것을 깨닫는 것이다!'

'새로운 문명의 창조, 불멸의 삶이란 결국 우리 인간을 있는 그
대로 보지 못하게 억압하고 왜곡하는 온갖 악습과 학대를 극복하는
것에서 시작해야 할 것이다!'

녹두는 마리와 손병희가 수운과 해월을 따라 이미 저 멀리 앞서
가고 있는 모습이 눈에 선했다. 그리고 그들의 외침 속에 아버지의
피투성이 된 얼굴이 있었다.

아버지 전창혁의 죽음! 그것은 아버지의 분노와 증오심을 그대
로 녹두 자신의 것으로 동일시하도록 만들었다. 조선 민중을 비인간
화하는 그 모든 억압과 착취는 녹두의 심장을 들끓게 만드는 악의
얼굴들이었다.

'저놈을 죽도록 쳐라!'

'내가 타지로 전출했다고, 내 모친상에 부의금도 안 보내는 그런

예의 없는 놈이 너 말고 또 어디 있단 말이냐! 삼강오륜과 논어 맹자를 가르치는 선비란 놈이 도대체 그런 법도도 모르느냐!'

'삼강오륜에 탐관오리 기생 에미 뒤졌는데, 부의금 바치란 법이 어디 있더냐?'

'아니, 저 쳐 죽일 놈! 저 놈 입을 당장 찢어버려라!'

'니 애비 비석 세운다고 주민들 후려쳐서 천 냥을 뜯어간 것도 부족해, 니 기생에미 부의금까지 또 바쳐야 하나? 당장 식량이 없어 굶어죽는 주민들에게 불효, 불목, 음행, 잡기 등 온갖 죄목을 뒤집어 씌워, 이만 냥을 늑탈해 갔으면 되었지, 네 이놈! 너 같은 게 수령이라고, 하늘이 두렵지도 않느냐?'

'아니 저 놈이 죽으려고 환장을 했나. 여기가 어디라고 감히 주둥아릴 놀려!'

'네 이놈! 내가 이미 죽음을 각오한 마당에 너 같은 악귀 앞에서 못할 말이 무엇이냐? 만석보가 멀쩡하게 있는데도, 아무 쓸모도 없는 팔왕보를 다시 쌓아 보세로 칠백 섬을 거두어들이고, 황무지를 개간하면 무세로 경작하게 해준다고 주민들을 꾀어 무자비하게 세를 거둬들여, 그 원성이 하늘을 찔러 내가 두 차례나 네놈에게 찾아가 하소연을 했다. 그러나 네놈은 듣는 둥 마는 둥 하더니 오히려 나에게 곤장으로 답했다.

수탈을 해 처먹어도 분수가 있는 법인데, 그 누가 네놈의 탐욕을 다 채워줄 수 있겠느냐? 아무리 해 처먹어도 유분수지, 그렇게 수탈하고 해 처먹고 네놈 발 뻗고 편하게 잘 수 있을 것 같으냐? 당장

황천길에나 떨어져라!'

'저놈을 매우 쳐라. 죽도록 쳐라!'

아버지의 죽음! 녹두는 태장을 맞아 피투성이가 되어 가마니에
덮혀있던 아버지의 주검을 보고, 조선민중의 서러움과 분노의 눈물
이 되었다. 장사를 지내는 동안 온통 검정 벽지로 둘러싸인 하늘과
땅 사이에서 녹두는 울고 또 울었다. 그 비인간적인 억압과 착취에
대한 서러움과 분노는 녹두의 영혼 저 밑바닥에 흐르는 오백년, 천
년의 세월, 쌓이고 더해진 민중들의 한이었다.

조병갑의 가렴주구는 이미 전 조선에 만연된 억압과 착취의 한
단면에 불과한 것이었다. 아버지의 주검에서 흐르는 피눈물은 그 이
후 녹두의 가슴 한 가운데에서 수탈과 억압에 시달리는 민중들의 통
곡소리로 언제나 울려 퍼졌다. 민중은 곧 통곡과 분노의 주체였다.
녹두는 20명의 호남접주들과 함께 사발통문을 작성하며 그 통곡과
분노의 함성을 담아냈다.

'고부성을 격파하고 군수 조병갑을 효수한다.

군기청과 화약고를 점령한다.

군수에게 아첨하여 인민을 침어(浸漁)한 탐리를 격징한다.

전주영을 함락하고 서울로 진격한다.'

터져 나오는 분노는 낡은 체제를 부정하고 새로운 세상을 지향

하는 동학의 혁명사상으로 점차 크게 타올랐다. 그러나 호남민중의 절박한 실정을 알지 못했던 해월이 녹두의 의기를 가로막아 섰다.

"자네, 내말을 명심하고 지금 즉시 농민군을 해산하게."

"선생님, 보국안민(輔國安民)을 가르치셨습니다. 그것이 무슨 뜻입니까? 이 나라를 있는 그대로 보좌하자는 것입니까, 아니면 잘못된 나라를 고쳐 바로잡자는 것입니까?"

"자네 말대로 잘못된 나라를 고쳐 바로잡자는 것이지. 내가 자네의 말뜻을 모르지 않네. 하지만 지난번의 고통스런 영해박해를 한번 잘 생각해보게. 자네나 우리 모두 수운선사의 명을 받들어 개벽을 하는 것인데, 그 개벽의 때가 아직은 차지 않았네. 당장 해산하게!"

"선생님, 개벽은 때가 차기만을 기다리는 것이 아니라, 오직 사람의 주체적인 혁명을 통해서만 이뤄집니다. 그래서 후천개벽 아닙니까! 지금 우리가 무엇을 기다립니까? 우리가 믿을 수 있는 것은 민중 밖에 없습니다. 이 열기를 꺼뜨리시면 안 됩니다!"

해월은 개벽이 명(命)을 혁파하는 것만으로는 부족하고, 명(命)의 주체인 사람이 바뀌고 새로워져야 한다는 '수심정기'(修心正氣)를 고집했다. 고통과 분노의 원인을 외부의 다른 사람이나 세력에 투사(投射)하지 말고, 대신 그것을 한 차원 높게 승화시켜야 한다는 것이었다. 그러나 녹두는 명을 혁파하는 일과 사람이 바뀌는 일은 사실상 서로 직접적인 관련이 없으며, 또 관련이 있다하더라도 계란과 닭의 논쟁과 같이 일의 우선과 경중을 결정하려는 시도가 무의미한 것이라고 생각했다.

물론 농민혁명을 통해 치러야하는 대가와 고통이 얼마나 무시무시한 것을 뼈저린 경험을 통해 해월이 잘 알고 있다는 점을 충분히 인식했다. 그럼에도 불구하고 현재의 상황 속에서 전자와 후자의 경계와 우선순위를 혼동해서는 안 된다고 생각했다. 오히려 전자를 통해서 후자를 움직일 수 있을 것이라고 판단했다. 판단의 유일한 근거는 곧 민중이었다.

무엇보다 해월과 북접이 주장하는 그런 종교적 태도가 어찌 보면 그동안 지속되어온 억압을 합리화하거나 혹은 억압의 또 다른 형태가 아닌가, 하는 끝없는 의문으로 시달렸다. 녹두는 분명히 수운이 민중의 분노를 직시하면서, 동점해 오는 서양 제국주의의 조선침략에서 비롯된 모순을 무위로 만들어 버리자는 의도를 강력하게 표출했다고 보았다. 비정상적으로 빚어진 모순과 낡은 시대의 문명을 민중들이 주체가 되어 뿌리째 뽑아버리고, 아래로부터 올라가는 새로운 시대와 문명을 열고자 행동한 것이었다. 명(命)을 혁파하는 일의 위급함을 깨우친 것이었다. 물론 해월은 결국 녹두의 간청을 받아들이고 북접군의 혁명전쟁 합류를 승인했다. 결정적인 요인은 일본의 경복궁 점령에 대한 매우 구체적이고 상세한 보고 때문이었다. 해월 자신도 적잖게 놀랐었다.

그런데 녹두는 마리와 손병희의 권고 속에서, 자신의 분노가 사랑 안에서 다른 물줄기를 따라 흘러가고 있다는 사실을 알아차렸다.

주체할 수 없는 한(恨)과 분노의 에너지는 사랑의 회리바람을 타고 올라가, 선악에 대한 시비를 뛰어넘어 극단적인 죽음마저도 담담히 주시할 수 있는 사람이 되게 했다.

'죽음은 모든 존재와 소유의 욕망을 포기하는 것이 아닌가! 생명과 사랑, 영혼과 육체, 그리고 삼라만상이라는 모든 지복을 포기하며, 오로지 죽음의 명분만을 남기는 것이다!'

녹두는 자신의 삶에 불어 닥쳐왔던 엄청난 태풍을 묵상과 신념으로 잠재우고 있었다. 그러나 마리는 이미 오래 전부터 단호한 신념으로 깊어진 녹두의 두 눈동자에 분노와 죽음의 그림자가 짙게 깔려있는 것을 알아차렸다. 녹두는 특히 마리를 만난이후 지금까지 그 태풍을 스스로 잘 통제하면서 전투준비에 집중하고 있는 듯 보였다.

마리는 눈을 감고, 자신에게 불어 닥쳤던 태풍의 실체를 생각했다.

"열넷의 나이에 저는 박진사의 재취로 들어갔어요."

한숨을 크게 들이마신 뒤, 마리는 담담하게 자신에게 불어 닥친 태풍의 한 가운데로 돌진해 들어갔다.

"그 사람은 부유한 양반집안 출신의 유생이었지만, 술과 여성편력이 심하여 모든 재산을 탕진하고 있었어요. 첫 부인과 사별하고 난 이후에는, 정신질환까지 발생하여 마을에서 종종 부녀자들을 상대로 횡포를 일삼기도 했어요.

저를 만난 이후에는 몇 년간 마음을 잡고 서당에서 가르치는 일에 열심을 내기도 하고, 예상치 않게 서교에 출석하면서 교리에 남다른 관심을 가지며 새로운 삶을 살기 시작했어요. 특히 중국에서 들여온 서교 관련 책들을 열심히 읽으면서, 서교에 더욱 심취했지요. 저도 종종 함께 예배당에 따라가서 참석하고는 했어요.

그런데 3년 정도가 지났을 무렵부터, 그 사람은 과거의 병이 다시 도지기 시작했어요. 기생집에 출입하고 노름에 손대기 시작하면서 돈을 물 쓰듯 하고, 몸이 급속히 쇠약해져 갔지요. 그래서 제가 수없이 사정도 하고, 그 사람이 다시 회복되도록 백방으로 노력했어요.

그러나 모든 노력은 효과가 없었고, 오히려 저에 대한 의처증이 발생해서, 저녁마다 술에 취해 저를 폭행하여 초죽음 상태로 만들었어요."

마리는 눈물을 흘리며 치를 떨었다. 마리는 그렇게 십여 년간을 전전긍긍하며 세월을 보냈다고 한다. 그러던 어느 날, 마리는 무작정 가출을 했는데, 마리가 공주에서 내려온 곳이 바로 이곳 강경포구였다고 한다. 겨울날 아침, 엄청나게 추운 날이었는데, 마리는 마침 인천으로 짐을 싣고 가는 화물선 선주에게 사정을 해서 간신히 배를 탈 수 있었다.

"그 선주는 거칠게 보였지만 아주 과묵하고 조용한 사람이었어요. 추위에 혼자서 떨고 있는 나를 보고 따뜻한 차를 내주며, 아주 다정하게 배려해주었지요. 그러면서 제 사정을 얘기하게 되었고, 선주는 내가 갈 곳이 마땅히 없으면 자기 집에서 일하며 지내라고 했어요. 인천에서 제법 큰 무역상을 하고 있는데, 어린 자식이 둘이고 성격차이 때문에 부인과는 일찍 이혼을 했다고 했어요.

그래서 그 선주 집에서 허드렛일도 하며 어린 자식들을 돌보면서, 부인 아닌 부인행세를 하며 몇 년을 지냈지요. 그런데 얼마 후 그 남자가 저에게 친척집의 일을 며칠 봐주라고 다시 서울로 데리고 갔는데, 일본 사람들이 주로 출입하는 고급 요정이었어요. 나중에 알고 보니 저를 팔아넘긴 것이었더라고요."

마리는 말을 잇지 못하고 한동안 흐느꼈다.

"…… 저는 인간으로서 어떻게 이런 짓을 할 수 있는지, 상상도 할 수 없는 일이었어요. 그때 제가 받은 충격과 배신감과 분노는 이루 다 말할 수가 없었어요. 그래서 몇날 며칠을 울면서 밤을 새기도 했어요. 지금도 그 아픔이 가슴 속에 선명하게 남아있어요."

녹두는 마리의 두 눈과 한숨 속에 여전히 그때의 고통과 분노가 서려있음을 알 수 있었다. 그것은 조선 여성들의 오랜 한이요 가슴앓이였다. 마리는 박진사에게서 받은 고통과 상처보다 화물선 선주에게서 말할 수 없는 좌절감과 슬픔 그리고 분노를 느꼈다고 했다.

"그러나 어쩔 수 없이 그 요정에서 1년 정도 일하며 지냈지요. 그러다가 우연히 의사들과 함께 식사하러 들어온 고든 선교사를 만나게 되었어요. 며칠 후에 그분에게 별도로 기별을 해서 저의 사정을 모두 말씀드리고 간곡하게 도움을 청했어요.

선교사님은 몇 번 망설이더니 이내 흔쾌히 허락을 해 주셔서, 도망 나온 저를 관사에 숨겨주고 지내도록 했어요. 그때 신문물을 많이 접하게 되었어요."

마리는 눈물이 흐르는 녹두의 얼굴을 바라보았다. 마리의 긴 과거사를 처음 들으면서 녹두는 조용히 울먹였다.

"그토록 엄청난 고통과 분노의 세월을 어떻게 그렇게 잘 견뎌내셨습니까?"

마리는 자신보다 훨씬 더 처절한 삶의 밑바닥을 전전하며 오늘에 이르렀던 것이다. 마리는 눈물 젖은 손으로 녹두의 얼굴을 닦아주었다.

"그런데 박진사의 잦은 폭행에는 서교의 교리가 한 몫을 했다고 생각할 때마다 제 마음이 말할 수 없이 참담해요. '여자는 늘 남편에게 복종해야 한다.'라면서 말대꾸하는 것조차 죄악이라며 구타했어요."

"고든 선교사에게 그 내용을 물어보니까, 2세기 이전까지는 서교에서도 여성들의 대내외적 활동을 동등하게 인정했대요. 그러나 2세기 이후에는 대다수 서교교회들이 부유층의 지지를 업고 여성의 예배참여를 비난하거나, 여성 지도자가 있는 집단을 이단(異端)이라 낙인찍기 시작했답니다."

"서교에도 그런 시기가 있었습니까?"

"심지어 어거스틴 성자라는 분이 말하기를, '여자는 순수한 우연의 산물이요, 창조주의 실수' 라고 했고, 터툴리아누스 교부는 '여자여, 너는 지옥으로 향하는 문이다.'라고 비난했대요."

마리는 여성에 대한 서교의 잘못된 가르침이 두 남자로부터 받은 상처 이상으로 더욱 자신을 분노하게 만들었다고 털어놓았다. 그런 마리에게 동학을 소개한 사람이 바로 고든 선교사라고 했다.

"동학은 서교의 지나친 인격신을 절제하고, 부족한 성령의 역동성을 조선 민중의 기(氣)로 보충하고 있습니다. 서양에서 그동안 구경할 수 없었던 예수의 꿈을 조선 민중이 실행하는군요! 그곳에 가시면 살아나실 것입니다!"

마리는 휘몰아치는 겨울바람을 정면으로 맞서며, 서교의 신전과 자신의 신전을 스스로 청소하고 있었다.

13

　서로의 상처와 분노를 어루만지면서, 하늘과 땅과 사람이 만나 일체를 이루듯, 두 사람은 영혼과 육체, 꿈과 사랑이 하나된 것을 깊이 인식하였다.

　녹두는 눈을 떴다. 녹두는 마리를 깊이 끌어안았다. 마리가 속삭였다.

　"자신의 신성함을 발견하고 자기 내면의 의식과 중심을 깨달으면, 사랑은 결코 집착이나 욕망이 아니에요. 자신을 알아차리지 못했을 때 사랑은 집착이 되어 추한 것이 되지요. 그러나 스스로를 발견하면 그 사랑은 헌신이 되지요. 두려워하지 마세요."

　"저의 약함과 두려움이 모두 사라졌습니다."

　"모든 사랑은 육체적인 차원에서 시작하지만 곧 영적인 차원으로 이동하게 되지요. 사랑은 구속과 소유욕을 만들어내기 보다, 자유의 문을 열어주기 때문이에요.

우리 둘 이외의 잡다한 모든 관계는 순식간에 사라지고, 오히려 두 사람 각자에게 더 깊은 중심으로 들어가도록 안내해줘요. 그 가운데 절대적인 만족을 느끼게 해주지요. 당신을 사랑해요."

마리는 녹두에게 긴 입맞춤을 하면서 고백했다.

"다른 사람에게 사랑의 확신을 얻을 수 있는 길은 없어요. 먼저 자기 자신에게 확신을 가져야 해요. 자신에게 확신이 있는 사람은 온 세상의 사랑에 대해 확신을 갖게 되요."

녹두는 마리가 그에게 더 이상 김개남을 의식할 필요가 없음을 확신시켜주고 있다고 생각했다.

마리는 자신의 사랑을 이해하고 받아준 녹두에게 감사했다. 마리는 곧 자신의 신전에서 신비의 연금술을 시행하였다.

"사랑이 더욱 깊어지고 성숙해져 좀 더 고요해지면, 우리의 육체와 정신은 조화롭게 되어 온전한 평화로 저절로 나아가게 되지요. 그리고 보이지 않던 신비한 것들이 보이기 시작해요."

"사랑합니다. 감사합니다."

마리의 영혼은 깊은 샘물처럼 그칠 줄 모르고 흘러 자신의 긴 이야기를 써내려갔다.

"사랑의 불꽃이 강렬해지면, 자연스럽게 존재의 중심에 한걸음 더 다가가게 되고, 자연스럽게 우리의 몸은 영적으로 전환되지요. 단지 사랑의 에너지로만 알고 있던 그것이 놀랍게도 우리를 영성으로 이끌어주는 거예요.

사랑과 영성, 그것은 방향만 다를 뿐 서로 같은 에너지예요. 사랑은 아래에 머물러있지만, 언제나 위를 향해 나아가도록 해줘요. 위를 향해 올라가 자신의 꿈을 강렬하게 볼 수 있도록 해줘요."

녹두는 고개를 끄덕이며, 동학이 사랑과 영성을 묶어주었다고 생각했다.

"우리가 사랑에 빠졌을 때, 오히려 자신의 능력을 가장 잘 발휘하게 되지요. 사랑을 저항하거나 스스로 허락하지 않을 때, 자신의 능력은 최소한에 머무르게 되는 거예요."

"예수는 하날님이 사랑이라고 말했어요. 사랑으로 함께 움직일 수 있을 만큼 용감해지세요. 그 외에 어떤 것도 고려할 필요가 없어요. 사랑을 염두에 두면 모든 것이 가능해지니까요."

녹두는 마리의 사랑에 대한 의심과 두려움에서 벗어났다. 그는 마리의 신전에 들어가 여신의 정신과 몸을 정성껏 예배하였다. 두 사람은 서로를 경건하게 섬기며 오랫동안 신적 언어를 나누었다.

마리는 진심으로 녹두를 사랑하며 자신의 신전 한 가운데로 정중하게 그를 초청했다. 모든 두려움이 사라지고 부분은 전체가 되었다.

때로 두 사람은 망각 속에서 길을 잃었다. 그러나 자신 안에 사랑의 강물이 넘쳐흐르기 시작하면서, 사랑이, 아니 신이, 바로 그들의 가슴 속에 이미 존재하고 있다는 사실을 알게 되었다.

"마리, 나는 지금 강하고 자유롭습니다.

나는 내가 좋습니다.

나는 지금 세상이 너무 아름답습니다.

신이 존재한다면, 그는 나의 행복을 지지해줄 것이라고 믿습니다.

나는 지금 행복합니다.

나는 행복하기 위해 살고, 행복해지기 위해 투쟁합니다.

행복하기 위한 절대조건, 그것은 자유로워지는 것입니다.

나는 진심으로 나의 존재를 느끼고 있습니다."

녹두는 여신의 은총을 허락받은 그 축제의 신전에서, 자신의 영혼이 한없이 즐거워하는 노래를 들었다. 두 사람의 노래는 영광스런 구름처럼 우주의 신전을 감싸고 있었다.

녹두는 완벽한 하모니를 연주하는 마리의 음악을 따라, 신전의 정원을 오랫동안 거닐었다. 마리의 화원을 거닐면서, 녹두는 태초의 기적을 더듬었다.

'마리, 사랑은 영혼과 육체가 하나 되는 것입니다. 사랑은 인간이 비로소 신이 되는 예식입니다. 사랑함으로써 나는 전체가 됩니다.'

마리는 자신의 신전에서 스스로 음악이 되어버린 녹두를 어루만지면서 속삭였다.

'사랑할 때 인간은 가장 경건해져요. 사랑할 때 인간은 모든 것을 할 수 있어요. 사랑할 때 우리는 죽음을 두려워하지 않아요.

눈보라가 언제 있었던가, 두 눈을 의심할 정도로 상쾌한 새벽이었다. 마리는 어젯밤의 여행이 아직도 끝나지 않아, 행복한 잠에 취해있었다. 녹두는 완전히 다시 태어나 첫 새벽을 맞이하는 기쁨과 희열이 온 몸에서 출렁거렸다. 언젠가 죽음을 피할 수는 없겠지만, 그는 이제 영원히 살 것이라는 자유에 대한 확신과 여유가 충만해짐을 느꼈다.

'무엇이 나로 하여금 이토록 영원한 삶에 대한 확신과 기쁨에 빠지도록 했는가, 그것은 오로지 사랑 때문이리라! 마리와의 사랑, 사랑의 진실한 나눔, 기적같이 사랑의 모든 순간에 참여한 나의 몸과 영혼, 그것이 내 인생을 영원하게 만들어 준다!'

'나는 영원히 살 것이다. 사랑의 힘으로!'

녹두는 마리를 깨워 막사를 나섰다. 마리의 손을 붙잡고 금강 쪽이 내려다보이는 작은 산으로 올라갔다. 그곳에서 바라본 우금티 방향의 텅 빈 논과 밭, 그리고 주변의 농가와 소나무들은 낮게 깔린 새벽안개 속에서 추위에 몸을 떨고 있었다.

'이 길을 따라 농민군 주력부대가 북상하여 공주산성 밑에서 몸을 떨고 있는 충청감영을 품을 것이다.'

'병력숫자가 많다고 반드시 승리를 장담할 수 있는 것은 아니지만, 호남 충청의 남북접 연합군 십만 명이 공주를 감싸듯이 포위하여, 당당히 우금티를 넘어 서울로 진격할 것이다.' 이미 공주 작전의 내용과 전투 전략은 세밀하게 각 대장들에게 전달되었고, 동시에 혹은 순차적으로 두 곳 혹은 세 곳에서 일본군과 관군 연합부대를 공격해 들어가기로 했다. 일본군과 관군 연합부대도 전투준비를 끝내고 주요 고개마다 배치되어 농민군이 들어오기를 기다리고 있다는 전갈을 받은 상태였다.

마리는 견준산과 주미산 쪽을 가리켰다. 그곳은 멀리 보이는 두세 곳의 봉우리와 겹겹이 늘어서 있는 능선 사이로 우금티를 끼고 있는 곳이다. 녹두는 공주 하늘을 뚫어지게 바라보았다.

'하날님이 저 고개를 열어주실 것인가, 고개를 넘어 충청감영에서 또 다시 새로운 세상을 열어 갈 수 있을 것인가!'

그러나 공주 공략이 성공한다 해도, 전주에서와 같이 자유롭게 집강소를 실행하기가 쉽지는 않을 것이라고 생각했다.

마리는 한동안 말없이 공주 쪽을 바라보며 생각에 잠겨있다. 자신의 부모형제들과 어릴 적 함께 했던 추억들을 생각했다. 일본인들의 농간에 휘말려, 그토록 성인 같던 아버지가 하루아침에 몰락했던 그 아픔을 생각했다. 십여 년간 온갖 고통과 상처, 불안과 좌절의 삶을 살았던 박진사와의 삶이 또한 주마등처럼 지나갔다. 인천에서 다시 고통과 분노의 고개를 더듬으며, 다시 서울로, 선교사에게로, 그리고 결국 김개남으로부터 녹두에게로 갈 수 있었다. 마리는 녹두의 손에서 건너온 따스한 열기를 받으며 긴 한숨을 내쉬었다.

그 순간 마리의 눈앞에서 하늘이 열렸다. 우금티에 거대한 일본 신전이 서 있었다. 마리의 눈에서 왈칵 눈물이 쏟아졌다. 일본신전으로 가는 고개 양쪽에 일본 낭인들의 크고 날카로운 칼들이 가득 꽂혀 있어서, 고개를 넘으려는 농민군과 녹두의 목을 내려치려고 잔뜩 벼르고 있었다. 마리는 신전의 제단 앞과 뒤를 주시하며, 단 위에서 떨고 있는 동전들을 눈물로 부지런히 닦아주었다.

수많은 칼로 둘러싸인 신전장막 너머에는 박제순 감사와 조정대신들이 머리를 조아리며 제단 너머의 일왕을 참배하고 있었다. 그들이 제단 아래에서 조선 백성들의 무지와 게으름을 비난하며, 일본말로 축문을 읽는 큰소리가 고개를 넘어 먼 허공으로 흩어졌다.

녹두는 조선 백성들이 서로를 무차별 공격하는 우금티를 향해 온 힘을 다해 달려갔다. 고개 너머에서 일본군은 동네 노인들을 몇 사람 불러 잔치를 벌이고 춤을 추게 하였다. 그러나 녹두는 잔치 자리를 죽창으로 심판하여, 마을에서 일본의 흔적을 깨끗이 청소하였다.

"마리, 저곳이 나의 대관식 자리가 될지, 십자가의 자리가 될지, 곧 드러나겠지요?"

녹두는 예측할 수 없는 공주전투에 대한 마리의 생각을 묻고 있었다.

"우리가 저 고개를 넘어 서도록 힘을 모아야지요. 죽음은 생명을 이길 수 없어요. 우리가 포기하지 않으면 하날님도 결코 포기하지 않을 거예요."

마리는 언덕에서 내려와 저녁 무렵까지 깊은 묵상에 잠겼다. 우금티 전투를 앞두고 있는 녹두의 얼굴에는 긴장감이 감돌았다. 마리는 전세가 녹록치 않다는 사실을 알고 있었기에 문을 잠그고 길게 기도하는 시간을 가졌다.

녹두는 이미 점심때부터 식사를 거른 채 언덕에서 내려오지 않고 머무르고 있었다. 우금티 전투는 조선 민중의 대 역사지만, 그 이전에 자신과의 처절한 싸움이었다. 고부나 황토현, 심지어 전주성이나 그 어떤 전투보다도 가장 힘든 전투가 공주 전투가 될 것이고, 그보다 더 힘든 싸움이 바로 자신과의 싸움이 될 것이었다.

'마지막이 될 수도 있는 이 총력전에서 내가 어떤 선택을 하고, 어떤 결과를 예측하여, 어떤 결단을 내려야 할지, 그 순간은 내가 맞이하는 인생 최고의 전환점이 될 것이다.'

녹두는 밤이슬을 맞으며 언덕에서 바위위에 가부좌를 틀고 앉아 기도하고 또 기도했다. 마리가 하던 기도처럼 기도했다.

'저 우금티를 나에게 주십시오.'

녹두는 온 몸에 땀이 비 오듯 하는 가운데 더욱 정성을 모아 기도했다. 그리고 동학의 본주문 21자를 수없이 암송하고 또 암송했다.

'시천주 조화정 영세불망 만사지. 지기금지 원위대강.'

'나에게 오셔서 당신의 때를 도모하십시오. 당신의 뜻을 무궁토록 받들겠습니다. 크고 높으신 뜻으로 나에게 오십시오. 내가 간절히 원합니다.'

녹두는 수운이 운명하기 전에 내려준 글귀를 생각하며 다시 기도했다.

'등불이 물 위에 환하게 밝았다.

기둥은 죽어 말랐으나 오히려 힘이 있다.

나는 하날님의 부르심을 받겠으니

너는 높이 날고 멀리 뛰어라.'

'하날님, 저 부르심을 받들어 공주를 넘어 멀리 뛰어갈 수 있도록 도와주십시오.'

마리는 언덕에서 바라본 공주를 생각하며, 녹두의 떨리는 음성을 더듬었다.

'대관식과 십자가!'

그것은 실상 녹두의 전 생애를 수놓았던 두 가지 형태의 한 가지 몸을 가리켰다. 사람들이 그에게 왕관을 씌어주는 곳에서, 녹두는 자신을 과시하는 대신 언제나 그들이 뒤쪽 안 보이는 곳에 세워놓고 있는 십자가를 주시하려고 노력했다. 그리고 고통과 상처가 가득한 눈물과 죽음의 장소에서, 사람들이 실패라고 조롱할 때도 녹두는 자존감이라는 면류관을 벗어 던지지 않고 언제나 다시 일어섰다. 마리는 그의 전 생애가 이미 짙은 허무와 다투는 몸부림이요 투쟁임을 잘 알고 있었다.

마리는 무기가 절대적으로 불리한 상황에서 전투를 맞이하는 녹두에게 그 두 가지의 균형을 평소처럼 유지하기가 결코 쉽지 않을 것이라고 생각했다. 우금티는 그 만큼 견고한 요새요 거대한 신전으로 다가왔다.

깊은 기도에 몰입하면서 마리는 자신이 몸 안에 여전히 머물고 있는지, 아니면 며칠을 몸 밖으로 나와 우금티를 맴돌고 있는지, 전혀 분간할 수가 없었다. 그러나 의식은 사방이 환하게 밝혀져 멀리 비추고 있었다.

첫째 날, 마리는 우금티에서 잃어버린 동전을 찾고 있다. 그것은 조선 민중들이 쓰던 동전인데, 일본 동전이 들어오면서 사라져간다. 투기성 나쁜 돈들이 유통되면서, 좋은 돈은 자취를 감춘다. 마리는 그 동전이 어디에 버려졌는지 제단 주위를 쓸고 또 쓴다.

부패한 고위 관리들이 뇌물을 받고 매관매직하며 조선 돈을 모두 팔아버린다. 어둠이 몰려온다. 마리는 호롱불을 켜들고 또 주위를 샅샅이 뒤져보며 쓴다. 마리는 찾을 때까지 찾는다. 좋은 돈을 반드시 찾아야 한다고 다짐한다. 드디어 마리는 잃은 동전을 찾는다. 그것은 우금티의 제단 밑에 휴지처럼 버려져 있다. 그러나 마리는 뛸 듯이 기쁘다.

마리는 죽은 동전이 가득한 우금티를 바라본다. 조정의 임금과 운현궁의 이대감이 쓰다버린 동전, 양반 귀족들이 필요 없다고 내다버린 동전, 가난한 백성들이 서로 아귀다툼하다 버려진 피 묻은 동전, 그 숫자와 종류는 이루 말할 수가 없다. 마리는 우금티를 뚫어지게 바라보며 외친다.

'죽은 동전들아, 살아나라!'

둘째 날, 마리는 우금티에서 한 농부를 본다. 소는 결코 넘어가지 못한다는 고개를 한 농부가 가축들을 이끌고 넘는다. 그런데 고개를 넘는 동안, 순식간에 송아지가 없어졌다. 송아지는 농부가 자식처럼 애지중지하며, 온 가족이 함께 돌보면서 생활한 송아지다. 농부는 당황하며, 주변 숲속을 샅샅이 살펴본다. 그 고개는 예전부터 강도들이 우글거리는 매우 위험한 고개다.

농부는 고개 반대편에 한 무리의 강도떼가 송아지를 억지로 끌고 가는 것을 본다. 농부는 오직 죽창만으로 싸워 강도들을 물리치고 다시 송아지를 찾아온다. 온 몸이 피투성이가 되었지만, 농부는 너무 기쁜 나머지, 송아지를 품에 안고 돌아온다. 그리고 모든 가축들을 잔치에 초대한다. 그러나 가축들은 화가 나서, 그 잔치에 하나도 가지 않는다. 마리가 외친다.

'마리는 너를 향해 분노한다!
나의 분노야, 활활 타올라라!'

셋째 날, 마리는 우금티에 두 형제가 서 있는 것을 본다. 형은 농사일을 열심히 도우면서 아버지의 사랑을 독차지하고 있다. 동생은 게으르고 불성실하며, 바깥으로 빠져나가 불량친구들과 어울려 놀기를 좋아한다. 그 동생은 아버지 재산을 빼돌려 멀리 북쪽으로 도망가 친구들과 방탕하게 지낸다. 가진 돈을 모두 탕진하고 나서야 어쩔 수 없이 집으로 돌아온다. 그런데 아버지는 동생을 덥석 받아준다. 형은 화가 머리끝까지 치민다.

남쪽에서 성실하게 일만해온 형은 동생이 북쪽에서 얼마나 망나

니짓을 하고 다녔는지 사람들에게 떠벌이며 돌아다닌다. 남쪽 형은 자신이야말로 그동안 집안을 지켜온 모범적인 아들이라고 선전하기에 바쁘다. 그리고 동생을 환대하는 아버지에게 덤비며 턱밑까지 따지고 든다.

마리는 동생을 온 동네에 욕하고 돌아다니는 형을 보고 이해할 수 없다. 어떻게 저리도 못났을까! 누워서 침 뱉기, 라는 말도 모르는가. 남쪽 형이야말로, 가정 파괴범이고, 아버지의 마음을 아프게 하는 불효자식이 아닌가! 아버지의 재산이 탐나서, 돌아온 동생이 너무 미웠던 것인가! 마리는 눈물을 흘리며 우금티의 형제 주위를 서성인다.

'마리는 너를 향해 분노한다!

나의 분노야, 활활 타올라라!'

넷째 날, 마리는 우금티의 한 농장을 본다. 녹두는 물론 김개남과 손병희, 송희옥과 임기준, 그리고 다른 많은 농민군과 대장들도 함께 일하고 있다. 소출의 5할을 농장주에게 갚는 소작농이다. 농사는 일본의 나쁜 돈이 들어오면서 추수의 7할, 8할도 빼앗기는 상황이 자주 발생한다. 특히 흉년이 반복되어 나쁜 빚이 더 쌓여간다.

일본의 고리채가 조선농장을 휩쓸면서, 전담문서와 가재도구는 모두 저당 잡혀 일본인들의 손에 넘어가고, 자식들과 아내까지 모두 종으로 팔려간다. 길거리에는 떠돌이 노숙자가 엄청나게 늘어난다. 농장에 폭동이 일어난다. 더 이상 살 수 없다고 아우성을 치던 농민들은 손에 쇠스랑과 죽창을 들고 일제히 일어나, 무능한 농장주에게 달려간다. 놀란 농장주는 폭동 진압을 위해, 청군과 일본군의 도움을 청하려다 포기하고, 녹두를 불러 사태를 진정시킬 해결책을 내놓으라고 닦달한다.

녹두는 우금티를 향하여 돌격해 들어간다. 녹두는 농민들의 토지와 노비문서 그리고 빚문서를 모두 불태워버린다. 누적된 빚을 모두 탕감해 준다. 그동안 빼앗긴 전답이나 가옥을 모두 원 주인에게 돌려준다. 종으로 팔려갔던 자식들이나 아내도 모두 돌려보낸다. 그리고 땅을 골고루 나누어 평등하게 농사짓게 한다.

녹두는 농장 한가운데 우뚝 서 있는 신전을 돌격한다. 신전으로 들어가, 신전에서 스스로 신이 된 제사장의 목을 친다. 흐르는 기름을 받아 고통 받던 신에게 제사하며 신을 위로한다. 녹두는 신전 안에 쌓아 두었던 신의 양식, 세미(稅米)를 모두 풀어, 이 땅의 진정한 신들에게 나눈다.

마리는 우금티를 넘는다.

녹두는 자신의 피와 눈물로 조선 땅의 우금티를 씻어내며, 모든 무리들을 이끌고 고개를 넘어 새 문명을 향해 앞서간다. 우금티에 꽃이 핀다.

14

"특별히 강경의 어르신이신 김원식 여산 부사께서 제공해 주신 것입니다."

녹두는 곧 개시되는 전투를 앞두고, 함께 식사를 하기 위하여 대장들을 자신의 막사로 불렀다. 손병희를 비롯한 11명의 대장들과 마리는 식탁에 둥그렇게 앉았다. 대장들은 전투가 임박한 탓인지 다소 긴장된 모습이었다.

"지난번 삼례에서도 무기와 군량 확보에 큰 은혜를 입었는데, 부사님께서 이곳까지 오셔서 저희에게 힘을 보태주시니 대단히 감사합니다. 자, 여러분, 마음껏 드십시오. 최선을 다해 힘써 주시기 바랍니다."

대장들은 이 저녁에 왜 특별히 함께 식사하는지를 물었다. 녹두는 이 공동식사가 대장들 전체를 하나의 공동 운명체로 더욱 결속하는 의미가 있다고 했다. 특히 자신과 대장들 사이에 한 몸처럼 좀 더 긴밀한 소통과 결속이 필요하다는 점을 강조했다.

녹두는 지난 이인전투에서 드러났듯이 아무래도 호서 북접군이 호남 농민군들처럼 전투에 일사분란하게 움직이며 지휘체계에 의해 하나로 행동하는 것이 부족하다고 생각했다. 그동안 지속적으로 군사훈련을 해왔지만 여전히 일본군이나 신식 훈련을 받고 있던 경군이나 영군과는 비교할 수 없는 수준이었다.

지난 전투에서도 상당수가 목숨을 건 싸움이라기보다는 적당히 거리를 두고 관망하면서 느슨하게 행동해왔기 때문이었다. 그래서 결정적인 순간에는 항상 호남과 공주 농민군들이 어쩔 수없이 계속 투입될 수밖에 없었다. 이제 곧 시작되는 재공격 역시 엄청난 숫자에도 불구하고 과연 그 병력 모두가 실제 전투력으로 활용될 수 있을 것인지, 여전히 불투명한 상태였다. 김개남 부대가 지원해주지 않는 상황에서 녹두는 이점을 가장 염려하고 있었다.

"자 여러분, 여기 밥상 한 가운데 커다란 떡이 있습니다. 이 떡 한 덩어리처럼 우리는 한 몸입니다. 오늘에 이르기까지 한 몸으로 힘써 주셨던 여러분과 저는, 곧 시작되는 전투에서도 한 몸으로 움직일 것입니다. 우리는 사나 죽으나 한 몸으로서 이 위대한 농민혁명을 완수할 것입니다. 앞으로 역사가 저와 여러분들을 어떻게 평가하든, 저는 이 감격의 순간을 영원히 기억할 것입니다."

"우리가 있습니다. 걱정하지 마십시오!"

장흥의 이방언 대장이 큰 소리로 외쳤다.

녹두는 감사의 인사를 하며, 손병희의 손을 잡고 함께 떡을 잘랐다. 마리가 접시를 돌리며 말했다.

"우리는 한 몸이에요. 작은 일부터 큰일에 이르기까지 우리가 한 몸이 되었을 때, 그것은 진정 후천개벽의 꿈을 행동으로 실천해 나가는 것이지요. 일본과 싸우면서, 어떤 순간이 닥쳐오더라도, 우리가 한 몸인 것을 결코 한시라도 잊지 않도록 해요."

마리역시 이인전투를 직접 경험하면서 녹두의 걱정을 정확히 읽을 수 있었다.

"손대장님과 저는 의형제를 맺은 사이입니다. 하늘의 도를 온 몸과 마음으로 함께하여 하나가 되었으니, 앞으로 모든 전투에서도 생사를 함께하며 한 몸처럼 움직일 것입니다. 그러한 표시로 저희 두 사람이 함께 떡을 자른 후에 한 조각씩 나누어 드리겠습니다. 우리는 한 몸에서 이렇게 똑같이 나누어진 형제들입니다."

녹두는 감동에 젖어 눈시울이 붉어졌다. 마리는 떡 조각을 돌리면서, 흐르는 눈물이 앞을 가리었다.

'과연 녹두와 손병희 대장은 마지막 죽는 순간까지 저렇게 한 몸이 될 수 있을까? 두 사람은 떡을 자르는 의미를 알고 있을까?'

녹두는 자신의 몸과 마음, 젊음과 미래, 가정과 꿈을 모두 바쳐, 농민혁명, 그 하나의 목적을 위해 자신의 전부를 바친 사람이라고 마리는 생각했다. 오직 조선 민중의 진정한 해방을 위하여, 역사의 제단위에 자신의 살과 피를 올려놓는 기가 막힌 순간이었다.

'떡을 자르는 것이 자신의 몸을 자르는 상징임을 알고 있을까? 이것이 당신이 가야할 길이랍니다! 당신은 조선뿐만 아니라, 세계 민중의 가슴에 영원히 기억될 메시아가 될 거예요. 물론 당신은 그 의미를 정확히 알고 있겠지요!'

전혀 예상치 못했던 자신의 제안을 이해하고 묵묵히 따라준 녹두의 의연함에, 마리의 가슴은 더욱 찢어질 듯 고통스러웠다. 녹두는 불쾌감이나 당혹감 혹은 슬픔이나 불안 같은 어떠한 심적 흔들림도 없이, 시종 기쁜 얼굴로 동료들과 함께 음식을 나누었다.

마리는 식후에 대장들에게 한 가지 제안을 했다. 밥상을 모두 뒤로 물린 뒤에, 전체가 둥그런 원모양을 만들어 서도록 했다. 마리는 손병희를 비롯한 대장들이 동그랗게 둘러서서, 마치 함께 춤을 추는 윤무(輪舞)처럼, 왼쪽으로, 오른쪽으로 빙글빙글 돌도록 했다.

처음에 대장들은 다소 멋쩍은 듯 했지만, 곧 즐겁게 따라해 주었다. 마리는 녹두에게 동학 주문과 구호로 메기는 소리를 하도록 하고, 다른 대장들은 그에 따라 받는 소리를 하도록 했다. 손병희와 대장들은 신이 난 듯 후렴구를 따라서 반복했다.

"시천주 조화정 영세불망 만사지!"

"지기금지 원위대강!"

"시호시호 시재시재!"

"광제창생! 제폭구민!"

"보국안민! 척왜척양!"

"궁궁을을!"

대장들은 여성들의 강강술래처럼 몇 차례 빙글빙글 돌면서, 주문과 구호를 메기는 소리와 받는 소리로 함께 외치고, 서로에게 힘을 불어 넣어 주었다. 분위기가 다소 달아오르면서 대장들의 얼굴이 한껏 밝아졌다.

　　마리는 대장들과 함께 손을 잡고 왼쪽으로, 오른쪽으로, 앞으로, 뒤로 나아가면서 녹두의 메기는 소리를 따라 함께 구호를 외쳤다. 그렇게 돌면서 마리는 전투에서도 앞과 뒤, 선과 후, 주와 종의 구별이 없이 모두가 동등한 조건을 가진 구성원이라는 사실을 반드시 기억하기를 기원했다. 그들 모두가 총사령관이요, 그들 모두가 동등한 혁명군이었다. 마리는 궁궁을을, 하고 따라하며, 뜨거운 눈물을 흘렸다.

　　마리는 녹두의 두 어깨에 실린 전투에 대한 부담이 개인적으로 너무 가혹하다고 생각했다. 그래서 녹두와 대장들이 모두 혼연일체가 된 모습을 보면서, 그런 친밀한 의식이 너무나 아름다웠다. 무엇보다 무거운 짐을 지고 힘들어하는 녹두에게 많은 격려와 위로가 되었을 것이라고 생각했다.

　　녹두는 마리의 제안이 공통된 하나의 목적을 공유하며 둥글게 하나가 되자는 것이요, 깊은 친교로 나아가게 하는 아주 절묘한 방안이라고 생각했다. 전투를 하면서도 각 개인이 서로 분리되어 있지 않고 상호 내재해 있는 연합이라는 사실과, 각각의 의지와 기능이 서로 상반되지 않고 통일을 이루는 공동체임을 각인시켜 줄 것이다. 오직 하나의 민중으로, 조선의 메시아로 다시 태어나는 것이다. 특히 녹두는 혁명을 공감할 수 있는 집단 춤을 창조함으로써, 농민군이 만들려는 궁궁을을의 세상을 실행하는 의미가 있을 것이라고 생각했다.

밤이 깊어지면서 날이 매우 싸늘해졌다. 이따금 포구에서 불어오는 바닷바람이 골짜기 나뭇가지를 사정없이 후려치고 있다. 녹두는 흔들리는 가지들의 외마디 비명소리에 귀를 기울이고 있었다. 대장들이 모두 각자의 막사로 돌아가고, 추위에 떠는 겨울밤도 이제 드러누워 잠을 청하고 있다. 간혹 경비병들의 오가는 소리만이 정적을 깰 뿐이었다.

녹두는 자신과 손병희 그리고 모든 대장들과 농민군들의 관계를 더욱 돈독하게 만들어준 마리가 무척 고맙게 여겨졌다. 자신이 미처 생각하지 못한 부분들을 미리 알려주고 챙겨주는 그녀의 배려가 항상 대견스럽고 미더웠다. 마리는 특히 녹두에게 없던, 원초적 감성과 직관이 매우 탁월한 여성이었다.

녹두는 마리의 감성과 직관, 사랑과 배려, 정확한 분석과 판단이 자신에게 큰 도움이 되었다. 손병희 사령관이나 어느 대장도 이점은 부인하지 못할 것이라고 생각했다. 특히 그동안 아무에게서도 느껴보지 못한 그녀만의 독특한 영적 감수성과 순수한 인간미에, 녹두 자신은 이미 벗어날 수 없는 사랑의 덫에 **빠져버린** 게 아닌가, 하는 느낌마저 들었다.

녹두는 마리에게 반문을 한 적이 있었다.

"혁명을 꿈꾸는 지도자가 어찌 여자를 사랑할 수 있겠습니까?"

그러자 마리는 직설적으로 대답했다.

"그것은 가능, 불가능의 문제가 아니에요. 다만 당신이 지금 사랑할 것인가, 말 것인가를 결정하고 선택하는 문제일 뿐이지요."

너무나 분명하고 당당한 마리의 모습에, 녹두는 뒤통수를 한 대얻어맞은 것처럼, 한동안 멍하니 넋을 잃고 앉아 있었다.

녹두는 마리를 만나면서 어느 순간부터 고민이 생겼다.

'사랑 없이는 나에게 혁명이 확립될 수 없다. 그러나 사랑만으로는 혁명이 강력해 질 수 없지 않은가!'

특히 마리는 인간본성의 위대함을 발견하는 일이 가장 중요하며, 자신 안에 내재된 신성을 발견하는 것이야말로 본질적 진리라고 녹두에게 여러 차례 언급한 적이 있었다. 마리는 결코 사회적 책임을 기피하지 않으면서도, 자기 내면의 행복에 집중하려는 열망이 매우 강한 여성이었다. 녹두에게는 그 면이 매우 새롭고 때로는 감동적이기도 했다.

그러나 마리는 본질적으로 내면을 향한 고독의 길을 추구하고 있었다. 고독하기에 그녀는 부드럽고 동시에 불처럼 강렬했다. 고독하기에 그녀는 매우 본질적이고 동시에 과격했다. 마리를 보면서 녹두는 그녀가 말했던, '본질적인 것은 언제나 과격하다.'는 말을 이해할 수 있었다.

녹두는 이러한 양면성이 마리의 큰 매력이라고 생각했다. 깊은 종교성과 사랑, 이 두 관계가 마리에게는 전혀 문제가 되지 않았다. 오히려 그 양 날개가 마리에게는 서로 상승작용을 일으키는 필수조건으로 작동하고 있었다. 녹두는 종종 홀로 있을 때, 마리의 부재를 강렬하게 느끼는 자신의 모습을 보면서, 마리에 대한 사랑의 감정이 매우 독특하다는 사실을 알게 되었다.

녹두는 마리와의 사랑에 몰입하게 되면서, 자신에게 나타난 여러 가지 변화가 감지되었다. 그 가운데 무엇보다 자신에 대한 매우 공격적이며 본질적인 질문이 있었는데, 그것은 마음 한 가운데서 밤낮을 가리지 않고 시도 때도 없이 회오리치고 있었다. 그 고민들은 항상 가슴 한 구석에 자리 잡고 있어, 숨을 쉴 때마다 따라 들어오고 따라 나가고 있었다.

'사랑의 깊은 맛을 맛보고 있다면, 그로 인해 치러야하는 대가는 너무나 사소한 것들이 아닌가!'

'나는 지금처럼 내 삶을 얼마나 깊이, 진지하게 질문하며 사랑해 본적이 있는가!'

'내 삶의 희로애락을 부둥켜안고, 내 삶에 던져진 질문에 대답하기 위해, 나는 얼마나 몸부림쳐왔는가!'

'나는 지금 마리라는 한 여성의 품안으로 도망치고 있는 것은 아닌가!'

'나는 마리의 사랑과 위로를 기다렸던 것인가, 아니면 나 자신과 화해하려고 투쟁하고 있는 것인가?'

이러한 질문들은 그나마 마리와 함께 있는 동안에는 풀리는 듯

했지만, 그러나 다시 돌아서면, 여전히 돌풍의 중심에 선 것 같은 혼돈과 혼란이 그를 괴롭혔다.

특히 칼날 위를 걷는 것 같은 위험한 전투상황이 1년 이상 계속 되면서, 하루 앞을 예측할 수 없는 불확실성과 죽음에 대한 질문이 매 순간 현실적으로 다가오는 것은 어쩔 수가 없었다.

이미 녹두 자신도 죽음 자체에 대한 더 이상의 두려움이나 공포 는 없었다. 그러나 사랑이 매우 구체적으로 육체와 영혼을 관통하고 있는 상황에서, 죽음을 예감한다는 사실은 녹두로 하여금 전혀 다른 차원의 삶이 깨어나도록 만들고 있었다.

녹두는 죽음을 생각하면서 오히려 삶의 문이 열리기 시작했다. 죽 음을 예감하면서 녹두는 자신의 삶에 깊이 감사하고, 때로는 눈물이 글썽거리기도 하였다. 죽음 앞에서 삶은 매일이 기적 그 자체였다.

죽음을 예감하면서, 마리는 그에게 전부였고, 동시에 그녀는 그 에게 아무것도 아니었다는 사실에 통곡을 했다. 자신의 눈물, 자신 의 고백, 자신의 외침, 자신의 사랑은 그렇게 서서히 끝나갈 수밖에 없는 것인가, 녹두는 고독한 질문에 몸이 한없이 움츠러들기도 했다.

그러나 그러한 예감 속에서도 분명한 것은, 녹두 자신에게는 마 리가 필요하다는 사실이었다. 그것이 전부였다. 무엇으로도 그 마 음을 억누를 수 없었고, 자신의 고유한 향기를 맡게 된 것이 바로 마리와의 사랑 때문임을 알았다. 사랑 속에서 녹두는 자신의 삶을 진심으로 경외하며 사랑하게 되었다. 그 사랑으로 녹두는 민중이 되었다. 마리는 연금술사였다.

그런데 녹두가 끊임없이 자신을 괴롭혔던 질문은, 나를 사랑하는 일이 퇴행적이거나 병적인 상태로 흐르지 않고 오히려 내면의 신성한 존재를 발견하며 존재의 진취적 성취로 나아갈 수 있을 것인가, 하는 문제였다.

'사랑으로 인하여 개인만의 세계로 함몰되지 않으면서, 어떻게 전체를 향하여 열린 사람이 될 수 있는가?'

이 두 가지는 실제 녹두 자신의 삶 속에서 매우 혼동의 상태로 섞여 있었다. 녹두는 그 함정에 빠지지 않는 길이 자기부정임을 알아차렸다.

'자아에 대한 깊은 사랑이 자아의 죽음을 체험함으로써, 자기만으로 머물지 않고 항상 더 큰 전체로 나아가는 것이다!'

녹두는 그동안 마리의 말과 행동에서 그것을 어렴풋이나마 느낄 수 있었다.

마리는 그렇게 전체로 나아가는 삶이 '다시 태어남' 곧 '부활'이라고 했다. 전체가 된 개체인데, 끊임없는 자기부정을 통하여 전체가 된 상태에서, 항상 다시 개체로 회귀하여 구체적인 개체로 살아가는 삶이었다.

따라서 진정 자기를 사랑한다는 것은, 역설적으로 자아부정과 자아죽음으로 나아가게 하는 것이라고 생각했다. 녹두는 그것이 수운의 불연기연(不然其然)이요, 수운의 칼춤이 그런 수행의 행동이라고 생각했다. 항상 전체로 나아가기 위하여, 퇴행적인 나로 돌아가지 않도록 수운은 칼로써 단호히 단절을 시도했다.

　'마리는 이 밤에 무엇을 하고 있을까!'

　'사랑, 자기부정, 자아의 죽음……. 언젠가는 끝이 올 것이다. 그러나 죽음의 순간을 받아들이더라도, 그것은 사랑이 없는 채로는 아니다!'

　'온전한 사랑을 가지고 있다면, 나는 이미 영원을, 존재의 일체를 가진 자가 아닌가!'

15

　강경에 머무는 동안 농민군은 반드시 해결해야 할 과제가 있었
다. 그것은 김개남 부대와의 협력문제였다. 1차 전투 후 대부분의
대장들은 당초 예상했던 것보다 충청감영 공략이 훨씬 어려울 것이
라고 판단했으며, 무엇보다 일본의 현대식 무기를 단시간에 극복할
수 있는 강력한 돌파력이 필요하다고 입을 모았다. 물론 그 대안은
곧 김개남 부대의 합류였다. 녹두는 다시 난관에 부닥쳤다.

　북접의 대장들은 어떠한 경우에도 반드시 김개남 부대를 설득해
줄 것을 녹두에게 당부했다. 그들은 그동안 김개남 부대의 거칠고
폭력적인 전투 활동에 매우 부담스러워했지만, 지금 상황에서 그들
의 합류가 반드시 필요하다며 자신들의 입장을 바꾸었다.

　특히 마리는 녹두에게 김개남에 대하여 잊으라고 하면서도, 1차
전 당시의 문제점을 꺼낼 때마다 수시로 김개남 부대의 필요성을 언

급했다.

'김개남이 다시 돌아온 것인가!'

녹두는 할 말이 없었다. 전주에서 마리가 녹두를 압박하며 그렇게 염려했던 상황이 실제로 벌어진 것이다.

"지금이라도 두 분이 함께 공주전투에 임할 수 있도록 김개남 대장을 반드시 설득해야 해요. 그래야만, 두 분이 모두 살아남을 수가 있어요. 대장님들 앞에서 대단히 죄송한 말씀이지만, 사실상 지금 상황에서 남북접 연합군보다 분명 그분들이 더 절실합니다."

그 동안 비교적 김개남에 대하여는 언급을 자제하던 마리가 농민군 상황이 심상치 않다고 보았는지, 예상 밖의 간곡하고 강경한 어조로 압박했다. 녹두는 입을 열었다.

"저도 매우 심각하게 생각하고 있습니다."

마리가 다시 녹두를 압박했다.

"지금 사태를 심각하게 생각하신다는 것인가요, 아니면 김 대장 설득을 심각하게 고려하고 계시다는 것인가요?"

"물론 두 가지 모두입니다. 다른 대장님들의 생각은 어떠십니까?"

그러자 장흥의 이방언 대장이 격앙된 말투로 녹두를 거들고 나섰다.

"이제 와서 새삼스럽게 김개남장군을 설득하는데 힘을 쓸 필요가 있습니까? 잘 준비하면 지금 우리만으로도 충분하지 않겠습니까? 저는 김개남 대장 설득이 불가능하다고 봅니다!"

대장들의 생각을 살피고 있던 손병희 역시 다시 녹두에게 결단을 촉구했다.

"일본은 이인 싸움에서 이미 우리 병력과 전투력을 모두 파악했을 겁니다. 지금 이대로 부닥치는 것은 무모해요."

손병희는 군사 지휘관도 아닌 한 여성이 전장에서 상대방의 대응 태도를 정확하게 예측할 줄 아는 지혜에 다시 감탄을 금치 못했다.

"반드시 성사하도록 최선을 다하겠습니다."

지도부의 결정에 따라 녹두는 아직 북상하지 않고 사태를 관망하고 있던 김개남 부대에 즉시 연락을 취하여, 중간 지점에서 비밀 회동을 가지기로 했다. 김개남은 회담제의를 그렇게 반가워하는 눈치는 아니었지만, 이날이 반드시 올 것이라고 이미 짐작하고 있었다. 북접 농민군과의 연합이후 그들의 실제 전투력이 드러나는 것은 시간문제라고 생각하고 있었는데, 결국 녹두가 자신에게 지금 손을 벌리고 있는 것이다. 예상보다 빨리 그 시점이 왔다고 보면서 자신이 한 말을 생각했다.

'공주는 보약이 아니라 독약이 될 수 있다!'

김개남은 먼저 북진하고 있는 녹두의 농민군과 일정한 간격을 유지하면서 천천히 움직이고 있었다. 삼례에서 함께 북진하자는 녹두 측의 간곡한 요청을 단호하게 거부한 김개남이었지만, 일부 대장들은 김개남이 여전히 한쪽 발을 빼지 않고 무엇인가를 기다리는 눈치였다고 보고했다.

사실 김개남 자신도 만남의 필요성을 녹두보다 더 바라고 있던 터였다. 그것은 농민군 전투나 연합문제 때문이 아니었다. 김개남은 회담제의를 수락하면서 한 가지 조건을 내걸었다. 그 제의는 녹두가 전혀 예상치 못한 것이었다.

"회담 장소에 마리를 데려오시오!"

김개남은 부리부리한 눈을 번뜩이며 마치 경고하듯이 선언했다. 그러나 김개남은 녹두에게 왜 그래야 하는지의 상세한 이유를 밝히지 않았다.

녹두는 김개남의 요구에 대하여 순간 분노의 감정이 끓어올랐다. 김개남이 만남의 본질을 흐리거나 이미 왜곡하고 있으며, 회담 거부의 명분을 만든 것에 불과하다고 녹두는 판단했다.

'혁명인가, 마리인가, 김개남은 둘 사이의 선택을 나에게 강요하는 것이 아닌가! 혁명지도자가 될 것인가, 아니면 여인의 한 남자가 될 것인가를 묻고 있는 것인가!'

마리는 펄쩍 뛰었다. 전투와 직접 관련이 없는 자신으로 인해 회담성사가 좌우될 만큼 김개남 대장의 상태가 혼란스럽다면, 그 회담은 아예 기대할 필요조차 없다거나 회담자체가 무의미할 것이라고 마리는 흥분했다.

그러나 자신이 동행하지 않으면 회담 자체가 성사되지 않는다는 녹두의 말 때문에, 마리는 깊은 고민에 빠졌다. 어떤 상황을 감수하고라도 반드시 김개남을 설득해야한다고 누구보다 앞장서서 강조한 사람이 바로 마리 자신이었기 때문이다.

녹두 역시 단호한 듯하면서도, 사태의 긴박함을 잘 알고 있기 때문에, 마리에게 별일이 있겠느냐며 동행을 요청했다. 마리는 녹두가 잘못 판단하고 있는 것은 아닌가, 걱정하면서도 일단 김개남 대장의 합류를 자신이 강력히 주장했고, 또 무엇보다 그 일이 가장 중요하다고 판단하여 녹두의 의견을 따르기로 했다.

김개남은 여러 명의 대장들과 함께 미리 약속장소에 와서 대기하고 있었다. 그렇게 당당하고 눈이 부리부리하던 기개는 사라지고, 무엇인가 초조하게 쫓기며 분노에 가득한 모습이었다.

김개남은 첫 순간부터 단도직입적으로 말문을 열었다.

"왔습니까?"

그것이 두 사람 사이의 첫 인사였다. 녹두는 벽에 부닥친 듯 당황하여 가슴이 먹먹해왔다. 도저히 분노가 치밀어 참을 수가 없었다. 그러나 생각을 가다듬고 자리에 앉았다.

"왔습니다."

김개남은 얼굴에 화색이 돌며 표정이 다소 밝아졌다. 그러나 그모습을 본 순간 녹두는 다시 피가 거꾸로 솟구치고 가슴이 답답하여 견딜 수가 없었다. 녹두의 눈동자에 비친 김개남의 얼굴이 일그러지면서, 머리가 터질 것 같은 분노가 치밀어 올랐다.

녹두는 머리를 절레절레 흔들었다. 녹두의 안색이 심하게 뒤틀리는 것을 본 김개남은 비아냥거리듯 한 마디를 건네며 악수를 청했다.

"내가 이겼지요, 전 대장? 욕심 부릴 걸 부려야지요!"

순간 녹두는 자리에서 벌떡 일어나 손을 뿌리치면서 고함을 쳤다.

"지금 형님이 조선의 멱살을 쥐고 장난하는 겁니까!"

그 동안 가슴앓이하며 참았던 감정이 한 순간에 폭발했다. 그러나 정작 녹두보다 더 당황한 것은 김개남이었다.

"뭐라고? 어디서 이 버릇없는……."

그의 표정이 새까맣게 돌변하고 흥분하여 물잔을 벽에다 집어던졌다. 물잔이 산산 조각나고 파편 한 조각이 녹두의 이마 한가운데에 정면으로 박혔다. 피가 주르르 흘렀다. 녹두는 그의 멱살을 잡아 바닥에 메꽂고 싶은 충동이 머리끝까지 올라왔다.

녹두는 몸을 부르르 떨더니 탁자를 주먹으로 두 번 세게 내리치고는 그 자리에 그대로 고꾸라졌다. 탁자 위에 물과 피가 여기저기 어지럽게 튀어갔다.

긴 침묵이 흘렀다. 태초에 머물렀던 시간처럼 모든 것이 숨을 멈추고 흑암 속으로 사라졌다. 그믐밤의 바깥공기는 살을 에는 듯이 차가웠다. 마리와 양측의 수행원들은 두 남자의 요청에 따라 먼 거리로 물러나 있었다. 녹두는 수건으로 이마를 감싼 채 머리를 숙이고 있었다. 씩씩거리고 있는 흰 수건은 이내 붉게 물들어갔다. 두 눈에는 이마의 상처보다 더 깊고 가슴 아픈 눈물이 연방 흘려 내렸다.

김개남은 계속 분을 삭이려고 녹두를 노려보며 어금니를 악물고 있었다. 그의 손에는 어느새 칼이 들려 있었다.

김개남은 회담 자리에 앉는 순간까지 품었던 자신의 생각을 되뇌었다. 김개남은 만일 녹두가 마리를 보내준다면, 그 일을 계기로 그와 전격 화해하며, 동시에 그의 농민군과 다시 합류할 생각을 가지고 있었다. 그것이 혁명을 향한 녹두의 순수한 진정성을 보여주는 증거라고 생각했다. 그러나 녹두의 격한 감정폭발을 보면서 김개남은 자신의 생각을 다시 바꾸었다. 김개남이 문을 박차고 밖으로 나갔다.

몇 시간이 지나 다시 자리에 마주 앉은 두 사람은 다소 냉정을 되찾은 듯 보였다. 녹두가 김개남에게 자신의 흥분에 대하여 정중하게 사과했다. 김개남은 고개를 젖히고 괜찮다는 시늉을 하며 끄덕였다. 그러나 여전히 말이 없었다. 김개남은 눈을 지그시 감은 채로 녹두의 말을 듣고 있었다. 녹두는 마리 문제에 대하여 일체 언급하거나 질문하지 않았다. 그러나 그는 회담 내내 수많은 대화 속에서도 마리로 인한 불안과 긴장이 온통 그의 생각을 짓누르고 있었다.

녹두를 대하는 김개남의 시선은 허무하고 허망하고 허탈해 보였다. 그의 표정 자체가 이미 의미 없는 단어들을 허공에 뱉어내고 있었다. 녹두는 그가 무슨 말을 했는지 아무것도 기억할 수 없었다. 김개남이 어떤 말을 꺼낼 때마다 그 스스로 지루하며 숨이 막혀 답답했다. 자신과 김개남 사이의 공간에 머물고 있는 공기는 아무런 울림이 없었다. 차가운 골짜기 바람처럼 얼음같이 냉랭한 한기만 감돌았다. 오직 마리 얼굴만이 그의 눈앞에 어른 거렸다.

회담 장소는 불멸의 시간처럼 영원히 멈추어버린 우주공간이었다. 그 공간은 아버지 전창혁의 피범벅이 된 가마니 아래에서 피어오르는 비린내 같은 것이라고 느꼈다. 가마니의 빗살무늬를 타고 번져가던 붉은 핏자국처럼, 볏짚 마디에서 여전히 살아 통곡하며 튀고 있는 핏발처럼, 그런 긴장감과 답답함 그리고 무서움이 스쳐갔다. 그 밑에 마리가 깔려있었다.

녹두는 마음이 진정되면서 김개남에게 공주전투의 문제에 대하여 설명하고 합류해줄 것을 정중하게 요청했다. 그러나 김개남은 회담 초기의 여유 있는 표정은 사라지고 얼음처럼 차가운 얼굴로 눈썹 하나 까딱하지 않았다.

그래도 김개남의 요구를 들어주었다고 나름대로 희망을 가지면서, 녹두는 최대한 예의를 갖추어 그의 의중을 살폈다. 김개남은 아무 말이 없었다.

"형님, 이번 전투가 우리 농민군에게 마지막 기회처럼 보입니다. 저는 현재 우리 농민군 전력이 충분하다고 생각지 않습니다. 최대한 지방 수령과 유생들, 그리고 각계각층의 여러 사람들과 공감하고 지원해야만 가능한 일입니다."

한참 뒤 김개남이 침묵을 깨고 자신의 입장을 밝혔다.

"이미 일본군이 농민군보다 먼저 현대식 무기를 들고 공주에 들어와서 기다리고 있는 상황이에요. 공주대로 쪽은 일본군에게만 유리한 길입니다. 설사 농민군들이 공주에 먼저 들어갔어도 나는 상황이 크게 달라지지 않는다고 봐요. 그리고 죽창 들고 싸우는 우리 농민군 몇 명이 합류한다고 얼마나 도움이 되겠습니까? 지금은 치열하고 냉정한 작전만이 그나마 희망을 줄 수 있어요. 너무 늦었어요!

더욱이 이미 임금이나 조정이 모두 일본에 넘어갔고, 지방 수령들이나 유생들도 꼼짝 않고 있습니다. 전 대장은 도대체 무슨 기대를 하고 있어요? 미안하지만 호서지역 농민군은 대부분 양반들이어서 실제 전투력이라고 말하기는 힘듭니다. 과소평가하는 것은 아니지만… 우리들밖에 없어요. 꿈을 깨세요!"

"형님말씀 충분히 이해하고 있습니다만, 그래서 저희들만이라도 하나가 되자는 것입니다. 특히 공주는 산악전투가 될 텐데 형님부대의 돌파력이 필수적입니다. 꼭 합류하셔야 합니다. 그렇게만 하신다면, 형님의 모든 요구를 제가 수용할 준비가 되어있습니다."

김개남의 직설적이고 짜증스런 거부의사를 거듭 들으면서 녹두는 여전히 감정의 앙금이 남은 듯 떨리는 목소리로 호소했다. 그 순간 마리의 얼굴이 떠올랐다. 어떤 대가를 치르더라도 반드시 김개남 부대와 연합해야 한다는 마리의 간곡한 요청이 그의 목소리를 더욱 흔들리게 했다. 피범벅이 된 아버지의 얼굴도 어른거렸다.

김개남은 냉수를 한 사발 들이키며 먼 산을 바라보았다. 그리고 지긋이 녹두를 바라보았다. 다시 담배를 말아 물고 무슨 생각인지 혼자 쓴 웃음을 지으며 말이 없었다. 그러다 다시 말을 꺼낼 듯 말듯 망설이다가, 잠시 후 너무나도 충격적인 말을 꺼냈다.

"전 대장, 삼례에서 출발할 때 사실 나도 같이 합류할 생각이 있었어요. 그러나 그때 나에게 정말 충격적인 사건이 벌어졌어요. 무엇인지 모르겠어요? 내 목숨과도 바꾸지 않을 마리가 전 대장 쪽으로 넘어간 거예요. 그때 사실 내 눈앞에는 아무것도 보이지 않았어요. 마리가 내 아내 같은 사람이라는 사실을 전대장도 잘 알고 있지 않았어요? 물론 전대장이 마리를 꾀어냈다고 생각하지는 않아요.

나는 혁명동지인 전 대장을 도무지 이해할 수가 없었어요. 그때 나는 전대장이 무엇인가 해결책을 내놓기를 기대하며 기다리고 있었어요.

사실 내가 합류를 거부한 가장 큰 이유는, 미안하지만, 마리가 전 대장에게 가 있었기 때문이라고 할 수도 있어요. 정말 말도 안 되는 이유라는 것을 나도 잘 알아요. 나를 욕해도 할 수 없어요. 그러나 솔직히 다른 이유는 생각나지 않아요. 전 대장은 내 심정이 어떤지 절대로 이해할 수 없을 거예요. 물론 지나간 일이지만……."

순간 녹두는 벼락을 맞은 듯 앞이 캄캄했다. 너무 불쾌하여 무슨 말을 어떻게 해야 할지 도무지 생각이 나지 않았다.

'…… 어떻게 이럴 수가 있나!'

도무지 납득할 수 없는 상황이었다. 녹두는 참담함과 허탈감에 할 말을 잃었다. 어린 시절 태인의 동네 골목에서 그렇게 의젓하게 친구들과 자신을 인솔하며 대장놀이를 하던 모습, 그리고 고부 죽산리 송두호의 집에서 함께 사발통문을 작성하며 손목을 그어 피로써 맹세하던 순간, 그리고 죽음을 각오하며 고부봉기를 이끌었던 순간들이 쓸쓸하게 떠올랐다. 특히 두 사람이 함께 맹세하며 같은 꿈을 나누던 순간들이 이루 헤아릴 수 없었다.

김개남은 마리문제는 잊었다는 듯 태연하게 녹두의 요청을 다시 거부했다.

"전 대장, 오히려 공주를 포기하고 우리와 합류해야한다고 말하지는 않겠습니다. 그러나 시기적으로 이미 때를 놓쳤고, 공주 공략은 계란으로 바위치기입니다. 순교자가 되려고 하나요? 적군에만 유리한 장소인데……."

녹두 역시 충격과 분노를 가라앉히고 다시 합류를 정중하게 요청했다.

"형님, 무슨 말씀인지 충분히 이해하고 있습니다. 지금 상황에선 그래도 형님과 제가 뭉쳐야 전주에 이어 충청감영을 넘어 설 가능성이 있습니다. 충청감영을 접수하고 나서 전열을 정비한 뒤에는 형님의견을 최대한 수용해서 북진토록 하겠습니다."

그러나 김개남은 녹두의 요청을 받아들일 기미가 전혀 보이지 않았다.

"너무 늦었어요. 나를 설득하려 들지 마세요. 남원에서 내가 한 말이 바로 그 말입니다. 북접의 지원을 기대하지 말고 우리가 그대로 쳐서 북상하자고 말입니다. 전주와 남원에 모인 10만 농민군이 우리의 전부였습니다. 그때 최단 시일 내에, 최단 거리로 북진을 해야 했습니다. 그게 벌써 몇 달이 지났습니까? 전 대장의 화합론에 대한 명분을 내가 모르는 바는 아니지만, 실제 그분들은 전투에 도움이 되지 않아요! 생각도 너무 다르고….

나는 청주 쪽으로 치고 올라갈 테니까, 공주를 잘 도모하세요. 공주 쪽으로 일본군과 관군의 화력이 집중되는 틈을 타서, 우리는 새로운 북쪽 활로를 뚫을 것입니다. 사실 천안이 무너진 상황에서 청주 쪽도 걱정이 됩니다. 농민군들에게 예전보다 많은 두려움이 생긴 것 같아요."

"지금은 공주나 청주가 문제가 아닙니다, 형님. 집중된 파괴력을 보여주지 못하면, 우리 농민군은 결국 전멸을 면하지 못하게 될 것입니다. 크게 후회하게 될 상황이 올 수도 있습니다."

"너무 늦었어요. 각자의 자리에서 최선을 다해봅시다."

반나절을 설득했지만 김개남은 공주전투가 이미 수를 놓친 장기판이라고 했다. 김개남은 단호했다. 김개남은 일본군의 막강한 현대식 전투력 앞에서, 어차피 농민군 두 부대가 합치든 나누든 크게 달라지지 않는다는 생각이었다.

마리를 동행시키라는 무리한 요구까지 수용하며 일말의 희망을 걸고 있던 녹두는 크게 당황했다. 자신의 감정폭발로 김개남의 마음을 돌릴 기회를 다시 놓쳤다는 자책감으로 견딜 수가 없었다. 마리의 낙담한 표정이 가장 먼저 떠올랐다. 마리를 만날 자신도 없는 것 같았다. 지난 세성산 전투의 참패 소식에 이어, 녹두는 김개남 설득이 수포로 돌아가자 하늘이 무너지는 것처럼 참담했다. 그러나 이미 김개남의 마음은 굳게 닫힌 철문이었다.

녹두는 김개남의 합류가 불가능하다고 판단하고 자리에서 일어섰다. 그러나 그 순간 김개남이 악수하는 녹두의 손을 놓지 않고 묘한 표정으로 지나가듯 말을 던졌다. 그의 말 한마디는 녹두를 다시 분노의 태풍 속으로 몰아넣었다.

"만일 지금이라도 마리가 나에게 돌아온다면, 상황이 달라질 수도 있어요!"

"뭐라구요?"

녹두의 시야가 다시 캄캄해졌다. 주먹이 부들부들 떨렸다. 숨을 쉴 수가 없었다. 한 걸음도 걸을 수가 없었다. 순간 녹두는, 농민혁명이 이런 것인가, 스스로의 참담함에 도무지 견딜 수가 없어 눈물이 왈칵 쏟아졌다.

'결국 마리였구나!'

비밀 회담이 있기 전날 밤, 마리가 녹두에게 찾아와 약속장소에 동행하겠다고 말했을 때, 녹두는 마음이 매우 심란했다. 마치 일에 눈이 어두워, 사랑하는 연인을 다른 남자에게 팔아넘기는 못난 사내라는 생각이 온통 녹두를 사로잡았던 것이다. 그래서 녹두는 오히려 마리에게 가지 않는 것이 좋겠다고 간곡히 부탁했다. 그러나 마리는 참석을 작심한 듯, 아무 일도 없을 테니 걱정하지 말라고 오히려 녹두를 위로했다. 그런데 결국 김개남은 마리를 만나보기도 전에, 숨겼던 자신의 본심을 녹두에게 드러냈던 것이다.

녹두는 너무 황당하여 뭐라고 말을 할 수가 없었다. 아무 대답 없이 뒤를 돌아 나오는 녹두의 어깨에 김개남이 다시 몇 마디 던졌다.

"잘 생각해요, 전 대장! 큰일을 위해서 사소한 것은 양보하세요. 전대장이 나를 필요로 하는 만큼, 나는 마리가 필요하다는 점을 꼭 명심해요."

마리는 회담 후 잠시 김개남과 만났으나, 큰 의미를 두지 않는다는 눈치였다. 만남이 어떠했는지에 대해서 녹두가 궁금하겠지만 마리는 굳이 말하려고 하지 않았다. 녹두는 사실 김개남을 만난 마리의 반응이 매우 궁금했다. 그러나 마리는 이미 회담 결과가 좋지 않다는 소식을 들었기에, 김개남을 길게 만날 필요가 없었다고 말했다.

녹두는 김개남의 마지막 요구를 마리에게 전하지 않았다. 그럴 생각이 없었을 뿐만 아니라, 그런 내용을 전달한다는 자체가 자신과 마리에게는 엄청난 모욕이라고 생각했다. 그러나 순간 녹두는 자신과 마리뿐만 아니라, 전 농민군, 아니 전 조선이 그 참혹한 대가를 치를 수도 있다고 생각했다. 그럼에도 불구하고 녹두는 차마 그럴 수 없다고 판단했다. 그럴 용기도 없었고, 부당한 요구라고 생각했다. 녹두는 아무 일도 손에 잡히지 않았다.

'결국 누가 마리를 차지하느냐의 문제였던가! 김개남과 나의 갈등, 아니 우리의 싸움은 누가 더 마리의, 한 여자의 성을 소유하느냐의 문제였던가! 그와 사사건건 부닥쳤던 내 주장의 이면에도 역시 남자로서 여자에 대한 경쟁적인 소유욕이 강하게 자리 잡고 있었던 것인가!

다만 표면적으로는 북진이 옳다느니, 집강소 활동이 더 중요하다느니, 청주나 공주가 옳다느니 했지만, 여전히 그 내면에는 마리를 누가 더 소유하느냐에 달렸던 것이었나!

김개남이나 내가 다를 바가 없겠지!

옳고 그름 그 자체보다는, 마리가 원하는 것, 마리가 좋아하는 것이 원칙이었고, 당연히 마리와 반대쪽에 서 있던 남자는 무조건 정반대의 주장을 내놓고 대립하였던 것이다!

여자를 아니 마리를 독점하는 것이 우리 남자들의 진정한 관심이었다!

우리가 주장하는 노선은 주장의 옳고 그름과 아무런 상관이 없는 것이었다! 다만 자신의 주장을 더욱 선명하게 함으로써 마리에게 더욱 남성적인 모습으로 비쳐지길 원했고, 마치 자신만이 민족을 위해 헌신적으로 투쟁하고 있는 남자라는 점을 보여주려는 것이었다.

물론 우리 두 남자는 마리와 함께 있을 때, 각자 자신이 마리에 대한 헌신을 다양하게 보여주려고 노력했다. 오히려 김개남이 거칠고 무례하게 비칠 만큼 그는 마리에게 엄청난 희생과 헌신을 쏟아부었고, 나를 향한 마리의 사랑만큼 자신에게는 마리의 사랑이 돌아오지 않음에 대한 불만과 분노가 그를 사로잡았을 것이다. 그런데 그의 분노와 불만은 마리를 향한 것이기도 하지만, 오히려 훨씬 더 크게 나를 향한 것이었다!

김개남이 겉으로는 그 분노를 나에게 단 한 번도 직접 터뜨린 적은 없었다. 그러나 언제든지 그의 분노의 화살은 나의 결정과 노선에 가장 강력한 방식으로 타격을 주거나 방해가 되는 형식을 취했다. 그렇게 자극적 선택을 함으로써 김개남이 노리는 것은 내가 엄청난 대가를 치르는 것도 있었지만 (사실 그것은 김개남의 큰 관심이 아니었을 수도 있다), 그보다는 마리의 마음을 자신에게 되돌리려는 희망이었다. 그가 농민혁명의 실패를 바란다는 것은 상상할 수도 없기 때문이다. 그러나 마리의 마음을 다시 얻을 수만 있다면, 김개남은 무슨 일이든 할 준비가 된 남자가 아닌가! 공주합류 불가의 원인이 전략이나 지정학적 다른 이유 때문이 아니라, 마리였다니!

사실 김개남은 마리를 얻기 위해서라면, 나라가 조선이든 일본이든 상관이 없었다. 물론 알고 보면 나 역시 그런 남성이 아닌가! 내가 김개남의 요구를 마리에게 알리지 않은 것을 보면, 나 역시 그런 속성을 가진 평범한 남자일 뿐이다!

아니, 오히려 나야말로 마리를 잃지 않으려고 대의명분을 포기한 파렴치한 남자가 아닐까! 이 사실을 대장들이 안다면 그 후폭풍은 상상할 수도 없을 것이다. 김개남이나 내가 똑같은 입장에 처한 것이다!

아, 그렇다면 지금이라도 내가 정신을 차려야 하는 것인가! 만일 그 사실을 마리에게 알렸다면, 마리가 어떻게 선택했을까? 그 선택은 상상하기도 싫다! 나의 질투 때문인가? 의심 때문인가? 마리를 잃는 것에 대한 두려움인가?

아, 남자들!

우리 남자들은 성의 경쟁자를 향한 분노의 불길이 활활 타오르면서, 과연 이 분노의 불길이 어느 쪽으로 타 들어가고 있는지를 알지 못하고 있었다! 과연 성의 독점에 대한 욕망은 무엇을 위한 것인가!

며칠 전 손병희는 사람이 가지는 성적 물질적 욕구가 모두 지극히 자연스러운 불멸에의 욕망 때문이라고 했다. 과연 그럴 것이다. 그런데 사람들 사회에서 불멸에의 욕망은 두 가지로 나타나는데, 하나는 소유의 형태요, 다른 하나는 존재의 형태라고 했다.

김개남은 마리를 소유하려는 것인가! 그렇다면 나의 사랑은 존재라고 말할 수 있는가? 존재를 말하고 있지만 결국 소유를 추구하고 있는 것이 아닌가!

소유가 아니라고 생각하는, 존재라고 말하고 싶어 하는, 존재 같지 않은 나의 소유!'

16

둥그렇게 솟아오른 보름달!

사내로 태어난 것이 그렇게 행복한 줄을 미처 몰랐다고 했다. 그동안 긴긴 세월을 세상 좀 바로 잡아보겠다고 땀 냄새 풀풀 풍기며 남정네들 사이에 파묻혀 살았다.

모태 총각으로 다른 여성들에게 눈 한번 준 적이 없는 수줍은 늦깎이 청년, 김개남, 그에게 마리는 세상 전부였다.

"마리, 나는 행복합니다.

나는 세상이 너무 아름답습니다.

나는 행복하기 위해 살고,

나와 모든 사람들이 행복해지기 위해 투쟁했습니다."

남원을 들어오고 나가는 수많은 남녀들 사이에서 마리를 처음 만나는 순간부터 김개남은 그녀에게 강력한 자석에게 끌리듯 급격히 빨려 들었다. 마치 오래전부터 그 성애(性愛)의 장소, 그 시간, 그 여인을 만나기로 예정하고 준비했던 것처럼.

"마리, 나는 당신을 사랑함으로써, 진정한 자유를 발견하게 되었고

당신을 사랑함으로써 진정한 반란자가 되었습니다.

당신은 나에게 유일한 진리입니다."

마리와의 한 달이라는 기간은 광한루의 사계절이 수십 번 바뀐 것 이상의 폭발적인 사랑과 변화를 김개남에게 가져다주었다. 농민군 진영에 혜성처럼 나타난 마리역시 과묵하고 선이 분명한 김개남의 남자답고 강한 의기에 단박에 녹아들었다.

"내가 당신에게 사랑해요, 라고 말할 때, 그것은 위험을 무릅쓰는 일이에요. 사랑은 그 사람의 핵심을 관통하여 그 영혼을 건드리는 일이기 때문이지요."

불같은 성격으로 혁명을 주도하고 있던 김개남에게 어느 날 나타난 미녀와의 뜨거운 사랑은 남원의 농민군 전체를 흥분의 도가니로 몰아넣었고, 혁명의 분위기도 미묘한 변화를 타기 시작했다. 김개남의 혁명 언어는 향기로 가득했다.

"사랑은 우주의 언어와 행동입니다. 우주는 사랑하는 자의 가슴속에 숨어 있으며, 언제나 지금 여기에 있습니다. 사랑을 통해 우리는 우주의 얼굴을 보게 되며 우주의 향기를 느낄 수 있습니다."

그런데 '김개남 왕국'을 방불할 정도로 명분과 의리를 중시하며

일사분란하게 움직이던 농민군 진영이 '총각 대장의 연애사건'으로 급격하게 출렁거렸다. 순식간에 그는 '남국(南國)을 열어가는 폭발'이 되었고, 혁명은 이제 그에게 진정한 인간이 되기 위한 반란이 되었다.

"행복하기 위한 절대조건, 그것은 자유로워지는 것입니다.

자유를 원한다는 것, 그것은 반란을 꿈꾸는 일입니다.

우리가 자유를 위해 반란을 꿈꾼다면, 사람들은 우리를 십자가에 처형할 것입니다."

그의 사랑은 이미 자신의 미래를 예고하고 있었다. 그리고 종전과 달리 김개남은 특정 사안에 대해서 일의 옳고 그름에 지나치게 예민해져서 감정이 폭발하거나 불필요하게 대립했다. 그러나 자신의 감정 속에서 진정 자유로운 자기애(自己愛)가 상처받지 않기를 원했다.

"진리에 사로잡히게 될 때

그때는 누구든지 자유로워집니다.

진정 자유를 누리면서 나 자신을 비로소 느끼게 됩니다."

더욱이 김개남은 달밤에 홀로 산책을 하거나 오래토록 눈을 감고 명상을 하고, 달빛이 유난히 아름다운 밤은 연락 없이 조용히 사라지는 경우도 잦았다. 목숨을 건 전투는 이제 우주를 품으려는 산통(産痛)이 되었다.

그럴 때마다 김개남을 잘 아는 대장들은 빙긋이 웃기만 할뿐 그러한 변화들을 크게 문제 삼지 않는 눈치였다. 그들도 덩달아 갑자기 넓은 우주가 되었다.

"사랑에 빠지게 되믄 인간은 누구나 가장 선해져부러!
사랑은 우주의 마음을 갖는 것이니께로… 아니것소?
사랑하게 될 때에 아, 인간은 비로소 우주가 되지라잉!"

간혹 진중에서 김개남 장군이 마리에게 홀려 정신이 나갔다는 소문도 나돌았다. 그런데 그의 가장 두드러진 변화는, 과격하던 말투가 현저하게 온순해졌고, 회의를 진행하는 시간이 짧아지거나 예상에 없던 일정으로 빈번히 취소되는 것이었다. 대장들 앞에서도 그는 오직 마리가 현재요, 영원이 머물고 있는 우주였다. 그의 눈은 언제나 한 곳을 찾아가고 있었고, 그의 말은 마리를 향해 있었다.

"바로 지금 이 사랑의 순간, 이곳에 우주가 머물고 영원조차 깃들어 있습니다. 사랑은 결론을 생각하며 가는 길이 아니라, 현재의 가능성에 집중하는 행위입니다. 바로 지금 이 순간 속에, 과거와 현재와 미래 전부가 내 뜻에 의해 생겨나고 사라지며 죽습니다."

무엇보다 김개남의 옷차림과 얼굴 모습이 종전과는 매우 다른 모습을 보이기 시작했다. 그동안 한 번도 깎은 적이 없어 수풀처럼 텁수룩하던 수염을 짧게 깎았다든지, 상투를 수시로 단정하게 말아 올려, 그의 용모가 전체적으로 깔끔하게 정돈된 인상을 주었다. 그렇게 모든 변화의 중심에는 마리가 있었다.

"내가 대장들을 만나는 시간, 나는 언제나 마리를 만나고 있습니다. 아니, 그 자리에는 오직 마리밖에 없습니다. 그들의 말을 들으면서 나는 마리에게 듣습니다. 세수를 하려고 내 얼굴을 문지를 때, 나는 마리의 얼굴을 만지고 있습니다. 숲속에서 새소리와 흐르는 물소리를 들을 때, 나는 마리가 잠결에 새근거리는 숨소리를 듣습니다. 차가운 바람이 불어올 때, 언제나 새로운 사랑이 시작됩니다."

김개남에게 사랑은 순식간의 폭발이요 탄생이었다. 한 농민에서 한 남자로의 혁명이었다. 거친 군인에서 숫기만점 사내로의 개조였다. 그런데 그 개조는 예상 밖의 엄청난 '개벽(開闢)'이었다.

"마리와 나는 아주 광대한 대륙이며 서로 경계가 없는 무한한 존재입니다. 하나의 동일한 생명이 우리를 통해 흐르고, 하나의 동일한 사랑이 우리의 가슴을 채우고, 하나의 동일한 기쁨이 모든 남자와 여자 안에서 춤을 춥니다."

김개남에게 하늘과 땅 그리고 모든 사람들, 심지어 나라 전체가 하나의 작은 블랙홀로 수렴되었고, 사랑은, 아니 마리는, 삶의 모든 순간을 채우는 빛이 되었다. 그는 사랑이 흐르는 순간 빛이 가득한 하늘이 되었다.

"진정한 사랑을 느끼게 될 때, 그 사람은 사랑 자체이지요. 그 순간 그는 어떤 육체의 모습도, 어떤 이름이나 직책도 아니고, 사랑 그 자체입니다. 자신 안에 있던 본래의 '나'가 자신의 본래 모습으로 나타난 것이고요, 사랑할 때 사람은 '실재'(實在)가 되지요."

그렇게 마리와 함께 하면서 김개남에게 모든 것은 사건이 되었고, 사랑의 은총 속에서 모든 두려움을 해체하는 혁명가, 자신을 주시하기 시작한 선각자가 되었다. 매일 아침과 저녁 그리고 밤에 그는 기적을 보고 신비를 체험했다.

"사랑은 신비 그 자체입니다. 사랑하고 있을 때, 온 세상은 천국으로 살아납니다. 사랑이 사라지면 세상에서 생기와 의미가 사라지고 암흑의 세계로 돌변하지요. 우주는 바로 이 사랑으로 가득합니다."

밤낮이 고달픈 혁명 속에서도 김개남의 밤은 한낮보다도 더 보석처럼 반짝였고, 그의 아침과 저녁은 매 순간 '고백록'의 새로운 페이지가 되었다. 마리의 품은 언제나 고해성사가 이루어지는 거룩한 성전이었다.

"사랑은 매우 신비스러운 에너지입니다. 사랑은 시작이며 그 마지막은 선이지요. 사랑으로만 온갖 잡다한 윤리를 뛰어넘어, 신의 세계로 날아갈 수 있습니다."

드디어 광한루의 보름달 같은 실재가 빛나는 밤, 김개남은 마리의 신성한 사원에서 태초의 아담이 되는 잠을 자고 사내의 꿈을 꾸었다.

"마리, 사랑하는 이 시간만 나는 살아있습니다. 당신을 사랑하고 사랑을 느끼면서 나는 날마다 새로워집니다. 사랑의 순간만 진정 나를 거룩하게 깨어나게 합니다."

사랑의 향기에 취하여 그는 여신 속에 깃들어있는 영원을 볼 수 있었고, 대장들이 그를 '남국(南國)을 열어가는 폭발'이라고 부르자, 김개남은 가슴 속의 폭풍 눈물을 쏟아내기 시작했다.

"마리, 예전에는 사람들이 이끄는 대로 그들을 따라갔습니다.

어디엔가 있을 중요한 일을 찾아 여기저기 헤매고 다녔습니다.

다른 사람들이 내 영혼을 관통해서 지나가도 아무렇지 않았습니다.

나는 내영혼의 주인이 아니었습니다.

나는 내 삶의 주인이 아니라고 생각했습니다."

그러자 마리는 그의 붉은 얼굴을 품어 주었다. 마리는 스스로를 만나지 못했던 그의 가슴 장애를 치료하는 병원이었다.

"사랑하는 사람은 나 자신을 존중해요. 타인만을 사랑하면 사랑의 초점이 타인에게 맞추어져 방황하게 되지요. 사랑은 자신을 향해, 자신 안에서 불을 밝혀 줘요."

마리의 안내를 따라 황금 달빛이 흐르는 강을 건너면서, 김개남은 존재 깊은 곳에 이르는 길이 환하게 열리는 것을 보았다. 그의 눈이 빛나기 시작했다.

"나를 사랑하면서 곧 나에 대해 알게 되었습니다.

사랑하면 진리의 문이 더 쉽게 열리기 때문입니다.

진리에 사로잡히게 될 때 누구든 자유로워집니다.

나 자신을 느끼면서 나는 그만큼 자유로워집니다."

마리와의 사랑으로 자신의 체온을 회복하면서, 김개남은 결국 자신이 누구인지를 알아차리기 시작했다.

"마리, 내가 나를 신뢰하는 만큼 나는 자유로워집니다.

나는 마침내 내 영혼의 집으로 돌아왔습니다."

김개남은 자신이 아무것도 가지지 않았지만, 눈을 뜰 때마다 우주를 황금으로 변화시켰다.

"사랑은 삼라만상을 금으로 도금하는 것입니다. 사랑을 받는 남자는 순식간에 그에게 생명과 웃음을 입히는 주연 배우가 됩니다. 지극히 평범했던 사람의 가슴에 사랑의 꽃비가 쏟아져 내려, 그 순간 남자는 우주를 감동시키는 최고의 명배우가 됩니다."

광한루에서 바라본 석양의 붉은 노을이 온통 영혼을 물들이듯, 김개남의 눈과 귀는 마리의 사랑이외에는 아무것도 보이지 않고 아무것도 들리지 않았다.

"나에게는 지금 모든 길이 활짝 열려있습니다.

사랑하지 않는 것이야말로 용서 받을 수 없는 범죄입니다.

사랑을 뛰어넘어, 나의 절대적 헌신을 바칠 고귀한 신념은 또 없습니다."

그러나 김개남의 사랑을 이해할 수 없는 대장들은 그의 사랑이 너무 격정적이고 지나치다고 손가락질하며 떠나는 사람도 있었다. 심지어 사랑의 용광로가 김개남의 영혼을 온통 태워버려 혁명 사령관으로서의 그의 정신을 미치게 했다고 비난하기도 했다. 온갖 비난에도 아랑곳하지 않고 그의 가슴은 매일 더욱 뜨거워졌다.

마리, 남자의 사랑은 감각으로부터 영혼으로 옮겨갑니다.

세상엔 나와 마리뿐입니다.

나의 모든 욕구를 통제할 만한 절대적 우선순위가 있다면

그것은 나에게 사랑, 마리를 향한 구체적 욕망입니다.

세상에는 오직 이 하나의 법칙밖에 보이지 않습니다."

일부 대장들은 날이 새도록 꽃다발에 머리를 박고 있는 김개남이 야말로 이 땅에서 가장 행복한 남성일 것이라며 비시시 웃고 있었다.

"아따, 김개남대장은 사랑을 찾아 과거로 현재로 미래로 더 이상 허벌나게 헤매지는 않것지라! '지금 이 순간'을 붙들고 있기 때문이 아니것소! 지금 이 순간, 그는 마리요, 전체가 되어부렀소!"

마리역시 붉은 달이 그를 태워버리지 않으면서도 뜨겁게 그의 가슴을 밝힐 수 있을 것인지, 심각하게 고민하기 시작했다. 달빛에 타버린다면 그것은 요녀나 악마의 유혹 때문이 아니라, 자유를 찾아 떠난 그의 방랑의 길이 아직 충분히 끝나지 않았기 때문이며, 결국 그가 찾는 자유는 마지막 방랑하는 자신을 칼로 베어버리는 순간 탄생하는 것이라고 생각했다. 그러나 김개남은 자신의 몸을 칼로 베는 대신, 자신의 영혼을 태우기 시작했다.

"역사나 혁명에 대한 헌신은 사실 내가 지금 방랑의 여정 가운데 있다는 뜻일 것입니다. 그러나 역사나 혁명에 대한 헌신보다 더 소중하고 값진 것이 있는데, 바로 사랑하는 사람이 되는 것입니다. 사랑은 존재 깊은 곳까지 도달하는 길을 잘 알기 때문입니다."

마리는 그의 불꽃이 만들어내는 신념을 옳다고 믿으면서도, 그

의 사랑이 어느 불길을 향해 타오르고 있는지 예의주시하고 있었다. 물론 마리와의 사랑은 그로 하여금 자신을 깊이 돌아보게 하고 또 주문과 기도를 통해 하날님과의 깊은 교제로 나아가도록 했다. 그러나 수운이 사용하였던 칼은 아직 그에게 보이지 않았다. 아니 그는 아직 칼을 사용할 때가 아니라고 생각했다.

김개남은 자신을 더 이상 태울 수 없을 만큼 마리를 깊이 사랑했다.

"사랑에 몰입한 사람은 모든 것을 할 수 있습니다. 사랑에 몰입한 사람은 삶과 죽음이 하나입니다. 온 우주가 모두 사랑인 것을 알아차리기 때문입니다. 인간이 할 수 있는 최고의 일은 그래서 사랑입니다.

사랑에 몰입할 때 나는 날마다 성인이 됩니다. 당신의 사랑으로 내가 얼마나 소중한 지를 알아차리게 되었습니다. 사랑이 나를 깨어나게 하니까요. 세상이 만들어준 얼굴이 아니라, 나의 진짜얼굴을 보게 되기 때문입니다."

수운의 칼이 없는 사랑, 그것은 김개남에게 농민혁명의 목적과 목표, 그리고 전략과 전술 등, 모든 면에 있어서 완전히 색다른 변화를 가져다주었다. 무엇보다 혁명의 불타는 신념이 현저히 타자화(他者化) 되거나 그 열기에 일정한 거리를 두기 시작하면서 상하 규율과 권위 그리고 조직의 형식을 점차 중요시하게 되었고, 종교의식으로서의 동학의 예전에 눈을 뜨면서 부조리한 현재보다는 역사의 종말과 미래를 강조하기 시작했다.

그 결과 현재 진행되고 있는 농민혁명의 미래에 대하여 어느 순간 비판적이고 부정적인 견해가 점점 고개를 들기 시작했다. 특히 농민군 무기의 절대적 열세가 어차피 농민군의 패전으로 귀착될 수밖에 없다는 점을 주위에 종종 설득하고는 했다.

"농민군의 주무기는 토총, 혹은 천보총이라 불린 화승총과 죽창 등이 주축을 이루고 있는데, 주로 호남 농민군들이 각 군현 관아에서 탈취한 소총과 여산 부사 김원식이 무기고를 열어 제공해준 소총입니다. 과연 싸울 수 있을까요?"

김개남의 사랑은 점점 더 자기애(自己愛)의 형태로 발전해가고 있었다.

"누구도 사랑하기 전까지 자신을 대면할 수 없습니다. 사랑하면 자기 안의 수많은 거짓을 제거할 수 있지요. 사랑하지 않고 나를 알 수 있는 길은 없어요. 사랑은 나를 향해 나아가는 사원이에요.

우리가 사랑에 빠져있을 때, 그것을 사랑인줄 알지 못합니다. 그것을 사랑이라고 의식적으로 규정하지 않기 때문이지요. 사랑은 서로의 존재를 나누고 기쁨과 음악, 시적인 삶을 나누는 것입니다. 사랑은 그 자체가 신성이랍니다. 특정한 사람과 사랑에 빠진 게 아니라, 우리는 사랑의 상태가 되는 거니까요."

김개남은 더 이상 아쉬울 것 없는 사랑의 꿀단지를 끌어안고 있으면서도, 그의 입술에서는 노래와 희망대신 수시로 탄식과 불만이 터져 나왔다.

"화약과 탄약도 초가지붕의 먼지에서 채취한 재료를 바탕으로 납을 사용하여 우리 농민군들이 직접 제작하기는 했지만, 대량으로 공급하는 데에는 많은 한계가 있습니다. 농민군의 화승총은 불을 붙여 쓰는 총으로 사정거리가 불과 100보에, 그것도 분당 겨우 2발을 발사하는 수준입니다.

그러나 보세요. 일본의 최신무기로 무장한 관군과 일본군은 유효사거리만 수백 미터나 되는 미제 캐트링식 회전 기관포와 분당 12발을 쏠 수 있는 스나이더 소총, 무라타총 같은 최신무기를 사용하고 있습니다.

청국마저 꼼짝 못하게 했던 이런 무기로 무장한 현대식 일본군들이 조선군 수천 명을 데리고 겨우 장난감 수준의 무기로 무장한 농민군들을 쓸어버리는 것은 식은 죽 먹기 아니겠습니까! 사실 그 결과는 차마 눈뜨고 볼 수 없는 대학살이 될 수도 있을 것입니다."

물론 마리는 김개남의 일상이 여전히 시와 은유로 승화되고 있음을 꼭 부정적으로 볼 필요는 없다고 생각했다. 적어도 그 순간만큼은 비난과 탄식의 고통에서 벗어나 자신의 모습으로 돌아갈 수 있기 때문이었다.

"사랑의 상태로 전환되면, 우리가 무슨 일을 하든지 사랑으로 하게 됩니다. 사람을 만나는 것이 언제나 사랑을 만나는 것이고, 나무나 바위를 만지더라도 언제나 사랑하는 연인을 쓰다듬듯이 합니다."

사랑의 덫에 걸린 김개남에게 농민군 무기의 현격한 차이는 나뭇가지 사이에 걸린 조각달처럼 그를 움직이지 못하게 만드는 구실이 되었다. 그래서 어느 순간부터인가, 좀 쉬고 싶다, 라는 말이 입버릇처럼 대화 가운데 쉽게 터져 나왔다.

특히 농민군이 전주에서 무려 몇 개월을 지체한 것이야말로 씻을 수 없는 치명적 과오였다고 김개남은 드러내놓고 비난했다. 아니 그의 비난은 저주에 가까웠다.

"나는 전주 화약과 집강소 활동보다 신속한 북진이 더 중요하다고 수시로 경고했어요. 그러나 내 의견을 완전히 무시한 녹두장군 때문에 결국 농민군혁명은 절대로 성공할 수 없을 것입니다."

무엇보다 김개남의 눈에는 여론을 등에 업고 독불장군처럼 행세하는 녹두의 모습이 너무나도 거슬려 보였다. 더욱이 그가 마리의 사랑을 받고 담력을 얻은 뒤에는 그 누구도 의식하지 않고 당당하고 강력한 목소리를 내기 시작했다.

"사랑하는 사람은 곧 자신의 능력이 최고에 달하게 됩니다! 나같이 멍청한 사람도 사랑에 몰입하는 순간 존재 깊은 곳에서 커다란 불꽃이 뿜어져 나오지요. 그 사랑이 어디에서 왔습니까? 사랑은 본래 내 안에 있었던, 내가 처음부터 가지고 있던 것입니다! 녹두가 독서와 아집의 냄새를 계속 피우는 이유는 아직 사랑을 모르기 때문입니다!"

김개남은 북접과의 합류 계획 자체를 강력히 비판했다. 그것은 그가 바라는 선택이 아니었다. 추후 해월이 대동원령을 내려 북접군이 합류한 뒤에도 김개남은 결코 반가워하거나 그들에게 희망을 두지 않는다고 잘라 말했다.

김개남은 남북접 연합부대의 행태에 대하여 초강경 비난을 쏟아내면서도, 왜 그렇게 자신이 변해가고 있는지의 원인에 대해 이미 어느 정도 스스로 알고 있었다.

"사랑에 몰입하여 나는 모든 것을 잃게 되었고, 동시에 모든 것을 얻게 되었습니다. 당신과의 사랑은 비로소 나에게 영원을 맛보게 해주었습니다. 사랑은 영원을 경험할 수 있는 오직 하나의 방법이기 때문입니다."

마리는 특히 공주에 대한 김개남의 정세 판단이 그가 녹두를 비판하던 여러 가지 사건 들 중에서 가장 설득력을 가지고 있었다고 생각했다. 김개남은 열정적으로 호소했다.

"공주의 상황은 이미 임기준이나 이유상 그리고 오정선 같이 매우 덕망 있는 지도자들이 중심이 되어 대대적인 동학농민군 궐기대회를 벌여왔기 때문에, 우리가 그냥 전주에서 그대로 올라가기만 하면 됩니다. 공주 전체가 따라 붙으면 북접이 어쩌겠습니까? 북접도 자연스럽게 합류할 수밖에 없지요!

그러나 전 대장은 충청지역의 맹주인 북접과의 협상과정에 더 큰 비중을 두고 있습니다. 그건 절대 불필요한 소모전입니다! 전 대장! 다시 생각해봐요! 북진(北進)을 선택할 것인가, 아니면 북접(北

接)을 선택할 것인가!"

마리가 전주에서 녹두를 만나기 시작한 그때, 한 달 지체의 문제는 당시 녹두와 김개남 사이에서 매우 심각한 논쟁거리였음을 마리는 잘 기억하고 있었다. 실상 1개월 지체 때문에 가장 강력히 반대하던 김개남과 대척점에 서서 녹두는 수없이 부닥치며 또 서로를 설득했다. 마리는 김개남의 주장이 좀 더 설득력이 있다고 생각했으나, 그 문제는 이미 두 남자 사이에서 자존감 대결로 치닫고 있었다.

그러나 녹두역시 자신의 고집을 결코 굽히지 않았다. 농민군 대부분이 그를 지지하고 있었기 때문이다. 김개남은 녹두가 이 문제를 두고 정치와 종교 사이에서 끝없이 갈등하다가, 마침내 북접의 입장을 고려한 종교적 입장으로 선회하려한다고 주장했다.

김개남은 처음부터 녹두가 고의적으로 혁명의 성공보다는 명분에 더 치중하고 있으며, 그래서 혁명의 실패를 유도하고 자신이 십자가를 짐으로서 스스로 박해받은 메시아가 되려한다고 격렬하게 분노했다.

마리와 깊은 사랑에 빠짐으로서 김개남은 혁명의 두 지도자가 함께 건너야 할 바다를 더 깊고 멀게 만들었다. 두 남자 사이의 관계가 더욱 험악해진수록 김개남은 오히려 사랑이라는 비밀의 해저 용궁 속으로 더 깊이 걸어 들어가고 있었다.

남원의 바래봉에 솟아오르는 붉은 달을 삼키며 김개남은 외로운 방랑자가 되었다.

"사랑하고 있을 때, 나는 두려움을 느끼지 않습니다. 사랑하지 않을 때 나는 사소한 것도 두려워하며, 언제나 안전에 더 많은 관심을 갖게 됩니다. 그러나 사랑하고 있을 때 나는 모험에 더 많은 관심을 갖게 됩니다."

김개남을 매우 격노하게 만든 문제가 발생했는데, 그것은 농민군 주력부대 가운데 하나인 손화중과 최경선 부대를 녹두가 광주와 나주로 되돌려 보낸 사건이었다. 일본군이 서해안으로 침입하려 한다는 정보와 지방의 수성군을 견제해야 한다는 이유로, 녹두가 후방의 안전을 위해 되돌려 보냈던 것이다. 그때 김개남은 녹두가 앞날을 한 치도 내다보지 못하는 정말 형편없는 지도자라고 혹평했다.

물론 녹두의 첩보내용에도 문제가 있었다. 일본은 지난 8월 평양전투를 대승한 데 이어, 9월 중순에 이미 청나라 이홍장의 북양함대를 격파한 뒤, 10월 하순에는 파죽지세로 압록강을 건너 중국 본토까지 진격했다. 이달 초 6일에는 발해만을 끼고 있던 요녕성 서부의 군사요지인 진저우를 함락시키기까지 했다. 그리고 농민군이 이인전투를 벌이기 바로 하루 전날 22일에는 뤼순을 점령하여 뤼순 시내에서 시민과 포로를 6만 명이나 학살하고 시가지를 불태우는 만행을 저지르고 있었던 상황이었다. 따라서 서해안에 나타난 일본군 부대는 농민군이 아니라 청일전쟁 발발 이후 중국을 상대로 대대적인 전투를 벌이며 작전 중에 있던 부대였다.

김개남은 자신이 엄청난 사랑의 회오리에 빠져 녹두의 혁명 전략을 처음부터 끝까지 못마땅하게 생각하고 있음에도 불구하고, 오히려 녹두가 마리와의 사랑에 눈이 멀어 혁명에 대한 냉철한 판단보다는 우유부단하고 매우 느슨한 감상에 빠져있다고 비난했다. 김개남은 녹두가 사랑의 감정에 사로잡혀 자신의 포용력을 과시하려 한다고 보았다.

"혁명이나 사랑은 결코 주변적인 것이 아닙니다. 그것은 모두 언제나 중심에서 존재하는 전체입니다. 역사와 국가, 신앙과 진리 전부를 뛰어넘습니다. 그러나 너무 많은 것을 욕심내다가 혁명도 사랑도 모두 잃게 되겠지요!"

더욱이 김개남은 북접군이 전반적으로 일반 농민들을 모은 민병 수준이었기 때문에 군사훈련이 부족하거나 결핍되어 있어서 훈련을 잘 받은 군대와는 사실상 상대가 되기 어렵다고 평가절하했다. 김개남은 혁명 노선과 작전 그리고 농민군 훈련은 물론 심지어 의식주 생활이나 사적인 사랑 문제 등의 모든 면에 있어서 항상 녹두와 비교하면서 우월감을 가지고 있었으며, 그것을 확인하고 싶어 했다.

마리는 그의 우월감이 사랑으로 인해 생긴 자신감 때문이라고 생각했다. 마리는 김개남을 떠나기 며칠 전, 그가 얼마나 깊이 사랑의 감정에 몰두해 있었는지를 기억하고 있다. 김개남은 마리가 자신을 떠난다는 사실을 꿈에도 생각하지 못했다.

"내가 걷는 방식과 앉는 방식, 먹고 잠자는 방식이 모두 창조요시(詩)입니다. 나는 시로 존재하기 때문입니다. 사랑은 그 자체가 진정한 창조입니다. 사랑은 일생동안 지속되는 내 자신에 대한 시적 몰입입니다."

그러나 마리는 그의 몰입이 오히려 사랑의 밑바닥을 외면하려는 두려움 때문이라고 생각하게 되었다. 그래서 사랑의 꿀물을 마시면서도 김개남은 자신의 의지와 다르게 언제나 두려움 속에서 처절하게 자신과 드잡이 싸움을 하고 있었다.

마리와의 사랑은 결코 그를 치유하지 못했다. 사랑은 오히려 그에게 격렬한 분노와 좌절을 일으키게 하고 그의 혼란스러운 감정을 합리화하는 에너지가 되었다. 김개남의 방황을 단절시킬 수 있는 칼은 사랑이 될 수 없었다. 그것이 마리의 영혼처럼 뜨겁고 붉은 달이 밤마다 그녀에게 전해주는 눈물의 메시지였다.

마리는 자신이 칼이 되기로 했다. 그녀는 김개남을 떠났다.

그녀가 떠났을 때 김개남의 주변에서 벌어진 크고 작은 모든 사건들은 깊은 무저갱 속으로 끌려가기 위해 예정된 운명의 달처럼 비극적인 여행을 하기 시작했다.

17

"이제 믿을 것은 우리뿐입니다. 오지 않을 사람은 깨끗이 잊고, 오직 우리의 전투에만 집중합시다!"

김개남 설득이 실패하자 이방언 대장이 앞장서서 전체 분위기를 추스르기 위해 노력했다. 그러나 누구보다 김개남의 합류 불발에 대하여 녹두 자신의 상심이 컸다. 그가 합류하지 않았다는 사실도 큰 타격이었지만, 무엇보다 김개남이 그동안 자신과의 연합을 사사건건 거부하거나 반대했던 본심을 알게 되어 도무지 감당할 수 없을 정도로 충격이 컸다. 그 충격과 고통은 마리를 비롯한 녹두의 가장 가까운 측근들도 알 수 없는 화병처럼 그의 가슴을 짓누르기 시작했다.

농민군은 강경에서 그 동안 흐트러졌던 전열을 재정비했다. 경천 등잔골의 괘등산으로 총퇴각을 한 뒤, 다시 1주일 만에 일본군 진영으로부터 좀 더 멀리 떨어진 강경포구 쪽으로 본진을 옮겼었다.

녹두는 흩어진 농민군을 다시 불러 모아 훈련을 시키고, 무기와 병력 그리고 식량과 의복 등을 나름대로 충분히 확보했다고 판단하여, 후퇴한 지 보름 만에 다시 공주를 향한 전투대열을 갖추었다.

그에게는 김개남 충격을 해소할 시간이 좀 필요했지만, 시일을 더 지체한다면 그 충격보다 더 무서운 겨울 엄동설한이라는 강적을 결코 당해내지 못할 것이라고 판단했다. 마리는 아무 말이 없었다.

녹두는 11월 8일(양력 12월 4일) 저녁 무렵 농민군 병력으로 공주를 삼면포위하면서 4일간에 걸친 총공격을 시작하였다. 공주감영을 최종돌격 목표를 삼고 있는 농민군은, 효포-능티-우금티로 이어지는 삼면 공격선을 계속 유지하면서 대포를 쏘며 진격하였다.

주력부대의 우금티 공격로는 강경에서 경천의 등잔골로, 그리고 하고개에서 대실, 샛대울을 거쳐 발양, 옥고개를 지나 오실, 막골까지 삼남대로를 그대로 이용하였다. 그러나 손병희와 북접 대장들은 삼남대로를 이용한 주력부대의 공격이 너무 드러나 위험하다며 매우 조심스러워하는 눈치였다. 특히 엄청난 화력의 차이를 극복할 수 있는 특단의 작전이 반드시 필요하다고 손병희는 계속 강조했다.

농민군 최대의 강점은 수만 명에 이르는 병력숫자였지만, 주력부대가 고개를 넘을 때까지 최신 무기 앞에서 농민군들이 얼마나 버티며 저항할 수 있을 것인가, 하는 것이 가장 큰 관심이었다. 손병희는 치고 빠지기 식의 비정규전을 주문했다.

그러나 녹두의 고민은 정규 훈련으로 무장된 일본군을 상대로 게릴라전을 펼칠 수 있을 만큼의 섬세하고 동시에 강력한 돌파력과 작전능력을 보유한 농민군이 없다는 것이었다. 숫자는 늘어났지만 야간 기습으로 관군을 물리쳤던 황토현전투 때와도 상황이 많이 달랐다. 손병희의 계속적인 작전 요구에 녹두는 다소 피곤함을 느꼈다.

녹두는 태인의 골목에서 사내들을 호령하며 멋지게 지휘하던 김개남의 어린 시절 모습을 기억했다.

'아, 어쩌다 우리가 이렇게 되었나!'

모든 친구들 가운데 그는 남자다운 의리와 후한 인심으로 인기 만점의 대장이었다. 녹두는 자존심 강한 김개남 대장이 가장 신임하는 참모요 친구로서 항상 그의 곁을 떠나지 않았다. 그래서 누구보다도 서로를 잘 알고 또 신뢰하고 있었던 사이였다. 고부봉기 때에 앞장서서 조병갑을 몰아붙이던 그의 단호한 모습이 눈에 다시 선했다.

피와 영혼과 삶과 민중, 그 전체를 묻는 전쟁이 코앞에서 벌어지고 있는데, 마리문제로 꼬인 그를 생각할 때마다 녹두는 가슴 한 가운데가 뻥 뚫린 것처럼 심한 한기를 느꼈다.

농민군 수만 명이 경천과 노성으로부터 출발하여 이인과 효포에 있던 토벌군 진지에 포를 쏘며 맹렬히 공격하면서 공주는 전체가 전쟁터로 바뀌었다. 녹두는 산악 장기전을 대비하여, 산위의 각 요새에 포대를 설치하고 군량미를 산 위로 실어 나르게 했다.

이날 공주지역에 정통한 임기준 부대는 경천에서 무너미 고개를 공격하여 수비하던 구상조 부대를 능티 쪽으로 몰아붙였고, 공주출신의 이유상 부대 역시 이인으로 진격하여 월성산에 주둔하고 있던 성하영부대를 화공작전으로 포위 공격하면서 그들을 우금티까지 쫓았다. 임기준과 이유상은 호남의 손화중과 최경선을 떠올릴 만큼 선이 굵고 과감한 공격을 감행하면서 녹두의 시름을 한결 덜어주었다.

크게 수세에 몰린 관군들은 겨울비를 맞으며 농민군에게 포위되어 있다가, 밤이 깊어서야 겨우 도망치듯이 우금티를 넘어 공주감영으로 후퇴했다. 충청감사 박제순은 3개의 전선에서 오락가락하며 농민군이 어느 곳으로 진격해올지를 몰라 우왕좌왕하고 있었다.

첫날 농민군은 사기충천했지만, 그러나 멈출 줄 모르는 겨울비로 인하여 더 이상의 전과는 올리지 못했다. 특히 우금티를 품고 있는 견준산과 두리봉 전체가 자욱한 안개로 둘러싸여 농민군의 작전 수행을 가로막고 있었다. 녹두는 좀 아쉬운 생각이 들었다.

'좀 더 밀어붙여야 하는데……'

'김개남은 결국 오지 않겠지……'

자신에게 여전히 김개남에 대한 미련이 남아 있다는 생각이 들자, 다시 가슴 통증이 몰려왔다. 그런데 밤이 깊었는데 마리가 보이지 않았다.

박제순은 이날 진압군 총지휘관으로서 농민군의 숫자에 기가 눌려 하루 종일 전전긍긍하면서, 관군 배치와 통제는 물론 일본군과의 연계작전을 제대로 수행하지 못했다. 일본군은 겁에 질려 전세파악을 제대로 하지도 못하고 정확한 작전지시를 하지 못하는 박제순에 대하여 계속 불만을 터뜨렸다.

특히 며칠 전 급히 전투에 합류한 모리오 대위는 박제순 감사의 전세파악이나 작전지시가 엉터리라며 전투 중에도 그와 사사건건 부닥쳤다. 박제순이 능티 쪽의 군대보강을 지시하고 있지만 모리오는 우금티 쪽이 더 중요하다고 반대했다. 그리고 박제순은 계속 공주감영 주변에 방어선을 치도록 했지만, 모리오는 감영자체보다는 3개의 전선을 넓게 보면서 방어선을 치면서 군대를 유동적으로 움직여야 한다고 주장했다. 모리오가 욕을 하며 드세게 따지고 들자 박제순과 부관들은 어쩔 줄을 몰라 쩔쩔매며 몸만 굽실거리고 있었다.

모리오 대위는 우금티를 중심으로 가장 높은 견준봉에는 경리청 백낙원군을 주둔시키면서, 그 바로 맞은편 뱁새울 앞산의 봉우리에 모리오대위가 이끄는 일본군을 전진 배치하고 모든 작전 지휘를 그가 맡도록 했다.

모리오는 박제순의 작전 지휘권을 빼앗은 뒤 박제순과 부관들을 함부로 대하고 조선 병사들을 짐 나르는 소 다루듯 거칠게 대했다. 모리오는 북큐우슈우 지방에서 소를 치던 농부로서 후방전력으로 조선에 차출된 예비군이었다.

첫날 공주 삼면 포위작전을 완료한 녹두는 일본군들이 가까이 지키고 있던 주미산 자락의 오곡동 막골까지 밀고 들어와서 첫밤을 보냈다. 우금티의 턱밑까지 농민군을 직접 인솔하여 유진하면서, 고개에 출몰하는 일본 강도떼들을 모두 소탕하는 꿈을 꾸었다. 김개남이 농민군 수만을 인솔하고 함께 전투에 참여하는 기분 좋은 꿈이었다. 그러나 가슴 통증은 여전히 녹두의 몸 전체를 짓누르고 있었다. 마리는 날이 새도록 보이지 않았다.

농민군은 전날의 기세를 몰아 9일(양력 12월 5일)에는 효포로부터 능티와 우금티 일대의 일본군과 관군 진지를 향해 삼면을 포위하며 일제히 총공격을 감행하였다. 이날의 전투는 동학농민혁명군이 치른 모든 전투 가운데 가장 치열한 격전이 벌어진 하루였다. 농민군들은, 이제 공주만 함락시키면 그동안 부르짖던 '구병입경 권귀진멸'(驅兵入京 權貴盡滅) 즉, 군대를 몰아 서울로 진격하여 권신귀족과 탐관오리를 모두 없애고 농민들의 염원대로 새로운 정치를 실현할 수 있다는 희망에 잔뜩 부풀어 있었다.

그러나 어젯밤에 이어 아침에도 마리의 모습은 보이지 않았다. 대장들도 아는 자가 없었다. 그렇다고 전쟁 중에 이 문제를 공론화시킬 수도 없었다. 녹두는 전투를 지휘하면서도 불안감을 떨쳐버릴 수가 없었다.

녹두는 먼저 능티를 주요 돌격목표인 것처럼 꾸미기 위해 효포에서 먼저 전투를 벌이게 하였고, 그리고 주력부대로 하여금 우금티의 성하영군을 즉시 공격하게 하였다. 우금티를 공격하는 농민군의 기세는 하늘을 찔렀다. 수만 명의 농민군이 길과 산봉우리를 완전히 장악하고 계속해서 동쪽과 서쪽에서 서로 번갈아가며 함성을 지르고 또 깃발을 흔들고 북을 치면서, 골짜기에서 들어갔다 나왔다 반복하며 관군과 일본군의 혼을 빼놓았다. 그것은 황토재를 공격할 때 김개남과 함께 짜릿하게 성공했던 작전이었다.

그러나 일본군 연합부대는 녹두의 작전에 쉽게 말려들지 않았다. 모리오 대위는 농민군이 효포와 능티 쪽에서 곧 전투를 시작하며 공격해 오는 시늉을 하고는 있지만, 실상 작전 의도가 언제나 우금티 쪽에 있음을 간파하고 있었다. 녹두 역시 관군과 일본군이 눈치를 채고 우금티를 이중삼중으로 방어막을 치고 지키고 있다는 사실을 알고, 공격 방향을 다시 두리봉 앞쪽으로 바꾸었다.

두리봉(정주봉)은 우금티 공격 때 농민군의 최전방 지휘소역할을 하는 곳이었다. 그 두리봉의 농민군과 직선거리 1km도 안 되는 맞은편에 있는 견준산의 일본군 사이에서 치열한 총격전이 계속 벌어졌다. 이방언과 임기준 그리고 이유상 부대가 우금티를 지키고 있던 백낙원군과 성하영군을 집중 공격하여 거의 괴멸직전에 이르렀다. 특히 임기준과 이유상이 우금티의 일본 강도떼를 모조리 잡아내자며 총공세를 퍼부었던 것이다. 이방언 대장이 신이 나서 외쳤다.

"자, 흉악한 일본 강도떼뿐만 아니라, 그들 몸에 붙어사는 빈대도 모조리 진멸시킵시다!"

"빈대를 모두 잡아냅시다!"

"빈대를 잡으려면 연기를 피워야지요!"

그러자 농민군들이 배꼽을 잡고 웃으며 솔잎을 태워 연기를 피우기 시작했다. 연기가 골짜기를 따라 고개 마루를 향해 자욱하게 퍼져가자, 경군들이 기침을 하며 양쪽 언덕을 넘어 도망쳐갔다.

사태가 심상치 않자 뱁새울 앞산 봉우리에 주둔하고 있던 일본군 모리오 부대가 긴급 지원에 나섰다. 모리오는 관군들 사이사이에 최신 캐트링 기관포를 십여 곳에 배치하고, 아래쪽 농민군들에게 무차별 사격을 시작했다. 일본군의 소나기 같은 기관포 사격에도 불구하고 우금티를 오르려는 주력부대의 기세는 전혀 꺾이지 않았다.

그러나 그렇게 높지 않은 고개의 마지막 고비를 넘기지 못하고 농민군들은 번번이 물러나기를 반복했다. 고갯마루의 하늘 전체가 마치 총알 다발로 꽉 찬 것처럼 불을 뿜어냈다. 농민군들은 마지막 결정적인 순간을 뚫고 나갈 돌파력이 부족했다. 기관포를 제지시킬 방법이 없자 임기준 부대는 농민군들의 육탄저지 밖에 다른 수가 없다고 했다. 녹두는 김개남 부대를 생각했다. 두 사람이 만났을 때 초점 없던 그의 허무한 표정이 어른거렸다.

빗발치는 총탄과 포 사격 속에서도 동네 부녀자들이 밥을 해서 머리에 이고 또 노인들이 지게로 나르면서 산봉우리를 오르락내리락하며, 농민군들의 전투에 주민들이 대거 합세했다.

순간 우금티를 돌파하고 있던 농민군들 사이에 함성 소리가 들렸다. 산 아래쪽에서 웅성거리는 농민군들의 한 무리가 총을 쏘며 올라오고 있었다.

"김개남 부대가 왔다! 만세!"

"뭐야? 김개남이 왔어?"

"저 아래 쪽에 김개남 대장이 지금 올라오고 있대……."

"정말이야?"

"만세! 동학혁명군 만세!"

과연 아래쪽으로부터 한 부대의 농민군들이 급히 올라오고 있었다. 두 명의 대장들이 젊은 농민군들을 이끌고 총을 쏘며 진격해오는 모습이 점차 보이기 시작했다. 농민군은 일제히 환호하며 구호를 외쳤다.

"김개남 대장, 만세!"

"자, 이제 조금만 더 힘냅시다!"

"궁궁을을! 궁궁을을!"

산기슭에 동학군 구호와 함성이 크게 울려 퍼졌다. 그 농민군 부대는 금산을 거쳐 진잠에 올라온 김개남의 명령을 받고 급히 파견된 남원의 농민군들이었다. 그들의 출현 소식이 순간 전 농민군들에게 알려지고 전투의 분위기가 급격히 상승했다. 갑작스런 농민군 진영의 함성소리에 관군들의 사격이 다소 주춤했다. 그러나 기대했던 김개남이 끝내 나타나지 않자 농민군들의 실망하는 표정이 역력했다.

오전 9시부터 시작된 농민군의 총공격은 오후 3시까지 10분 단위로 40여 차례나 계속되었다. 고개를 향하여 밀고 밀리는 공방전이 계속 되었다. 녹두는 농민군 전체를 직접 지휘하면서 우금티 쪽으로 끈질기게 공격하며 돌파를 시도했다. 그러나 일본군과 관군은 산등성이와 고개위에 늘어서서 아래를 향해 일제히 사격을 하고 다시 몸을 산속으로 숨겼다. 농민군이 고개를 넘어오려고 하면 다시 또 산등성이에 올라가 일제히 아래로 사격을 가해왔다. 고개 기슭에는 이미 농민군의 시신이 산더미처럼 쌓이기 시작했다.

최종 방어선을 뚫기 위해 농민군은 한 방향을 집중 공격해 정상을 향해 올라가면서, 드디어 우금티 고갯마루 전방 150m 앞까지 접근했다. 그러나 일본군 연합부대 역시 혼신의 힘을 다하여 농민군의 돌격을 저지했다. 포탄과 총탄을 소나기 퍼붓듯 집중적으로 쏟아부어, 농민군은 더 이상 전진하지 못하고 주춤했다. 젊은 패기의 김개남 부대원들도 최신무기 앞에서는 속수무책이었다. 그들은 고개 양쪽에 바짝 달라붙어 나오려고 하지 않았다. 일본군의 기관포와 스나이더 소총이 뿜어내는 화력은 실로 막강하여, 이미 농민군들의 시체가 쌓여 산기슭에 가득하고 고랑마다 피가 냇물처럼 흘렀다. 우금티와 견준산 사이의 부여 쪽 산자락에서 벌어진 이날의 전투는 가장 처절하여 농민군이 두 겹 세 겹 밑에 깔린 동료의 시신을 밟고 전투를 하는 상황이었다.

녹두는 급격하게 기운 전황을 보면서, 모든 지역의 농민군 대장들에게 우금티로의 총공격을 명령했다. 녹두는 김개남을 생각했다. 언제나 불의를 보면 참지 못하고 앞장섰던 김개남이, 우금티 어느 쪽에서 새 길을 뚫고 직접 농민군들을 인솔하며 당장 나타날 것만 같았다. 그러나 부질없는 희망이라는 사실을 녹두 자신이 잘 알고 있었다.

이날 승주골(봉정동), 은골, 방축골에서 우금티를 공격하던 수만 명의 농민군은 거의 몰살을 당했다고 할 만큼 엄청난 사상자를 냈다. 녹두는 땅을 쳤다. 다시 김개남이 그리웠다. 가슴 한 가운데에서 격렬한 통증이 몰려왔다. 여전히 마리는 모습을 드러내지 않고 있었다.

아침부터 매서운 칼바람이 불어 닥치던 11일, 농민군의 사기가 급격히 저하되었다. 총사령관인 녹두의 가슴통증이 몸을 움직일 수 없을 만큼, 그리고 전투를 지휘할 수 없을 만큼 크다는 소문이 진중에 나돌았다. 전투 중에 부상을 입었다는 소문도 있었다. 더욱이 마리가 전쟁 중에 김개남에게로 도망하여, 녹두가 화병이 났다는 소문도 나돌았다. 녹두는 온갖 상상을 다했다.

'혹시 마리가? 그래서 전혀 연락도 없었는데, 갑자기 김개남 부대원들이 이곳에 왔던 것일까?'

녹두는 지난 김개남과의 비밀회동 이후, 유별나게 말수가 적어지고 표정이 어두웠던 마리를 이상하게 생각하고 있었다.

'마리가 김개남의 요구를 알고 있었단 말인가! 만일 그래서 마리가 그에게 갔다면…….'

그러나 녹두는 그런 일은 있을 수 없다고 단정했다. 김개남을 도대체 이해할 수가 없었다. 주미산 능선으로 창백한 상현달이 얼굴을 슬그머니 내밀었다. 녹두는 눈물을 흘리며 넓은 하늘을 혼자 건너는 마리의 모습이 아른거리며 가슴통증이 더욱 심해졌다.

'마리의 성격에 자신이 어떤 이유로 김개남에게 가겠다고 말하고서 가지는 않겠지……. 정말 그에게 갔다면……. 김개남의 합류

를 설득하기 위해서였을까?'

녹두의 가슴에 가시뭉치가 돌아다니듯 심한 통증이 시간이 흐를수록 더욱 거세졌다.

농민군의 병력이 십만 명에서 수천 명만 남을 정도로 급감한 것만큼 사기도 눈에 띄게 저하되었다. 특히 강북 방향으로 이날 전투에 합류하기로 한 유구 최한규의 충경포 농민군 5천명이 관군에게 대패하면서, 녹두의 실망감이 이만저만이 아니었다.

그런데 이날 능티에 남아 싸우던 일부 농민군이 생포되거나 추위와 두려움을 이기지 못하고 집단 이탈하면서, 농민군의 모든 전략이 그대로 노출되고 말았다. 전투의 경험이 없던 농민군들은 관군과 일본군의 회유와 협박에 쉽게 배신자가 되었다.

모든 희망이 사라지고 작전마저 모두 적에게 노출되었다고 판단한 녹두는 눈을 감고 전 농민군의 후퇴를 고민할 수밖에 없었다.

그런 상황 속에 능티에서 싸우던 관군이 생포한 농민군의 복장으로 위장하고 수건으로 머리를 싸맨 채 기어 올라와, 일시에 농민군을 사격하며 추격하는 사태가 벌어졌다. 농민군은 그들을 동료로 착각하여 전혀 의심하지 못하였다. 순식간에 코앞까지 다가와 집중 사격을 가해오자, 농민군은 놀래서 진지를 버리고 모두 흩어져버렸고, 대포와 납탄 수만 발을 빼앗겼다. 전세가 크게 기울었다. 농민군의 사기는 완전히 바닥으로 떨어졌다. 마리에 대한 그의 신뢰감도 크게 떨어져, 온갖 의심과 불길한 생각이 독버섯처럼 그의 마음에 번져갔다.

'어떻게 나에게 이럴 수가 있나! 농민군 지원을 미끼로 김개남에게 넘어간 것인가!'

'아니야. 설사 그녀가 김개남에게 돌아섰다 할지라도, 빛나는 순간들을 나와 함께 공유했다는 것만으로도 의미는 충분하지 않는가! 그래……'

녹두는 살아남은 농민군 수백 명을 인솔하여 노성으로 퇴각하기 시작했다. 그러나 마리에 대한 생사여부를 전혀 모르는 상태에서 후퇴하는 녹두의 마음은 한없이 착잡했다.

눈발이 간간이 흩날리는 가운데 쫓겨 가는 농민군의 후퇴는 황망하기 짝이 없었다. 녹두의 가슴이 다시 찢어질 듯한 통증으로 압박해왔다. 가슴통증이 강도를 더해가면서 녹두는 가마니에 덮혀 피투성이로 누워있는 아버지의 시신이 떠올랐다. 그리고 회담장소를 마지막 나오면서 마주쳤던 김개남의 묘한 미소가 마리의 얼굴 위에 오버랩 되었다.

녹두는 미친 듯이 머리를 흔들었다. 순간, 자신과 농민군이 결국은 최신 무기와 노련한 전술을 앞세운 일본군과 관군, 그리고 김개남과 마리의 연합 방어선에 속수무책으로 무너지고 말았던 것이었나, 하는 의구심과 자책으로 가슴이 쥐어짜는 듯한 통증으로 압박해왔다.

'도대체 마리는 어디에 있는 것인가!'

'나는 결국 이렇게 이용당하고 버림받은 남자였던가! 김개남이 최후의 승리자인가!'

농민군은 4일 간에 걸친 2차 접전에서 처절하게 무너졌다. 녹두는 퇴각하면서 속으로 울고 또 울었다. 그리고 자신에게 묻고 또 물었다.

'어디에서부터, 무엇이 잘못된 것이었나?'

'공주, 북접, 마리, 김개남…….이들은 결국 내가 풀지 못한 사중(四重) 수수께끼인가!'

녹두는 농민혁명이라는 대의를 위해 과연 최선을 다했는지를 끊임없이 질문했다. 그리고 자신의 정당한 명분을 찾아 끊임없이 묻고 또 물었다.

'우리의 적이 너무 강했다! 애당초 공주전투는 경리청군, 장위영군, 통위영군, 여기에 교도중대에 이르기까지, 조선왕조의 최정예부대가 투입되었고, 게다가 관군을 몇 배 능가하는 최신무기와 최신전술로 단련된 일본군 19대대도 투입되었다!'

'이들을 대상으로 농민군은 겨우 몇 대의 대포와 수동식 소총 그리고 대부분 죽창으로 무장하고, 지난 10월 23일부터 2차에 걸쳐 무려 7일이상의 역사적인 대접전을 치렀다!'

녹두는 이미 중국대륙을 전부 집어삼켰다고 자신만만한 일본에게 조선이나 농민군의 저항은 '뒷골목 수준'의 장난감 놀이였을 것이라고 생각했다. 그리고 전쟁, 마리, 김개남 그 모두를 잃어버린 자신의 어설픈 처신이 뒷골목 수준의 병정놀이였던가, 라는 자괴감 마저 들었다.

우금티는 자신을 열어주지 않았다. 아니, 민중을 소처럼 '간단히 처리해버린' 대수롭지 않은 도축장이었다.

녹두는 고개를 넘지 못한 소처럼, 검은 달을 보며 목을 놓아 울었다.

18

하늘 전체로 솟아오른 검은 달.

자애롭고 부드러운 여신은 오늘밤 검은 달 '헤카테'가 되어 가장 무서운 얼굴로 자신의 여신도 마리를 향해 정면으로 돌진하며, 태초의 원시림에서 발원한 투박하고 소름끼치는 음표들을 각혈하듯 토해내고 있다.

아무것도 볼 수 없는 정지된 시간, 마리는 목이 눌려 울 수조차 없는 소처럼 안절부절 못하고 있다.

사람들은 물론 자신에게도 다가갈 수 없는 우울과 짜증으로, 잠시도 묵상할 수 없는 불안과 초조로, 태초부터 존재한 슬픔과 긴장으로, 마리는 하늘과 바람과 나무와 풀 사이에서 허우적거리며 검은 달이 쏟아내는 불협화음을 더듬고 있다.

마리의 머리에 연결된 모든 지체들이 엇박자 선율로 뒤엉키거나 따로 분리된 것처럼 헤카테가 연주하는 음악을 따라 불규칙하게 흔들리며, 밤하늘을 향해 제각각 뛰쳐나가듯 알 수 없는 신음소리로 울부짖는다.

아랫배로부터 묵직하게 올라온 저음이 골반을 뒤흔들고 무릎의 관절을 난도질하며, 수시로 팔과 어깨와 허리를 온통 바늘로 찌르는 시끄러운 고음이 온 몸을 강타한다. 머릿속을 쑤시고 다니는 여신의 비웃는 듯 음산한 웃음소리는 손과 발을 마비시킨다.

마리의 존재자체는 영혼이 빠져나간 악마로 변신하였다. 모든 것은 숨을 멈추고 일시에 금기가 되어 버린다. 마리의 소리 없는 비명과 헤카테의 날카로운 선율이 금산의 천태산을 삼킨다.

'나는 얼마나 오랫동안 이렇게 악마에 사로잡혀있을 것인가.'

그때 천둥 같은 소리로 헤카테가 외쳤다.

'마리, 네가 아이를 잉태할 수 있는 기간 동안 너는 항상 그러하다. 죽음이 네 몸을 지배할 것이다. 그래서 나는 너에게 여자의 일을 부수러 왔다.'

'왜 나를 여자가 되게 했나?'

'너는 아이를 가질 수 있는 여자이나, 지금은 네가 여자가 아니다.'

'왜 여자가 아이를 가져야 하나?'

'여자만이 신의 일을 할 수 있기 때문이다. 그러나 지금은 네가 여자가 아니다.'

'여자가 아니면 무엇인가?'

'너는 여자 같지 않은, 남자 같은, 여자 아닌 여자로 살았다. 그러나 여자가 아닐 때, 너 자신으로 돌아가라.'

'그렇다면 내가 지금 아이를 갖지 않는 것이 잘한 것인가?'

'네 몸에서 울려 퍼지는 네 자신의 소리를 들어라. 너는 내가 찾아올 때마다 자신을 만나고, 너의 소리를 들어야 할 것이다.'

마리는 헤카테에게 언제 이 고통이 끝날 것인가를 물었다.

'마리, 네가 스스로 두 발로 서서 남자들이 씌운 성적 수치를 짓밟을 때, 그 때 알려질 것이다. 네가 남자도 여자도 아닌 네 자신이될 때, 네 안에서 남자와 여자가 하나가 되고, 네가 남자나 여자가 아닌 남자여자가 될 때에, 네 눈으로 네 자신을 볼 수 있을 때에 그렇게 될 것이다.'

'그런데 당신이 나를 부르실 때마다, 나는 너무 고통스럽다.'

'네가 고통을 느끼지 않으면, 결코 나를 반겨주지 않을 것이다. 네가 고통이 없어지면, 너는 항상 네 몸에서 통곡하는 너 자신의 소리를 결코 듣지 않을 것이다.'

'너무 심한 이 고통 때문에, 남자들은 나를 악마라고 부른다.'

'악마가 주는 고통의 순간 너는 남자를 만날 수 없다. 너는 오직너 자신으로 들어가기 위해 절대적으로 고립되어야 한다. 악마가 있다면, 그것은 극심한 고통에도 불구하고 네 자신의 울부짖음을 듣지못하는 바로 너 자신이다.'

마리는 헤카테의 음성을 듣고 검은 달을 향하여 늑대처럼 울부짖었다. 고통이 출렁일 때마다 마리의 신음소리가 터져 나왔다. 가슴 저 밑바닥에서 결코 성취되지 못한 태초의 욕망들이 꿈틀거렸다.

'으~~으~~!'

남자들은 마리를 악마라고 불렀다. 헤카테를 닮아 칠흑같이 검어진 얼굴, 무저갱처럼 깊어진 눈동자에 번뜩이는 광기, 수십 년간 오물통에서 피가 썩은 듯한 비릿한 냄새, 유황불구덩이에서 살이 타는 듯한 비명소리…….헤카테는 마리의 눈물과 고통 속에서 언제나 축제의 춤을 추었다.

마리는 자신의 두발로 서서 오직 자신의 몸에서 울려 퍼지는 소리를 따라 움직였다. 그것은 동학에 입도한 이후 시작된 삶이었다. 마리는 고통이 반복될 때마다 다짐했다.

'내가 다시는 세속적인 아이를 낳지 않을 것이다.'

헤카테가 다시 말했다.

'마리, 너는 남자의 여자가 아니다. 너는 오직 불멸의 여신 헤카테의 딸이다.'

'헤카테의 딸로서 나는 어떻게 불멸을 획득하게 되는가?'

'마리, 네 자신이 남자도 여자도 아닌 자가 될 때, 아니 네 안에 동시에 존재하는 남자와 여자를 발견하고, 네 자신이 남자와 여자임을 보게 될 때, 너는 전통과 노예의 사슬에서 풀려나 불멸의 존재임을 깨닫게 될 것이다!'

그 말이 실재가 되는 순간, 마리의 두 눈동자를 덮고 있던 비늘이 벗겨졌다. 마리는 헤카테의 딸로 해방되었다. 마리는 자신의 몸에서 터져 나오는 음성을 들었다.

'나는 내 안에서 불꽃이 활활 타오를 때, 내 자신의 모습으로 우뚝 설 것이다!'

머리를 앞으로 내밀어 남자들의 문명을 감독하고 그들의 한 가운데를 질주하면서, 마리는 문명의 타락을 일깨우는 지혜가 되었다.

'마리, 너는 더 이상 전통사회가 만든 관습이나 합리화의 베일에 싸이지 않도록 해야 한다.'

마리는 오늘 처음 존재한 신처럼 새롭게 보고 말하고 행동했다.

마리는 검은 달, 헤카테의 불협화음을 따라, 온 몸을 뒤 흔드는 지진 같은 고통 속에서도, 고요히 자신을 주시하며 자신의 목소리를 따라 자신의 음악을 연주한다. 마리는 자신에게 돌아감으로써 세계와 남자들을 동요시키는 모든 혼란을 정확히 이해하게 되었다.

'나는 오직 내 안에 있는 의식의 환한 등불을 따라 살아가는 여신이다.'

'나는 당신이 나를 방문할 때마다, 내 자신에게 통제를 가하던 일들을 포기하고, 혼란스럽고 예기치 않았던 나의 생각들이 내 몸과 영혼을 지배하도록 내버려 둘 것이다. 검은 바다에 잠겨있던 내 오딧세우스의 욕망이 살아나게 할 것이다.'

'마리, 너는 비로소 너 자신으로 살아있는 생명이다. 너는 온전

한 인간이다. 마리, 너는 노예가 아니니 더 이상 무릎을 꿇지 마라!'

마리는 두 발로 일어서서 온 우주를 향하여 큰 소리로 외쳤다.

'나는 나의 시작이며 끝이다

나는 영원히 살아 있는 생명이며 매 순간 사라지는 자다

나는 경외를 받는 자이면서 동시에 멸시받는 자다

나는 창녀이자 동시에 성녀다

나는 아내이자 동시에 영원한 처녀다

나는 불임이자 동시에 수많은 자녀들을 두었다

나는 여자이면서 남자다

나는 불가해한 침묵이다

나는 당당히 나의 이름을 말하는 자다.'

마리는 검은 달이 되어 천태산을 내려와 자신의 침실로 돌아갔다.

녹두는 펄쩍 뛰었다.

물론 그럴 수밖에 없었을 것이라고 생각했지만, 도무지 이해할 수 없는 행동이라고 화를 냈다. 그의 섭섭함은 이미 분노로 치닫고 있었다.

"저도 김개남 대장이 직접 농민군들을 인솔하고 오리라고는 생각하지 않았어요."

마리는 녹두가 머리끝까지 화가 났다는 사실을 알면서도, 지난 사흘간 벌어진 일들을 설명하면서 김개남과의 개인적인 만남에 대

하여는 굳이 말하지 않았다.

녹두 역시 모든 것이 궁금했지만 묻고 싶지 않았다. 무엇을 어떻게 묻고 따져야할지 도무지 생각이 나지 않았다. 너무나 궁금하고 답답해서 던진 질문이 오히려 자신의 궁금증과 답답함을 너무 보잘 것없는 사소한 것으로 치부될 것 같은 조바심 때문이었다.

그러나 그렇게 먼 길을 아무 탈 없이 돌아온 것이 천만다행이라는 생각이 들기도 했다. 물론 한 마디 상의도 없이 도망가듯 떠나간 것에 대하여 녹두는 깊은 상처를 입은 사람처럼 여전히 어두운 얼굴을 하고 있었다.

"지난 비밀 회동 때 김개남 대장이 어떤 요구를 했을지는 충분히 짐작하고 있었어요."

노성의 소토산을 내려다보고 있는 붉은 달을 바라보면서, 녹두는 전투 중에 올려다보았던 주미산의 희미한 달을 생각했다. 그 조각달은 너무나 외롭고 쓸쓸한 달이었다. 그 무엇으로도 채울 수 없는 허전함과 아쉬움이 가득했던 달이었다.

마리가 혼자서 김개남을 찾아가 만난 이유에 대하여 녹두는 굳이 물을 필요가 없다고 생각했다. 자신이 아는 것을 이미 마리도 알고 있었고, 마리가 모르는 것은 자신도 모르는 것이었다. 마리 역시 그렇게 느끼고 있을 것이라는 점을 녹두는 의심하지 않았다. 그러나 마리의 단독행동에 자기가 없었다는 점은 분명했다.

무엇보다 우금티 전투가 끝나기 한참 전부터 사실상 녹두는 김개남 부대 전체가 합류하더라도 전투 결과가 지금보다 크게 달라지지 않을 거라고 생각하고 있었다. 마리는 김개남 설득이 전쟁 승리의 관건이라고 말했지만, 사실상 그녀 자신도 일본군이 현대식 훈련과 최신 무기로 이미 중국대륙을 엄청나게 헤집어놓았다는 사실을 잘 알고 있었다. 물론 우금티 전투에 대해서도 예외는 아니었다.

"김개남 대장의 요구를 받아들인다면, 김 대장이 본인의 생각을 바꿀 것이라고 생각하신 것은 아니잖습니까?"

녹두는 자신의 섭섭함을 우회적으로 드러냈다. 그러나 마리는 녹두를 위로하지 않았다.

"어차피 우리가 같은 목적을 가지고 혁명을 하는 이상, 설득을 위한 만남은 피할 수 없어요. 1차 전투가 끝났을 때 저는 그 필요성을 절감했어요. 마지막까지 설득해보아야지요."

녹두는 마리의 입에서 '만남'이라는 말이 튀어나오자 눈을 동그랗게 뜨고 쳐다보았다.

"특히 공주 상황이 위급하다는 점을 알리고, 주제넘지만, 이제라도 김개남 장군이 같은 목적을 가졌다면 공주 싸움에 합류해줄 것을 간곡히 부탁했어요. 저의 부탁을 통해 그분에게 마지막 명분을 드렸던 것이지요. 제가 두 분을 도울 수 있는 일이 그것뿐이었어요……. 그러자 김 대장은 자신도 분명 같은 목적을 가졌다고 대답했어요. 그래서 공주에 대장 두 분과 남원 농민군 오십 명을 보냈더군요."

녹두는 여전히 '같은 목적'이나 '김개남 장군'이라는 말에 신경이

거슬렸다.

"생색내기였습니다. 그나마 마리를 배려한다는 명분으로……."

"그분을 그렇게 생각하지 마세요. 저보다는 당신을 배려한다는 명분이 아니었을까요?"

마리는 녹두가 여전히 김개남을 상당히 의식하고 있음을 발견했다.

"조건 없이 그렇게 보내지는 않았을 텐데……."

녹두는 차마 해서는 안 될 말이라고 생각하면서도, 엉겁결에 툭, 하고 말이 쏟아져 나왔다. 마리는 묵묵히 소처럼 붉은 눈물을 흘리며 떨고 있는 조각달을 바라보았다.

"너무 큰 부담을 드려 죄송하고 또 감사합니다. 제가 무슨 말을 하겠습니까?"

마리는 김개남을 만났던 그 불편한 순간을 생각했다.

"마리가 나에게 돌아오면 공주전투를 돕겠습니다. 아니 녹두를 돕겠습니다!"

그러나 마리는 불필요한 오해를 주지 않기 위해 처음부터 단호하게 거절했다.

"저와의 개인적인 관계는 전주에서 이미 정리되었다고 생각해요."

"그럼 여성 혼자의 몸으로 구태여 여기까지 찾아온 이유가 무엇입니까?"

"저는 김 대장님의 인격과 성품을 믿고 온 거예요."

김개남은 잠시 마리를 바라보며 머리를 절래 절래 흔들다가 다시 새로운 조건을 말했다.

"잘 알겠습니다. 그렇다면 좋습니다……. 한 달간만 여기에 머물겠다고 약속해주시면, 합류를 생각해보겠습니다."

"그럴 수 없어요!"

마리는 다시 단호하게 거절했다. 그러자 김개남은 마리가 왜 금산까지 그 먼 길을 내려왔는지 이유를 알 수 없다는 눈치였다.

"제가 사랑했던 그 김개남 장군을 다시 확인해보고 싶어요! 이 계집의 몸을 다시 안고 싶어서 이렇게 온통 대의를 혼동하고 계신 건가요? 새로운 세상을 열어갈 꿈을 꾸던 그 김개남 장군이 도대체 어디로 가셨나요?"

마리의 목소리가 점점 커지기 시작했다.

"지금 이 마당에 청주가 말이 되나요? 도대체 정신이 있으신 건가요? 물론 처음에는 제가 앞장서서 공주보다는 청주 방향 북진을 요청했지만, 지금은 녹두장군의 선택이 아니라 농민군 전체가 공주를 택한 것이잖아요? 좀 마음에 들지 않더라도 그렇지요, 그렇게 속 좁게 계속 어깃장을 놓아야겠어요?

저 때문에 오기로 청주를 더 집착하고 계시다는 사실을 잘 알고 있어요. 도대체 제가 사랑하던 그 당당하고 정의롭던 김개남 대장은 어디 가셨나요!"

마리는 불같이 흥분하며 김개남을 추궁했다. 잠잠히 듣고만 있던 김개남은 체념하듯 기어들어가는 목소리로 다시 간청했다.

"그러면 며칠이라도 좋습니다. 그렇게라도 명분을 주시면 공주를 돕겠습니다."

마리는 지금 한창 전쟁 중인데 며칠도 너무 길다고 다시 거절했다.

"하루만 머물다가 돌아가겠어요."

그러나 마리는 가슴에서 터져 나오는 울음을 억지로 참았다.

'김 대장님, 그렇게 인품이 넓고 강직하시던 분이 자신을 완전히 태워버릴 정도로 그렇게 나를 뜨겁게 사랑하셨나요…….'

김개남은 아무 말이 없었다. 마리는 울음을 참고 냉정하게 말했다.

"저도 김 대장님을 여전히 사랑하고 존경해요. 그러나 지금은 우리의 가는 길이 달라요. 사랑은 거래행위가 아니잖아요? 내가 김 대장님에게 돌아간다 해도, 몸만 있지 이미 영혼이 없다는 것을 잘 아시잖아요? 영혼 없는 사랑이 무슨 의미가 있을까요?"

김개남은 거래행위, 영혼이 없는 사랑이라는 말에 다소 충격을 받은 듯 보였다. 그러나 마리는 남원시절을 상기시키며 다시 그의 결단을 촉구했다.

"내가 김 대장님을 찾아온 것은, 남원에서 보여주셨던 그 순수하고 열정적인 김개남이라는 사람을 여전히 믿고 있기 때문이에요. 사랑은 상대에게 묻지 않고 또 대가를 기대하지 않아요. 사랑은 자신을 던짐으로써 스스로 행복하고 자유를 누릴 수 있기 때문이에요. 그것은 바로 김 대장님이 그동안 제가 주체할 수 없을 정도로 고백하며 약속한 말씀들이었어요. 그 사랑의 아름다운 추억은 영원한 것이 아닌가요! 결코 변할 수 없어요! 제가 없다면 그 진실한 고백과 약속도 휴지조각인가요!"

김개남 역시 마리의 두 눈을 제대로 바라보지 못했다. 마리는 차마 그의 얼굴을 다시 바라보지 못하고 밖으로 뛰어 나왔다. 그리고 자신에게 찾아온 검은 달 헤카테를 고통스럽게 맞이했다.

녹두는 눈물을 글썽이며 마리의 손을 잡았다.

"이방언 대장이 사람을 하나 붙여주셨어요. 그리고 이인역에서 말 한필을 얻어 생각보다 어렵지 않게 다녀왔어요. 당신이 걱정되어 지체할 수도 없었구요.

우리 모두 최선을 다한 전쟁이니, 너무 걱정 마세요. 그 결과는 당신이 아니라 우리 모두의 몫이에요……. 그러나 지금부터 당신의 진정한 전쟁이 시작될 거예요. 그러나 어떤 상황에서도 오직 사랑의 힘만 믿고 전진하세요."

희미한 달무리의 작은 입김이 솜털처럼 포근해 보였다. 녹두는 며칠 동안 가슴을 짓누르던 통증이 씻은 듯이 사라졌다. 그러나 새로운 전쟁이 곧 시작된다는 마리의 말에 녹두는 다시 가슴이 철렁했다. 바로 그것이야말로 정작 자신이 걱정하는 부분이었기 때문이다.

붉은 달을 바라보는 소토산이 침실로 들어가려고 무거운 몸을 뒤척이는 소처럼 눈을 비비고 있었다.

19

원평까지 쫓기며 내려왔다.

진압군의 추격을 뿌리치며 남하하는 녹두의 직속부대는 비록 소수밖에 남지 않았지만 끝까지 항전했다. 그럼에도 불구하고 서울까지 진격하자며 하늘을 찌를 듯하던 농민군의 강한 의기는, 어느 순간 쥐구멍이라도 찾아 숨기에 바쁜 도망자의 서글픔으로 돌변했다.

대장들은 이제 농민군이 의탁할 수 있는 곳도 많지 않다고 한숨을 내쉬고 있었다. 자신들 스스로도 기강이 많이 해이해지고, 어느덧 종착역에 도착하여 내릴 준비를 하고 있는 승객처럼 서서히 파장을 내다보고 있었다.

녹두는 계속 밀리면서도 마지막 순간까지 최선을 다 할 것을 당부했다. 담담하게 전투를 지휘하며 결코 흔들리는 모습을 보이지 않았다. 그러나 미친 사냥개처럼 거품을 입에 물고 날뛰는 이두황군과 일본군 추격부대는 농민군이 지나간 흔적이 있는 곳마다 무차별적으로 주민들을 살육하고 동네를 불태워버렸다.

한동안 아무 말이 없었다. 그러나 식사를 끝낸 농민군들 사이에서 탄식의 소리가 여기저기 터져 나왔다.

"아, 조금만 더 했으면 넘을 수 있었는데……."

"내가 그 고개를 넘었어야 했는데 너무 아쉽지라우!"

대장들은 아쉬움과 분노와 탄식, 그리고 자조와 눈물로 말을 제대로 잇지 못했다.

"논과 밭, 골짜기마다 피투성이로 쓰러진 우리 동료들의 한을……."

"저 왜놈들과 무지랭이 정부 놈들이 어찌 이 피 값을 다 값을 수 있겠소!"

"이번이 끝이 아니지라!'

원평으로 내려온 날 달빛이 유난히 밝은 저녁, 녹두를 비롯한 몇 명 남지 않은 농민군 지도부는 한 자리에 모여 향후 진로를 고민하고 있었다. 그러자 손병희가 농민군이 먼저 패전하게 된 원인을 거론하면서, 무력혁명이 성공할 만큼 하늘의 때가 충분히 무르익지 못했고 조선 백성들이 여전히 준비되지 못했다고 지적했다.

"농민군이 숫자상으로는 어느 정도 구색을 갖추었지만 근본적으로 일본군 연합부대를 상대할만한 전력이 되지 못했습니다!"

그러면서 손병희는 무엇보다 강력한 힘을 가졌던 김개남 부대를 참여시키지 못한 것이 큰 손실이었다며 김개남을 끝까지 설득하지 못한 녹두의 책임을 은근히 추궁했다. 이방언을 비롯한 남접 대장들은 눈을 부라리면서도 아무 말도 하지 않았다.

북접 대장들 가운데 도망가지 않았거나 마지막까지 유일하게 생존한 손천민은 여전히 때가 무르익지 않았다는 손병희의 지적에 더하여, 사회지도층의 철저한 무관심과 냉대로 결국 동학농민군에 대한 사회 전반적인 지지를 이끌어내는 데 실패했다고 말했다. 비록 지도부가 수차례에 걸쳐 재야 유생들과 전, 현직 관리들에게 반일연합전선을 이룩하여 싸울 것을 제안했지만 결국 성공하지 못한 것이 문제였다고 지적했다. 특히 전라감사 김학진, 공주유생 이유상, 전 여산부사 김원식 등의 합류와 지원을 이끌어내긴 했지만, 충청감사 박제순을 위시한 대부분의 현직 관리들이나 재야 유생들의 동조를 더 이상 이끌어 내지 못한 것이 실패의 원인이라고 했다.

전쟁 실패에 대한 책임론이 불거지자 임기준을 비롯한 충청지역 대장들은 농민군 병력 자체의 문제보다는 일본군 연합부대가 사용한 전보(電報)를 농민군이 전혀 활용하지 못했다는 점을 지적했다. 이미 노성에는 전보국이 들어와 있었던 것이다. 호남에서도 이미 무기는 열악했지만 승전했는데, 호남에서와 달리 공주전투는 여러 전선을 동시에 움직이면서 전선의 정보파악과 대응에 항상 밀렸다는 것이다. 특히 모리오 대위가 연합부대를 지휘하면서 일본군은 현대적인 군사작전을 펼치며 농민군에 관한 모든 정보를 이미 손바닥 들여다보듯이 정확하게 파악하고 대응했는데, 그 때부터 전세가 급격히 기울었다고 보았다. 대장들은 모두 수긍하는 눈치였다.

녹두는 대장들의 다양한 의견을 대부분 인정했다. 듣고만 있던 마리는 조심스럽게 자신의 의견을 내놓았다.

"여러분들께서 말씀하신 내용들은 모두 패배의 직, 간접 원인인 것이 사실이에요. 그러나 저는 우리 농민군혁명이 이곳 우금티 전투로 끝난 것이 아니라는 사실을 말씀드리고 싶어요. 그동안 우리 동학농민군이 보여준 혁명의 열기는 이미 온 조선을 충분히 뒤흔들었고, 아마 일본을 비롯한 세계 여러 나라들이 우리의 혁명의지를 충분히 주시했을 것이라고 생각해요.

지역의 전투에서 우리는 이기기도 하고 때로는 밀리기도 했어요. 그러나 우리 동학농민군의 혁명정신은 조선반도를 중심으로 장차 먼 미래 세대에 이르기까지 영원히 살아있는 불꽃으로 계속 타오를 거예요.

여러분, 언젠가 저에게 서교에 대하여 질문하셨지요? 서교의 문제가 무엇인지 아시나요? 예수는 자신의 십자가 죽음을 받아들임으로서 로마제국의 힘을 정복하여 무너뜨리고 승리했어요. 아니 죽음을 받아들임으로 그것을 허무한 웃음거리로 만들어버렸지요. 그런데 예수 이후의 서교는 본말이 전도되어 예수가 해체한 로마제국의 힘을 다시 종교의 핵심으로 사용한다는 데 있지요. 그래서 예수는 처형장에 끌려가면서 이렇게 탄식했어요.

'예루살렘의 딸들아! 나를 위해 울지 말고, 그대와 그대의 딸들을 위해 울어라!'

말씀드리자면 우리 농민군이 고귀한 피를 쏟은 우금티 전투는 바로 그러한 십자가예요. 우리 후손들을 위한 울음이었지요. 너무 상심하지 마세요."

녹두는 고개를 끄덕이며 마리의 넓은 안목과 지혜를 깊이 음미했다. 그러나 문득 그녀의 십자가 언급에 뼈가 있다고 생각했다. 마리는 녹두의 표정이 심각해지자, 녹두가 자신의 의도를 알아차렸다고 생각했다.

"저는 지난번 일본군의 경복궁 점령사건을 세밀하게 살펴본 적이 있어요. 그때 이미 저는 조선 땅에서 벌어질 엄청난 사건들을 직감했어요.

일본이 우리 동학농민군을 토벌하고, 또 청국으로부터 조선의 독립을 되찾아준다는 구실로 파병을 하면서, 이미 일본은 조선정벌 뿐만 아니라 청국에 대한 전쟁을 염두에 두고 각본에 따라 일을 이미 진행하고 있었어요. 그 첫 수순이 동학군 토벌이었는데, 일본은 이미 오래전부터 조선내부의 사정을 속속들이 정탐하여 알고 있었기 때문에, 조선 왕과 조정을 점령하는 것을 그렇게 어렵게 생각하지 않았어요.

그래서 단숨에 경복궁을 점령하여 청국과의 전쟁을 위한 명분과 실리를 모두 챙기면서도, 결코 동학농민군의 군사력에 대하여 크게 염려하지 않았지요. 이미 일본의 관심은 청국과의 전투에 있었고, 인천으로 들어오면서 이미 주력부대는 청국과의 전쟁을 위해 아산과 평양 쪽으로 배치했어요. 다만 예비전력만 농민군 토벌에 투입했던 거였어요.

물론 일본은 조정과 군대가 이미 썩을 대로 썩어서 그들의 힘만으로는 결코 농민군을 이겨낼 수 없을 것이라고 정확히 분석하고 있었지요. 그러나 그렇다고 동학 농민군이 일본군을 이길 수 있을 것이라고는 절대로 생각하지 않고 있었어요. 그만큼 일본군은 무기와 정보에 있어서 절대 우위를 자신하고 있었다는 말이겠지요.

저 역시 녹두장군을 따라 동학농민군의 전투가 벌어지는 전선에 계속 참여하고 있었지만, 우리의 혁명이 곧바로 일본을 몰아내리라고는 생각하지 않았어요. 제 말은 우리 동학농민혁명을 과소평가하려는 것이 아니라, 일본의 침략야욕이 그만큼 치밀하고 사전준비가 철저했다는 말이지요.

우리가 패배의 원인으로 여러 가지를 말했지만, 무엇보다 때는 언제나 우리 손 안에 놓여있다고 봐요. 우리는 할 수 있는 모든 것을 다했기 때문에, 결코 실패는 아니었다고 생각해요."

녹두는 대장들과 마리의 말을 들으면서 내심 곤혹스러웠다. 그러나 그들의 말은 이제까지 있었던 사실을 그대로 드러낸 진실이었고, 향후 동학농민혁명이 어떻게 끝나며 어떤 결과를 가져올 것인지, 그 명암을 예측하는 매우 냉정한 평가였다고 생각했다.

"모든 책임이 저에게 있는 것을 잘 알고 있습니다. 여러분들은 할 수 있는 최선을 다하셨고, 우리는 모두 힘을 다해 오직 조선민중과 의를 위해 싸웠습니다. 너무 감사하게 생각하고 있습니다. 저는 후회하거나 결과에 좌절하지 않습니다."

마리는 녹두의 말이 마치 법정에서의 최후진술처럼 느껴졌다. 녹두는 후회나 눈물이 아니라, 의연함과 당당함으로 대장들을 위로하며, 마지막까지 투쟁할 것을 당부했다.

"우리 모두는 한 몸이기 때문에, 어느 누구의 잘잘못을 가릴 수 없습니다. 우리 모두가 한 몸으로서 진행한 것입니다. 여러분의 모든 말씀을 저는 깊이 새겨듣겠습니다."

나뭇가지에 몸을 기대어 실눈을 뜨고 있던 달이 녹두를 위로하며 품고 있었다.

녹두의 등이 따뜻했다. 마리는 멀리 밤하늘을 바라보고 있는 그의 허리를 깊이 끌어안았다. 녹두는 마리의 깍지 낀 두 손을 어루만지며 그녀가 은연중 던진 말을 다시 생각했다.

'내가 설 곳은 십자가인가…….'

녹두는 비극으로 끝날지라도 승리라는 마리의 언급에 마음이 심란해졌다.

'이것이 내가 갈 길인가!'

마리는 녹두의 등에 뺨을 대고, 그의 가슴 밑바닥을 훑고나오는 거친 숨소리를 들었다. 그것은 달무리처럼 하얗게 번져가는 입김이 되어 허공으로 이내 사라졌다.

"달빛이 맑고 밝아요."

"좋은 말씀 감사합니다. 제가 진작 귀를 기울였어야 했습니다."

녹두는 자신의 속내를 드러내고 싶지 않았다. 그러나 마리는 그에게 수심이 가득한 이유를 알고 있었기에 손으로 그의 얼굴을 감싸면서 말했다.

"당신은 최선을 다했어요. 사람들과 함께 전투에서 이리저리 분주할 때도, 당신은 언제나 흔들리지 않았어요. 사실 진정한 전투는 미래가 아니라, 지금 이 순간, 내가 얼마나 행복한 존재인가를 알아차리는 싸움이지요. 당신은 부족하지 않아요."

녹두는 마리를 바라보는 자신의 시선이 떨리는 것을 느꼈다.

"조선 5백년 역사에 정말 우리 동학농민군처럼 민중들에게 이렇게 좋은 여건과 기회가 주어졌던 적이 있었는지 자문하게 됩니다. 그 기회를 행여나 제 욕심 때문에 망쳐버린 것은 아닌지 말입니다."

"사랑은 후회하지 않아요. 다만 아쉬움이 남지요. 당신은 사랑의 힘으로 충분히 싸웠어요. 진정한 혁명은 잠자던 민중이 살아난 것이 아니겠어요?"

"민중이 살아난다니요?"

"두고 보세요. 서교가 버린 예수의 십자가가 우리 동학 농민군의 행동으로 다시 살아났어요! 민중이 눈을 뜨고 무덤에서 걸어 나온 거예요. 살아나온 거라구요. 부활이란 말을 들어보셨지요?"

"수십만의 무고한 민중들이 죽었잖습니까?"

"민중은 죽지 않아요! 예수가 죽었지만 죽지 않은 것처럼, 민중은 결코 죽지 않아요. 다만 잠자고 있었을 뿐이어요. 수십만의 죽음으로, 수천만이, 아니 조선민중이 깨어났지요!"

'아, 나도 마리처럼, 동학을 통해 예수의 제자가 되어가는 것일까!'

마리는 하얀 달빛을 받으며 천사처럼 피어나는 온화한 얼굴로 녹두의 흔들리는 시선을 계속 다잡고 있었다. 녹두의 두 눈동자 속으로 맹렬하게 뛰어들듯이 마리는 남자의 영혼 깊숙이 들어가 그의 온몸을 뒤흔들었다.

"그래서 당신은 우금티로서, 아니 민중이 되어 십자가를 짊어지고, 예루살렘으로 가는 대신 갈릴리로 가기 시작했어요. 당신은 자신에게 주어진 몫을 최선을 다해 수행했어요. 지금 그대로 행복 자체예요, 전투 전이나 후에도 말이에요.

행복은 우물을 파는 것이라고 생각해요. 그것은 이미 당신 안에서 솟아오르는 샘물이지만, 당신이 치워버려야 할 많은 돌멩이와 바위로 막혀 있었어요."

녹두는 마리가 십자가란 단어를 다시 언급하자, 더 이상 부담스럽기 보다는 그녀의 깊은 속내를 헤아리고 싶었다.

"위로해주셔서 감사합니다."

마리는 녹두의 가슴을 풀어 헤치고, 그의 따뜻한 체온을 손끝으로 온 몸으로 느끼고 있었다. 그의 가슴에 얼굴을 파묻었다. 하루 종일 자기 삶의 엄중한 명령을 따라, 굽은 길을 곧게 하고 낮은 골짜기를 평평하게 만들기 위해 피와 땀을 아끼지 않았던 십자가의 예수처럼, 녹두의 시큼한 체취가 물씬 피어올랐다. 마리는 그의 얼굴을 올려보며 속삭였다.

"당신은 부족하지 않아요. 나는 우금티, 동학 농민군, 아니 당신이 곧 십자가요, 민중이요, 곧 해탈이요 구원이요 행복이라고 믿어요."

달빛이 원평의 온 들판을 은반으로 도금하려는 듯 교교히 비추는 밤이었다. 달밤에만 깨어나는 요정들이 은가루로 수놓은 흰 레이스를 휘날리며, 은빛 선율을 따라 소리 없는 무도회를 즐기고 있다. 마리는 저 멀리 어디서쯤인가 자신들을 쫓는 일본군과 관군들도 저 무도회의 향기에 취해, 자신들의 고단한 몸을 달래고 있을 것이라는 생각이 들었다.

모두가 쉼이 필요한 이 밤, 녹두는 마리의 안내를 따라 전투에 대한 무거운 마음을 달빛 선율에 태워 멀리 보내 버렸다. 녹두는 마리의 눈가에 가벼운 입맞춤을 하며 고백했다.

"마리의 모습을 보면 사랑과 종교, 그 두 가지가 너무나 자연스럽게 어우러집니다."

마리는 그의 깊은 눈을 들여다보았다. 그의 눈에는 두려움 대신 온통 사랑으로 가득했다.

"수운도 예수도 사랑을 가르쳤다고 생각해요. '원수를 사랑하라'

는 예수의 말은 사실 당시 종교에 큰 도전이었어요."

"사랑의 가르침이 왜 문제가 되었습니까?"

마리는 다시 서교 문제를 꺼내는 것이 부담스러웠지만, 녹두가
괜찮다는 눈짓을 했다.

"하날님을 사랑하는 것은 곧 인간을 미워하는 것이고, 인간을
사랑하는 것은 곧 하날님을 미워하는 것이니까요. 그들에게는 그것
이 종교의 목적이고 방법이었어요. 그래서 하날님의 이름으로, 언
제든 인간에 대한 사랑은 포기할 수밖에 없었지요."

"예수는 그러한 가르침과 정면충돌한 것이군요!"

"예수는 율법보다는 사랑을, 하날님보다는 인간을 선택하며, 둘
사이의 구별이 무의미한 것이라고 도전했어요. 사실 서교는 하날님
을 인간으로부터 분리시켜 놓은 결과, 이렇게 필연적으로 인간 사랑
과 하날님 사랑을 나누어 놓게 된 것이지요."

"농민군의 싸움도 따지고 보면 둘이 하나라는 것을 외치는 싸움
이 아니겠습니까?"

"예수의 말은 결국 하날님과 인간을 같이 보아야만 이해될 수 있
는 내용이고, 그것을 바탕으로 자기사랑과 타인사랑을 일치시키고
있어요. 만약 그것이 아니라면, 하날님을 사랑하기 위해서는 인간
을 버릴 수밖에 없지요."

"그래서 서교는 하날님의 이름으로 수많은 인간을 죽이기도 했
던 비극의 장본인이 아닙니까? 그렇게 도전하다가 결국 예수가 처

형당한 것이었지요?"

"모든 종교가 하날님과 인간을 같이 보면 못견뎌하지요. 예수는 사랑을 위해 율법을 포기하라고 말했어요. 그리고 심지어 율법을 부여한 그 신마저도 자기를 비우고 죽는 지경에까지 이른다고 주장한 셈이지요. 그래서 자신이 인간의 손에 의해 잡혀죽는 존재가 되었어요. 너무 역설적이에요. 그게 예수의 십자가예요."

"마리가 왜 서교를 떠나 동학으로 오셨는지 알 것 같습니다."

"서교를 떠난 것이 아니라, 사실 종교의 형태를 버린 거지요. 사실 예수는 사랑의 근거가 되는 것마저 부정해 버렸어요. 이 근거가 부정이 되지 않는 한 결코 신과 인간, 자기사랑과 타인사랑은 서로 평행선을 달릴 수밖에 없다는 사실을 알기 때문이지요. 동학은 이 경계선을 부셔버렸기에 생명이 살아 움직이고 있지요.

지금도 역사를 끊임없는 전쟁과 투쟁의 도가니로 몰아넣는 유태교, 서교, 그리고 이슬람교의 자아관은 모두 초월되어야 해요. 영국이나 러시아, 미국, 일본의 침략이 바로 그런 이원화된 종교의 모순을 말해주고 있어요.

저는 서교의 예수가 꿈꾸던 새로운 인간을 당신에게서 보고 있어요. 서교는 지금 말과 문자에 갇혀있지만, 당신은 예수의 꿈을 자신의 삶과 행동으로 살아가고 있어요."

마리는 눈물을 글썽이며, 녹두의 얼굴에 입맞춤을 하였다. 그러나 녹두에게 차마 눈물의 의미를 말 할 수는 없었다.

'창조적 메시아는 언제나 비극으로 그 종말을 맞게 된답니다. 메

시아는 언제나 사람들을 천국으로 안내하면서, 자신은 가시밭길로 가거든요.'

마리는 저녁식사를 마친 뒤 말없이 일어섰다. 창백한 얼굴로 천천히 녹두 앞으로 걸어갔다. 눈에는 눈물이 가득 맺혀 있었다. 막사 안에도 한 겨울의 찬바람이 불고 있었다.

녹두와 대장들은 지난봄의 원평전투를 거론하며 토의가 끝나지 않았다. 녹두는 식탁의 중간에 앉아 두령들의 말에 조용히 집중하고 있었다. 마리가 다가오는 것을 보자, 녹두는 무슨 일인가 묻는 듯 의아한 표정이었다. 대장들 역시 마리의 행동이 무언가 심상치 않다고 생각했다. 녹두는 일어나 그녀를 맞았다.

마리는 녹두 앞에 선 채 작은 손 주머니 안에서 붉은 병을 꺼냈다. 그것은 여성들이 향수로 쓰는 기름이었다. 대장들은 그것이 동백 향수라고 했다. 대장들은 값비싼 향수를 마리가 왜 녹두에게 선물하려는지 궁금하게 생각했다.

'도대체 이 전쟁 통에 저 값비싼 물건을 선물하려는 의도가 무엇일까!'

마리는 녹두를 자리에 앉히고 조용히 동백 향수의 뚜껑을 열었다. 은은한 향기가 진동했다. 마리는 하얀 손수건에 향수를 찍어 천천히 녹두의 이마와 귀 아래쪽 목덜미에 적셔주었다. 향기가 녹두의 눈과 코를 부드럽게 자극했다.

녹두는 당황했다. 눈을 감았다. 그러나 평소 마리의 지혜와 현명함을 누구보다 잘 알고 있었기에, 녹두는 그녀의 처분대로 몸을 맡기며 요동 없이 앉아 기다렸다.

녹두는 얼굴, 목, 눈, 그리고 양쪽 귀가 동백기름으로 모든 먼지를 깨끗이 닦아낸 것처럼 상쾌하고 산뜻했다. 대장들이 영문을 모르겠다며 수군거리기 시작했다.

목덜미에 한줄기 서늘한 바람이 훅, 하고 휘감듯 지나갔다. 녹두는 마리와 함께 했던 시간들을 생각했다. 그것들은 전쟁의 아우성 속에서 저 멀리 아득하게 꿈틀거렸다. 마리가 언급한 십자가가 계속 머릿속을 맴돌았다.

마리는 하얀 손수건에 다시 붉은 향수를 부어 녹두의 양 손등과 손목에도 천천히 발라주었다. 녹두의 살갗이 희미한 동백꽃 무늬를 만들었다. 그 위에 마리의 눈물이 후두둑 떨어졌다. 붉은 동백향이 온통 막사 안으로 퍼져갔다. 주변에 동백꽃이 가득 피어있는 것처럼 묵직하면서도 부드러운 향기가 녹두와 대장들을 감싸고 있었다. 대장들은 여전히 이해할 수 없다는 표정이었다.

마리의 얼굴에는 눈물이 하염없이 흘러내렸다. 동백꽃이 송이채 떨어지듯 굵은 눈물이었다. 녹두는 눈을 감고 아무 말이 없었다. 대장들도 무슨 일인지 궁금하여 서로 쳐다보기만 할 뿐, 아무도 묻는 사람은 없었다. 매우 곤혹스러운 상황이었다.

녹두는 마리의 마음을 헤아려 보려고 애를 썼다. 곧 녹두의 눈시울이 붉어지기 시작했다. 마리는 녹두의 뒤로 가서 그를 품어 안았다.

'오직 젊은 영웅을 위한 내 마음이에요. 모든 사람들이 당신을 뒤따를 거예요.'

꿩의 긴 외마디 울음소리가 달무리를 따라 밤하늘 높이 울려 퍼졌다.

20

한강을 건넜다.

녹두는 가마에 앉은 채 곧바로 남산 밑 녹천동에 있는 일본영사관 순사청으로 들어갔다. 마치 기다렸다는 듯이 모든 일들이 일사천리로 진행되었다.

서류들이 오고 갔다. 전보치는 소리가 끊이지를 않았다. 수없이 문이 열리고 닫혔다. 녹두는 즉시 독방에 갇혔다. 잠시 후 대기하고 있던 의사에게 상한 발과 정강이의 상처를 치료받았다. 열린 쪽문으로 영사관의 고위간부 몇 사람이 힐끔 들여다보며 녹두의 상태를 확인하고 갔다. 그리고 문이 닫히는 마지막 쿵, 하는 소리와 함께 건물은 이내 긴 정적으로 휩싸였다. 녹두는 깊은 잠에 빠졌다. 오랜만의 단잠이었다.

순창 피로리에서 체포된 이후 녹두는 일본장교의 인솔을 따라

가마꾼과 더불어 수많은 산과 언덕을 넘고 강과 논밭을 지났다. 그 여정들이 꿈속에서 그대로 재현되었다. 조선의 강토 수만리 길은 우금티의 붉은 피눈물을 흘리고 있었다. 관아와 마을을 거치면서 보았던 일본군의 무자비한 만행과 조선백성들의 울부짖는 소리는 녹두의 심장을 칼로 도려내는 것 같은 고통을 느끼게 했다.

　　오전에 우치다 일본 영사관이 면회를 왔다. 곧 심문이 시작된다고 했다. 그는 다소 사무적인 태도로 몇 가지 기본적인 사항들을 질문했다. 녹두는 간단히 대답했다. 우치다는 눈을 흘기며 조선과 일본 제국의 법에 따라 재판이 곧 열릴 것이라고 말했다. 녹두는 자신이 조선의 백성이라고 쏘아붙였다. 우치다는 책상을 치며 화를 냈다.
　"너는 법에 따라 사형당할 것이다."
　"알고 있다."
　"너는 그렇게 죽는 것이 억울하지 않느냐?"
　"억울하지 않다."
　"살고 싶지 않느냐?"
　"조선법의 심판을 따를 뿐이다."
　"현재 조선은 우리 일본제국의 보호를 받고 있다."
　"보호가 아니라 불법침략이다."
　"너는 지금의 상황을 인정해야 한다."
　"불법은 인정할 수 없다."
　"네가 조선정부의 법에 따라 사형을 받을 것이지만, 우리 일본제국이 원하기만 한다면 조선은 결코 일본제국의 뜻을 거역할 수 없을 것이다. 너는 우리 일본제국의 도움을 받고 싶은 마음이 없느냐?"

"나는 조선의 백성으로 살아왔고 조선의 법에 따라 죽을 따름이다. 일본의 도움은 추호도 생각해지 않는다."

"우리 일본제국의 어느 정치인이 너를 살리려고 노력하고 있다. 그는 조선뿐만 아니라 일본제국에서도 매우 영향력이 있는 분이다. 너는 그분의 도움을 받을 생각이 있느냐?"

"없다."

"그분은 너에게 살 기회를 마지막으로 주고 있는 것이다. 어떠냐. 만나볼 생각이 있느냐."

"없다."

"그 기회를 놓치고 나서 후회하지 않겠느냐?"

"안한다. 나는 조선 법에 따를 것이다. 조선 법이 나를 심판한다면, 나는 결코 누구의 도움도 필요하지 않다."

녹두의 단호한 대답이 반복되자, 우치다는 다시 부드러운 질문으로 유도했다.

"네가 농민반란을 일으킨 것은 조선을 살리자고 한 짓이 아니냐?"

"그렇다."

"조선을 살리는 길이 꼭 반란뿐이라고 생각하지는 않았겠지?"

"그렇다. 물론 다른 길도 있을 것이다. 그러나 나는 이 길을 택했다."

"그것은 네가 선택한 것이 아니라, 이하응 대감이 사주한 것 아니냐?"

"내가 선택한 것이다."

"조금 전에 내가 말한 그 정치인은, 네가 원하기만 한다면, 너를 외국에 유학을 시켜 발전된 새로운 학문과 문물을 익힌 다음 너에게 조선을 맡겨, 조선을 새롭게 변화시킬 기회를 주고 싶어 하신다. 네 뜻대로 조선을 개혁하고 싶지 않으냐?"

"개혁하고 싶다. 그러나 조선은 그렇게 변화되지 않는다. 조선은 조선 민중 스스로의 힘으로 걸어갈 것이다. 나는 일본의 개가 되고 싶지 않다."

일본의 개, 라는 말을 듣자, 우치다는 코웃음을 치며 머리를 절래 절래 흔들었다.

"너의 생각을 알았다. 그러나 무엇이 너희 조선을 위하는 길인지 다시 한 번 생각해라. 너희 조선은 사람이 없다. 모두 제 욕심만 차리고 부정부패가 하늘을 찔러, 조선이란 나라는 차마 나라라고도 할 수 없는 지경이다. 너도 잘 알고 있지 않느냐. 너는 너의 나라 조선을 저주하며 죽어야 한다.

나는 네가 너희 나라를 바로잡아보려고 일어난 것을 잘 알고 있다. 그래서 일본제국이 조선의 개혁을 위해 너를 주목하고 있는 것이다. 너는 이런 나라를 위해 너의 목숨을 굳이 버리겠다는 것이냐?"

녹두는 대답하지 않았다. 우치다는 그를 잠시 째려보다가 일어서서 나갔다.

'우치다의 말대로, 어쩌다가 이 나라 조선이 저런 일본 개들에게 조롱거리가 될 만큼 망가지고 말았던가! 진정 이 나라 조선을 구할 인물이 이렇게도 없었단 말인가!'

녹두는 통곡을 했다. 자신의 처지보다 우치다의 조롱거리가 된 조선을 생각하며 서럽게 울었다.

태인 전투에서 패한 뒤에 녹두는 농민군을 공식적으로 해산했다. 녹두는 산을 타고 잠행하며 순창 피로리에 있던 옛 부하 김경천의 집으로 들어갔다. 식사를 한 뒤 녹두는 그의 밀고로 체포되었다. 그러나 녹두는 김경천을 원망하지 않았다. 그는 단지 지금 자신을 추적하고 있는 일본의 개들을 대신해서 고발한 것이었기 때문이었다.

녹두는 단지 김경천을 희생양으로 삼는 일은 아무런 의미가 없다고 생각했다. 왜냐하면 이미 지금은 모두가 한통속으로 배신의 시대를 살아가고 있기 때문이었다. 조선의 고위관리들은 고위차원에서 온갖 부정부패로 조선을 배신하고, 임금은 무능해서 자신의 무능으로 백성들을 배신하고, 또 개화파는 개화를 주장하면서 조선을 유린했다.

녹두는 동시에 자신과 저들 사이에 깊은 골짜기가 패여 있다고 생각했다. 건너갈 수 없는 깊은 수렁이 둘 사이에 존재했다.

　녹두는 갑자기 엄청난 고독이 몰려오는 것을 느꼈다. 녹두는 작은 몸을 웅크리며, 골짜기 저편에 홀로 버려져있는 자신의 초라한 모습을 보았다.

　'그가 나를 유혹하고 있는 것인가! 이것이 나의 마지막 전쟁인가!'

　'이 죽음의 순간, 나는 모두에 의해 버림받고, 이렇게 나는 죽어 간다!'

　바닥에서 올라오는 한기가 녹두의 온 몸을 억눌렀다.

　그러나 녹두는, 절대적 외로움을 통해, 정작 그 동안 추구해온 꿈이 성취되는 것인가, 마리는 예수의 죽음이 로마제국을 정복했다는데, 이 고독과 형벌, 그것이 하늘의 뜻일까, 라고 자문했다. 녹두는 절대고독의 한 가운데에서, '부재'(不在)라는 악마, 혹은 악마같이 보이는 그 무엇의 번쩍이는 칼날을 보았다.

　'석가도, 예수도, 수운도 지나갔지만, 무엇이 달라졌다고 그러는가!'

　'석가, 예수, 수운, 그들이 있기 전에도 그리고 후에도, 세상은 여전히 오직 나, 부재 밖에 무엇이 또 있던가! 달라졌다는 착각과 환상으로 민중들의 고통만 더 가중된 것이지! 그들은 부재의 고통을 합리화하는 자들일 뿐이다!'

　'네가 부재를 극복하는 길은 오직 세상에서 부재와 다른 길을 택

하는 길 뿐이다!'

녹두는 몸부림치며 자신의 형벌과 싸웠다. 철저한 외로움, 부재야말로 배척이요 형벌이었다. 그런데 그 악마의 칼자루는 마리가 쥐고 있었다. 녹두는 소스라치게 놀랐다. 그는 마리역시 칼자루를 놓지 않기 위해 자신과의 처절한 싸움을 계속하고 있음을 보았다. 마리는 녹두에게 악마라고 불리는 부재에 대하여 무언가 할 말이 있는 눈치였다. 그러나 마리는 끝내 입을 열지 않았다.

'마리, 이 부재가 나의 마지막 전쟁입니까?'

녹두는 어둠 속에서 눈물을 흘리며 손짓하고 있는 마리를 보았다.

'그토록 목숨 바쳐 꿈꾸던 세상이 내가 죽음으로 이루어지는 것입니까?'

녹두는, 저 칼을 받기 위해, 아니 나의 죽음을 성취하기 위해 이 전쟁을 한 것이었나, 라고 묻고 또 물었다.

녹두는 동학농민혁명의 목적과 시대의 운명과 책임을 결코 인식하지 못했던 조선을 눈물로 서러워했다. 그가 주도하고 투쟁하며 함께 나아갔던 이 마지막 여행, 이 중대한 여행의 시초에서, 조선은 결국 자신을 버렸다고 울부짖었다. 피범벅이 된 채 가마니 밑에 누워있는 아버지의 시신이 그렇게 말하고 있었다. 아버지도 그렇게 나라와 시대로부터 처절하게 버림받았다. 그러나 아무런 의미가 없는 채로는 아니었다.

'아버지의 죽음이 나를 민중이 되게 하지 않았던가!'

아침 이른 시각 우치다는 요란한 헛기침을 하며 다시 돌아왔다. 녹두는 그가 침략자 그 이상도 그 이하도 아니라고 단정했다. 그러나 우치다는 녹두가 흔들리고 있다고 생각하며 그의 상처를 집요하게 건드렸다.

"너의 조선이 지금 어떤 나라라고 생각하느냐? 어제 내가 말한 제의를 다시 생각해 보았느냐?"

"생각해보지 않았다."

"너를 살리려는 일본제국의 정치인은 대단히 덕망 있으신 분이다. 조선과 중국 그리고 아시아뿐만 아니라 일본제국 안에서도 총리대신으로 인정받고 계신 분이시다. 그분은 너희 조선을 생각하시며 너의 혁명정신과 행동을 높이 사고 계신다. 그 혁명정신을 살려서 조선을 개혁하고, 그리고 일본과 조선 사이의 가교역할을 잘 해주시기를 진심으로 바라고 계신다. 그것뿐이다."

우치다는 진심을 다하고 있다는 표정으로 침을 삼키며 말을 이었다.

"너는 당분간 이 난리사태가 잠잠해질 때까지 조용해지기를 기다렸다가, 때가 되면 외국으로 나가게 될 것이다. 물론 우리 일본제국이 너를 철저히 보호해 줄 것이다."

"다시 말하지만 나는 일본의 도움을 추후도 받을 생각이 없다. 조선의 법에 따라 죽을 뿐이다."

"네가 그렇게 죽는 것이 조선을 위한 것이냐. 남자로 태어나 한 번 뜻을 펴봐야 하지 않느냐!"

"나를 더 이상 회유하지 말라. 쓸데없는 일이다!"

우치다는 잠시 히로시마 본영의 지시를 생각하고 다시 입을 열었다.

"조선은 반드시 너를 필요로 한다. 나를 적군으로 생각하지 마라. 너희 조선을 생각한다면, 네 자신을 결코 포기하지 말고, 더 큰 훗날을 생각해서 준비해야 한다. 다시 생각할 시간을 주겠다."

녹두는 뜬 눈으로 밤을 새웠다. 손화중과 최경선이 초죽음이 되어 끌려 들어왔다는 말을 보초에게 들었다. 김개남은 이미 체포즉시 처형되었다고 한다. 녹두는 가슴이 저려왔다.

'아, 조선이 저들을 정말 보호해 줄 수 없다는 말인가!'

'꼭 죽어야만 하는가. 어떻게 해서라도 살아, 이 원수를 갚아야 하지 않을까!'

'지금 죽어 조선의 청사에 길이 남을 것인가, 아니면 어떻게라도 살아서 조선의 백년대계를 위해 참고 인내하며 다음 기회를 엿볼 것인가?'

녹두는 본격적인 우금티 전투가 벌어지고 있음을 직감했다. 마리가 쥐고 있는 칼날이 눈앞에서 오락가락했다. '부재의 악마'는 수시로 그의 상처를 건드렸다.

녹두는 마리가 말하는 마지막 치명적인 전투가 바로 이것이었구나, 생각했다. 최경선과 손화중의 고문소리가 마치 임산부의 절규처럼 복도를 따라 처절하게 울려 퍼졌다.

다음날 우치다는 신문하는 태도를 바꿔 좀 더 차분하고 진지하게 질문했다.

"너는 너의 가치에 대하여 생각해 보았는가!"

"내 생각에 변함이 없다."

"너는 조선의 혁명을 위해 목숨을 바치는 각오로 여기까지 끌려와 있다. 그리고 너는 그 일로 곧 죽을 것이다. 그렇지 않은가?"

"그렇다!"

"너는 무능한 조선을 위해 죽을 각오로 싸웠다. 죽을 각오로 싸운 만큼 이제 너희 조선을 개혁하기 위해 살아서 죽을 만큼 일해야 한다. 그렇고 싶지 않은가? 수많은 농민군들도 같은 목적을 위해 목숨을 초개같이 버린 것이 아니냐?"

"그렇다."

"어제 너의 동료 두 사람이 끌려왔다. 그들 역시 곧 처형을 당할 것이다. 그들에게는 아무런 선택의 기회를 주지 않았다. 그러나 우리 일본제국이 너를 인정하기에 너에게는 기회를 주고 있다. 너는 이미 죽은 네 동료들의 원혼을 어떻게 풀어줄 수 있다고 생각하느냐? 네가 반드시 죽어야만 그 원혼을 풀어주는 것이라고 생각하느냐?"

"내가 죽는다고 어떻게 원혼이 위로가 되겠느냐? 다만 나의 의를 지킬 뿐이다."

"너는 매우 탁월한 지도자다. 나를 포함하여 제국 안에도 너를 지지하는 인사들이 많다. 왜 굳이 죽음을 자처하려고 그러느냐, 너의 능력과 소명이 아깝지 아니하냐?"

녹두는 그의 말에 진정성이 있다고 생각하며, 함부로 대답할 수가 없었다.

"그런 말은 고맙다. 그러나 선택은 없다."

"네가 꿈꾸는 새로운 세상은 반드시 너를 필요로 한다. 우리도 사실 같은 꿈을 꾸고 있다. 네가 그토록 원하던 세상을 네가 앞장서서 만들어봐라. 그러니 다시 한 번 생각해라. 나는 너를 살릴 권한도 있고 죽일 권한도 있다!"

녹두는 고개를 숙인 채 한참 만에 입을 열었다.

"한 가지 부탁이 있다. 한 여인이 면회를 신청할 것이다. 그 부탁을 들어줘라."

"알았다!"

우치다의 얼굴에 화색이 돌았다. 녹두에게 또 다른 투쟁의 밤이 시작되었다.

'죽음과 삶, 조선과 나, 나의 삶과 마리……. 의롭게 싸우다 죽어간 나의 동료들!'

녹두는 죽음의 문제가 유일한 실존이 되어버린 이 밤에, 자신의 선택이 어떤 결과를 가져올 것인지, 다시 자신에게 묻고 또 물었다.

'그래. 죽음을 제외하면 그 어떤 문제도 결코 최종적일 수는 없다. 죽음을 제외한 모든 문제들은 사치스러운 것들이다.'

녹두는 오랫동안 자신의 마음속을 계속 떠다니며 불편하게 만들고 있는 죽음이라는 생각으로부터 어떻게 자신을 해방시킬 수 있을 것인가, 그 방법을 자신에게 묻고 또 물었다.

'나의 죽음에 대한 판단이 다른 사람들과 다를 수도 있을 것이다. 같거나 다른 것 자체가 문제는 아니겠지. 그리고 같거나 다르다는 사실을 괴로워하거나 괴로워하지 않는 주체는 결국 내가 아닌가. 오직 나의 문제일 뿐이다. 그렇다면 나의 직감과 판단에 대하여 나는 어느 정도 신뢰를 하고 있는가, 하는 것이 나의 문제이며, 단지 내가 어떤 판단을 따를 것인지를 결정하는 문제만 나에게 남아 있는 것이 아닐까!'

'나의 죽음에 대하여 내가 판단하는 것은 결국 나의 사적인 판단일 것이다. 그리고 나의 판단에 대하여 다른 사람들이 어떤 판단을 내리든지, 그것은 오직 다른 사람들의 몫일뿐이다! 참으로 지금 이 순간 나의 죽음에 대하여 가장 중요한 결정을 내리는 자는 누구이며, 나에 대한 가장 중요한 판단을 누가 내리고 있는가? 역사인가? 진리라고 사람들이 말하는 그것인가? 아니면 의리인가? 신념인가? 나인가? 그렇다. 바로 내가 아닌가! 나 자신에게 있어서 나야말로 세상에서 가장 중요한 사람이다!'

'그 어떤 가치로도 대체할 수 없으며, 오직 내가 인간으로 태어났다는 이 엄청난 사건에 나 스스로가 최대한 깊이 참여해야 한다! 나의 삶이라는 질문에 대답을 해주어야 할 사람은 바로 나 자신이 아닌가!'

'나는 나의 삶에 대하여 내가 살아가는 방식으로 표현할 자유가 있으며, 나의 죽음 역시 철저히 나의 자유에 의한 선택을 따를 뿐이다. 삶과 죽음에 대한 판단은 언제나 유동적일 수밖에 없으며 끊임없이 변하는 것이기 때문이다!'

녹두의 질문들은 시간이 흐를수록 자신을 향하여 더 치열하고 집요해졌다. 그리고 어느 순간 생각들이 뒤엉키고 꼬리에 꼬리를 물면서, 도대체 왜 이런 생각을 하고 있는지조차 몽롱하고 혼미해지기도 했다. 그래서 다시 근원적인 것부터 하나씩 다시 질문하고 싶었다.

'오직 나 자신만이 나의 삶과 죽음에 대하여 진정한 의미를 부여하는 존재다. 나의 죽음은 나의 모든 삶을 바쳐서 하는 가장 중요한 일이다. 나에게 죽음의 선택이란 내 모든 삶의 순간들을 내가 결론지어야 하는 내 삶의 결론이요 대답이 되어야 한다.'

'나의 죽음은 나만의 경험, 나만의 투쟁, 나의 좌절된 희망, 내가 이 정의롭지 못한 세상에 대하여 어떻게 싸워왔는지를 그대로 드러내는 요약이 될 것이다. 나는 내 자신의 영혼을 해방시키기 위해서만 오직 죽음을 선택할 것이다.'

죽음과 드잡이 싸움을 하고 난 녹두는 기진맥진한 상태에서 아침을 맞았다. 기온이 뚝 떨어진 독방의 창문을 열고 간수가 특별 면회를 허락한다는 통보를 해주었다. 마리가 찾아왔다. 막연히 예상은 했지만 뜻밖이었다. 재판이 열리지 않은 상태에서 사형이 예고된 죄수에게 면회가 허락된다는 것은 우치다 영사관이 아니면 불가능한 일일 것이라고 생각했다.

마리 역시 행색이 말이 아니었다. 그 동안 순창에서 서울까지 이송되어 오는 동안 마리의 소식은 전혀 들을 수가 없었다. 태인에서 농민군을 정식 해산한 이후, 마리는 녹두의 부탁에 따라 직속부대와 함께 서울로 잠입해 들어갔던 것이다. 그러나 마리는 체포된 녹두가 조선의 감옥이 아니라, 결국 일본 영사관 시설에 투옥 될 것이라고 생각하며, 녹두의 도착 시점을 주시하고 있었다. 마리는 녹두를 보자마자 눈물을 터뜨렸다. 녹두 역시 왈칵 눈물이 쏟아졌다. 한동안 서로 말을 잇지 못했다.

"어떻게 제가 여기 있는 줄 알고 오셨습니까?"

"러시아 공사관의 친구를 통해서요. 지난 1년간 조선 전체를 뒤흔들었던 사건인 만큼 면회를 크게 기대하지는 않았는데, 뜻밖에도 일본 영사관이 허락을 통보해주었어요."

"정말 뵙고 싶었습니다."

"어떻게 꼭 한 번이라도 만나 뵙고 싶었어요. 힘이 드시더라도 잘 견뎌내야 해요. 밖에서도 사람들이 모두 염려하고 있어요."

"잘 알고 있습니다. 힘들지만 마지막으로 제 자신과 싸우고 있는 중입니다."

마리는 눈물을 훔치며 녹두의 얼굴을 살폈다.

"안색이 너무 창백해요……. 잠은 잘 주무시나요?"

"가끔은 조선이 나를 버렸다고 생각이 들 때가 있어서 너무 외롭고 답답합니다. 죽음이 두렵지는 않지만, 죽음이 막상 선택이 되어

버리면서 제 마음 속의 수만 가지 복잡한 생각들이 저를 괴롭히고 있습니다."

"죽음이 선택이 되었다니요?"

"일본이 저에게 엄청난 유혹을 하고 있습니다."

"바깥에는 일본이 당신을 꺼내려고 애쓴다는 소문이 돌고 있어요."

"그렇습니다. 막상 일본이 나를 사형시키려고 하면서도 끊임없이 제 마음을 흔들어 놓고 있습니다. 여러 가지 현실적인 제안들이 저에게 가능하다는 사실도 저를 괴롭힙니다." "영사관에 도착했을 때, 일본 영사라는 분이 사실은 저에게 특별한 부탁을 했어요."

"우치다 영사입니다."

"어떻게 해서라도 당신의 마음을 돌려야 한다고요. 조선을 위해 당신이 해야 할 일이 많은데, 왜 굳이 그렇게 자원해서 죽음을 선택할 필요가 있냐구요."

"죽음이 두렵지는 않지만, 마지막 순간까지 조선민중을 위한 제 모든 삶의 가치와 목표의 최종 결론이 꼭 죽음으로 요약되어야만 할 필요가 있는가, 하는 생각이 듭니다.

제가 죽어 흘린 피가 조선에 어떤 의미가 있을까, 죽어서 조선에 유익한 부분이 있는 만큼 오히려 살아서 조선을 위한 제 꿈을 이룰 수 있는 길이 있다면, 그것이 오히려 궁극적으로 조선에게 유익한 방안이 아닐까, 하는 두 가지 마음이 저를 괴롭히고 있습니다."

"네?"

마리는 놀라는 표정으로 그의 얼굴을 바라보았다.

"쉽지 않은 고민으로 힘들어하고 계시네요. 그래도 결국 당신이 어떻게 할 것인지, 스스로 선택하고 결정해야 하겠지요."

"일본은 저에게 새로운 기회를 열어주겠다고 끊임없이 제안하고 있습니다. 썩은 조선조정을 개혁하려고 그동안 죽기까지 노력하며 투쟁해온 그 열정으로, 오히려 살아서 조선을 마음껏 개혁해 보라고 말입니다. 그 제안자체는 저에게 설득력이 있어 보입니다. 일본자체가 있고 없고는 조선을 위해 그렇게 중요한 문제가 아닐 것입니다. 문제는 제가 오히려 일본을 이용하여 조선을 위한 더 큰 목적을 이루면 되는……."

마리는 녹두의 말을 중간에서 끊었다.

"그런데 갑신년에 있었던 정변이나, 지금 개화파 조정대신들이 내세우고 있는 명분이 바로 그와 같은 것이 아닐까요? 그러나 일본의 힘을 빌어서 당신이 일어선다는 생각 자체도 문제가 있지만, 일본의 힘을 빌어서 일어설 경우 엄청난 혼란이 발생할 뿐만 아니라, 반드시 당신은 일본의 뜻대로 조선을 유린할 수밖에 없어요.

당신의 생각에도 일리가 없는 것은 아니에요. 그러나 혁명의 중심에 서있던 당신이 그렇게 변하게 되면 조선전체가 엄청난 혼란에 빠지게 되고, 일본의 속국으로 급속히 전락해 버릴 거예요. 그것도 헤어 나올 수 없을 만큼 영원한 속국 말이에요."

"정말 그렇게 생각하십니까? 뜻밖입니다."

녹두는 상당히 당황한 눈치였다.

"사실 일본이 아니더라도 현재의 조정은 현실적으로 러시아나 미국, 영국 같은 나라들에게 먹힐 수밖에 없는 상황입니다. 문제는 그런 나라들의 야욕을 오히려 거꾸로 우리가 이용할 수 있지 않을까, 하는 점입니다."

"그렇게만 된다면 얼마나 좋겠어요? 그러나 결코 그렇게 될 수가 없어요. 침략자들의 속성을 잘 아시잖아요? 민중의 영혼과 정신을 송두리째 유린하고 황폐하게 만들 뿐이라고요. 일본의 경우는 더 말할 필요도 없어요. 이 사람들이 어떤 사람들인 것을 생생하게 당해 보셨잖아요?"

"정말 그렇게 생각하십니까?"

녹두는 오히려 마리를 설득하여 동의를 얻어내고 싶은 간절한 표정이었다. 마리는 녹두를 똑바로 쳐다보았다.

"그 방식은 당신의 모든 삶을 요약하는 최종적인 결론이 될 수 없어요! 또 정도(正道)도 아니에요. 당신이 우금티를 넘지 못했어도, 우금티를 넘으려고 한 그 자체가 조선에게 엄청난 희망과 가능성을 열어주는 거라고 생각해요. 동학농민군이 우금티에 뿌린 그 피가 오히려 살아서 훨씬 더 강력한 경고와 도전의 목소리로 울려 퍼질 거예요."

마리는 녹두를 설득하고 또 설득했다. 그러나 그의 불안과 두려움은 실질적인 것이요, 오직 자신만이 대답할 수 있는 문제라고 생각하며, 흔들리는 그의 눈동자를 주시했다.

면회 시간이 끝나 마리는 돌아갔다. 그러나 밤이 새도록 마리가 한 말들이 머릿속을 끊임없이 맴돌고 있었다.

'저는 죽음이라는 현실을 앞에 놓고 벌이는 당신의 마지막 싸움이 어떤 결론을 내리게 될지, 당신 개인적으로도 큰 의미가 있지만, 무엇보다 조선민중 전체에 앞으로 엄청나게 큰 영향을 미치게 될 거라고 보아요.'

'당신은 이미 조선민중을 사랑해서 자신이 곧 민중이 되었어요. 조선민중은 또한 전봉준이에요. 당신의 인격이 곧 민중의 인격이에요. 그렇게 하나 되는 당신의 희생적 사랑으로 당신은 자신을 초월했지요. 당신은 그렇게 민중에 대하여 자기 자아를 완전히 열었어요. 그것은 개인적으로는 자신을 칼로 베는 엄청난 고통을 의미하지요. 그 사랑의 고통은 조선민중에 대하여 책임을 지고 고통을 그들과 함께 나누는 것이었어요. 그것이 우리 동학농민군이 우금티를 넘으려고 하는 진정한 의미가 아니었을까요?'

'우리 조선민중에 대한 당신의 고통과 희생은 그냥 무의미하게 끝나버리는 것이 아니라, 진정한 평화와 기쁨으로 결국 변한다는 사실을 당신과 저는 굳게 믿고 있어요. 그래서 당신이 짊어지고 있는 고통과 희생은 조선민중에 대한 책임적 존재가 필연적으로 질 수밖에 없는 것이에요. 당신의 고통과 죽음은 필연적인 거예요.'

마리가 자신에게 책임적 존재 운운하며 최악의 화살을 쏘았다고 녹두는 생각했다. 그리고 자신의 고통과 죽음이 필연적이라는, 그 십자가에 자신을 올려놓고, 그곳에서 내려오지 못하도록 손과 발에 대못을 박고 갔다고 생각했다.

'어찌 이럴 수가 있는가!'

녹두는 기가 막히기도 하고, 이것이 사랑의 결론일 수 있는가, 밤새 씨름하며 뜬 눈으로 지샜다.

"저의 죽음이 필연적이라고 생각하시나요?"

다음날 아침 다시 면회를 허락받아 들어온 마리에게 녹두가 처음 뱉은 말이었다. 마리는 우치다 영사의 부탁으로 다시 면회를 왔다. 마리는 왈칵 쏟아지는 눈물을 참으며 담담히 말을 이어갔다.

"지금부터 정확하게 30년 전에 있었던 수운의 죽음도 바로 이런 의미가 아니었나요? 죽음이라는 엄청난 고통을 받아들임으로써, 자기가 산 시대와 민중에 대하여 책임적 존재가 되겠다는 약속이었지요."

"죽음으로써만 책임적 자아가 되는 것입니까? 죽음의 순간 실질적으로 모든 것이 끝나버리지 않습니까? 그것은 오히려 자신의 책임회피나 단순 좌절일 수도 있고……."

녹두는 '책임적 자아'를 말하는 순간 1년 가까이 친척집에 떠넘기듯 맡겨둔 어린 남매들의 얼굴이 떠올랐다.

마리는 죽음이 실제가 되어버린 녹두에게 불안과 두려움이 있는 것을 알았다. 그가 사랑에 몰입되어 있을 때, 그는 삶과 죽음이 하나였음을 고백했던 순간을 기억했다.

"저는 분명히 믿고 있어요. 당신의 죽음은 끝이 아니라, 시작이라는 사실……. 우리가 그동안 함께 꿈꾸었던 조선민중의 새로운 세상, 새로운 문명의 창조는 젊은 영웅의 비극이 필연적이에요. 그래서 수운은 서교와 동학이 같은 영을 가지고 있다고 말했던 거예요. 비극의 십자가라는 필연적인 과정을 거칠 수밖에 없다는 거지요. 그건 일생을 건 엄청난 관념의 대 모험이에요. 동학 자체가 관념의 대 모험이지만……."

"죽음을 앞둔 상황에서 관념의 대 모험이 가능한 것입니까?"

"그래서 김개남 대장도 체포즉시 자신을 칼로 베어달라고 했어요. 그동안의 경험으로 보아 자신이 다시 흔들릴 위험이 있기 때문이었지요. 그분의 마지막 선택이 그분의 삶 전체를 나락에서 구했어요!"

김개남의 죽음에 대하여 듣는 순간 녹두는 벼락을 맞는 듯 정신이 번쩍했다.

"스스로를 베어달라고 했다는 말입니까?"

녹두는 믿을 수 없다는 표정이었다. 그러나 김개남이 그동안의 모습과 달리, 아니 그것이 본래의 모습으로 돌아간 것이겠지만, 마지막에 가장 의미 있는 선택을 했다고 생각했다.

'아, 내가 나의 삶 전체를 부정하고 말 것인가!'

녹두는 마리의 판단이 옳다고 생각했다. 그러나 동시에 그의 얼굴이 화끈거려 정신을 차릴 수가 없었다.

'얼마나 내가 위태롭게 보이고 한심했으면, 마리는 이런 상황 속

에 있는 나에게 김개남의 처형사실을 굳이 밝혀야만 했을까!'

녹두는 그렇게 김개남과 비교되는 것 자체도 수치스러웠지만, 마리와의 논쟁 자체가 너무 부끄럽다는 생각이 들었다. 물론 마리가 두 남자에게 한강에 뛰어들기 경쟁을 부추기도 있다고 생각하지는 않았다. 한 손에 칼을 쥐고 있는 마리는 다른 손에는 십자가를 쥐고 있었다.

녹두는 미로와 같던 긴 터널에서 빠져 나왔다. 녹두는 안도의 한숨을 내쉬며 울먹였다.

"마리, 용서하십시오. 진작 그렇게 생각하고 있었지만 잠시 흔들렸던 것 같습니다. 저의 길을 가겠습니다."

마리 역시 흐르는 눈물을 주체하지 못했다. 녹두는 흐느끼면서 마리의 손을 잡았다.

"말씀하신대로 저의 비극이 필연적이라면, 그래서 조선민중에 대한 저의 책임적 자아를 완성하는 길이라면, 결코 저의 죽음이 외롭지는 않을 것입니다."

"하늘의 뜻은 나의 올바른 선택과 행동으로 완성되는 거예요."

마리는 얼굴을 감싸며 오열하기 시작했다. 문고리를 붙잡은 채 바닥에 쓰러졌다.

'미안해요. 마지막 순간에도 이런 말 밖에 할 수 없는 제가 너무 원망스러워요. 당신에게 주어진 마지막 전투, 자신의 전투를 잘 싸우셔야 해요.'

마지막이라는 사실을 직감한 듯, 마리는 녹두의 손을 움켜쥔 채 오랫동안 울음을 그치지 못했다.

'제 몸에서 자라고 있는 당신의 아이, 이 아이를 당신의 뒤를 따르는, 아버지를 가장 기쁘게 할 멋진 아이로 키울 거예요!'

마리의 통곡소리가 밤늦게까지 감옥 안을 맴돌았다. 그러나 녹두는 그날 밤, 며칠 만에 처음으로 숙면을 취했다.

우치다 영사와 천우협의 다나카라는 사람이 아침 일찍 찾아왔다. 다나카는 순창에서 봉기를 성공하고 난 뒤 녹두를 한번 비밀리에 찾아와서 만난 적이 있던 낭인이었다. 우치다는 득의양양하게 다시 녹두에게 물었다.

"밤사이에 너의 생각에 큰 변화가 있을 것이라고 생각한다. 마지막으로 너에게 다시 한 번 묻겠다. 너는 조선의 개혁을 위해 일본제국과 함께 하겠느냐?"

"나의 생각은 변함이 없다. 일본은 조선과 세계질서를 어지럽히는 깡패일 뿐이다."

"뭣이라고?"

전혀 예상치 못한 대답이었다. 마리와의 면회 후 심경의 변화를 기대했던 우치다는 당황했다. 다나카가 거들고 나섰다.

"일본은 대동아의 평화뿐만 아니라 세계 평화를 위하여, 서양 국가들의 손아귀로부터 아시아를 지키려고 의롭게 일어서고 있습니다. 그래서 일본제국 국민들뿐만 아니라, 조선백성들도 함께 도와주어야 합니다. 이 길이야말로 조선이 사는 길이요, 우리 아시아가

서양제국들의 손에 넘어가지 않는 길입니다. 우리 일본은 반드시 뜻을 이룰 것입니다. 중국도 이미 우리의 높은 뜻을 알고 협조하고 있습니다. 선생은 이런 세계적 흐름 속에서 한번 같이 뜻을 모을 생각이 없습니까?"

"조선의 평화뿐만 아니라, 세계의 평화도 중요하다. 그러나 평화는 평화로운 방식으로만 성취할 수 있다. 너희들과 같이 불법 침략과 폭력으로 평화를 쟁취한다면, 그 역시 비인간적인 무력과 폭력의 또 다른 희생이 될 뿐이다. 그것은 일본을 위해서도 결코 바람직하지 않다."

"우리는 선생이 앞으로 우리 일본제국과 조선에 큰 정치가가 될 수 있는 재목이요, 지도력과 덕망을 갖춘 지도자가 될 것이라고 생각합니다. 그래서 선생에게 기회를 준 것입니다. 조선과 아시아의 평화를 위해 선생의 큰 꿈을 이룰 기회를 절대 놓치지 마십시오. 순창에서 찾아뵈었던 그때의 진심을 혹시 의심하고 계십니까? 다시 생각해 보시오, 선생!"

"없다. 백번을 물어도 내 대답은 동일 할 것이다."

"알았다."

우치다는 녹두를 한참 노려보다가 바닥에 침을 뱉고 나가버렸다.

21

온몸이 으스러지는 고문 소리가 감옥 저편에서 끊임없이 들려왔다. 그 신음과 고통의 외마디 비명 속에서 녹두는 이미 자신의 죽음이 화살처럼 몸에 깊숙이 박혀 있음을 느꼈다. 그러나 아무런 두려움을 느끼지 않았다.

조선정부 법무아문의 법무대신 서광범은 재판장인 이재정과 함께 녹두에게 지리한 심문과 협박을 시작하였다. 서광범 역시 김옥균과 더불어 갑신정변을 일으켰던 장본인이었으며, 정변이 실패하자 미국으로 망명하여 도피생활을 하고 있었다. 그러나 갑오개혁이후 친일조정이 수립되어, 내각 수반인 김홍집과 박영효가 그를 불러서 법무아문을 맡겼던 것이다.

서광범은 자신과 처지가 비슷한 녹두의 인물됨을 잘 알고 있던 터라, 심문을 시작하면서 먼저 녹두에게 우치다와 같은 회유를 서너

차례 시도했다. 그러나 녹두는 단호했다.

우치다 면담 이후의 모든 재판은 예정된 각본대로 정해진 목적을 향해 일사천리로 진행되었다. 마리를 만난 이후, 녹두에게 삶과 죽음은 이미 동일한 가치를 지닌 하나의 결론을 향해 빠르게 움직이고 있을 뿐이었다. 모든 것은 단칼로 베어낸 듯 명쾌했다.

마리는 재판결과가 궁금하지는 않았다. 녹두의 죽음은 조선민중의 죽음을 의미했다. 조선의 전 백성은 그의 죽음으로 자신들의 죽음을 대신한 것이다. 그러나 조선민중은 그의 죽음으로 모두 죽음에 참여함으로써 그들은 새로운 시작의 여명에 서게 될 것이었다.

사랑은 자신을 태워버리지 않으면서도, 자신과 세계를 뜨겁게 달군 유일한 에너지였다. 그의 죽음은 다시 살아난 조선 민중의 가슴 속에 자신들이 넘어야 할 우금티를 또렷이 새겨 넣는 생명의 죽음, 부활의 죽음이 될 것이다.

마리는 두려움과 떨림 속에서 영원한 처녀 헤카테를 만나고 있었다.

'당신은 반드시 부활할 거예요. 삭(朔)의 죽음은 망(望)의 탄생을 위해서 필연적인 것처럼……. 조선민중은 세계의 눈과 귀, 손과 발이 될 거예요. 조선민중은 세계 한 가운데 버티고 있는 거대한 우금티를 가리키며, 그 실상과 허구를 낱낱이 고발할 거예요. 아, 당신은 민중을 가로막는 저 우금티 정상에 서서, 그 고개를 왜, 어떻게 넘어야 하는지를 보여주는, 영원한 스승이 될 거예요.'

죽음으로써 영원히 사는 길을 설득했지만, 마리는 녹두보다 자신을 향하여 더 큰 화살을 쏠 수밖에 없었던 고통과 안타까움으로 눈물이 마르도록 울부짖었다.

'위대한 아들이여, 내가 당신을 추방하고 죽음의 명령을 내렸어요.'

'위대한 아들이여, 온전한 민중이 되기 위하여, 당신은 자신의 죽음과 당당히 마주서지 않으면 안 된답니다.'

마리는 죽음으로의 긴 여행을 시작한 아들의 처절한 몸부림을 밤마다 꿈을 꾸며 생생하게 목격했다. 그는 위대한 아들로서 당나귀 탈을 뒤집어쓰고 지옥으로 내려갔다.

사람들이 그를 때리고, 학대하고, 굶주리게 하고, 침 뱉고, 갈대로 때리고, 온갖 욕설로 모욕하고, 성적으로 유혹하고, 무늬만의 메시아라고 조롱하고 있었다.

검은 얼굴의 악마가 아들의 음경을 비롯한 모든 육체를 갈기갈기 찢어 땅바닥에 흩어버렸다. 그의 몸에서 흘러나온 물과 피가 온 대지에 뿌려졌다.

'아, 어머니에 의해 버림받고, 추방과 죽음의 명령을 따른 나의 위대한 아들이여. 이 모질고 잔인한 나를 용서하세요!'

어머니로부터 쫓겨나 먼 길을 홀로 떠나는 아들은 어머니를 향하여 울부짖었다.

'왜 나를 버리셨습니까! 나를 사랑하면서, 왜 나를 죽음으로 내

몰았습니까!'

'나는 당신을 사랑하기 때문에 당신의 명령대로 저 고개를 넘기 위해 떠납니다.'

아들은 울고 또 울었다. 마리는 그의 눈물이 강물처럼 흐르는 대지의 한 가운데 서서, 검붉은 눈물을 흘리며 울고 또 울었다. 아들의 통곡은 천지를 울리는 천둥소리가 되었다.

'나의 여신, 나의 어머니, 왜 나를 이 외로운 곳으로 몰아넣었습니까? 나의 연인이여, 나는 누구입니까? 내 사랑, 나의 여신, 안녕!'

위대한 아들은 지옥의 한 가운데에서 찢어진 육체로 우뚝 섰다. 검은 달이 흐느끼는 밤, 그의 물과 피를 머금은 들풀들이 몸을 흔들며 그의 심장에 남은 말들을 전해주었다.

'나의 개인적인 욕망과 사랑은 파괴되었습니다. 나의 남성성은 완전히 파멸되고 중단되었습니다.'

아들의 찢어진 육체를 붙들고 울부짖던 마리는 아들과 동일한 고통을 체험하고 있었다.

'그대는 아무도 할 수 없는 것을 성취하고 있어요. 그것은 그대의 팔 끝으로 세상의 무게를 지탱하려는 것이에요. 그리고 그것이 곧 신이 되는 길이지요.'

통곡하며 넋을 잃은 어머니는 어둠 속에서 긴 상자를 열었다. 어머니는 아들의 얼굴에 볼을 비비며, 그를 끌어안고 한없이 울었다. 그러자 아들이 조용히 일어났다. 그리고 걸어 나와 어머니 앞에 섰다. 어머니는 연민과 처절함이 가득한 시선으로 아들을 바라보았다. 그러자 아들은 처절한 어머니의 시선을 감당하지 못하고 기진맥진하여 죽어버렸다. 마리가 통곡하며 외쳤다.

'내가 그대를 희생시킴으로 영원한 처녀, 신성한 어머니라고 불리는가!'

온 대지에 소낙비가 쏟아진다. 번개가 번쩍인다.

그 순간 우르릉, 하고 우금티가 깨지는 소리가 들렸다. 사람들은 고개가 열리기만을 기다리고 있다. 천둥이 다시 우르릉거린다.

'친구여, 나의 피가 내 가슴을, 포기하는 용기를 일깨우고 있구나!'

이때 마리는 우금티가 딱, 하고 처음으로 열리는 소리를 들었다. 깨질 것 같지 않던 우금티에 균열이 생기기 시작한 것이다.

사형이 확정 판결된 날, 마리는 녹두의 면회를 다시 신청하였다. 그러나 허락되지 않았다. 마리는 이미 불멸이 된 아름다움을 노래하며 조용히 묵상했다.

'당신은 죽음으로써 신이 되어 자아가 사라졌어요. 그러나 삼라만상 일체가 그리고 조선민중 전체가 당신에게 '나'입니다.'

'당신은 이미 자기 내면의 신을 보았어요. 자기 안의 신을 본 자는 자기 눈부터 신의 눈으로 바뀌게 되지요. 자기 안에 있는 신, 자기 안에 있는 민중을 본 자는 곧 자기 자신이 신이 된 사람이지요.'

마리는 두 손을 모아 그 불멸의 실재를 진심으로 사랑하며 예배하였다.

녹두는 곧 거행될 우금티에서의 대관식을 생각하며, 마리의 사랑을 진심으로 감사했다.

그리고 자신의 불멸을 알리기 위해 노래하고 싶었다.

'마리, 나는 저 밤하늘에 빛나는 오색찬란한 별들의 잔치를 즐거워하며 감사드립니다. 왜냐면 우리의 사랑과 조선민중의 의로움이 지금 이 순간에도 아름다움과 순수함을 나누며 함께 반짝이고 있기 때문입니다.'

'마리, 나는 저 하늘에서 펑펑 쏟아져 내리는 함박눈을 강아지처럼 뛰며 즐거워합니다. 왜냐면 우리의 사랑과 조선민중의 진실함이 이와 같이 세계 인류와 삼라만상 온 누리에 행복과 평화를 나누어 주고 있기 때문입니다.'

'마리, 나는 당신을 나의 품에 안고 있을 때 세상에 부러울 것 없이 모든 것을 가진 자가 됩니다. 왜냐면 내가 당신을 품고 있을 때 조선민중을 품고 있었고, 조선민중으로 죽음으로써 나는 영원히 살아있기 때문입니다.'

녹두는 작별을 고하는 순간 우주와 인류를 향해 이렇게 외쳤다.

"나는 우주를 삼킨 티끌이요, 영원과 합일한 짧은 순간의 생명이다!"

"여러분들이 가야 할 곳이 바로 저곳입니다!

이제라도 당신 본래의 장소로 귀환하십시오!

내가 처형되는 이곳이 바로 당신들의 귀환점이 되기를!

이제는 귀환해야 할 때입니다!"

보름달이 떠올랐다.

녹두는 다시 눈을 들어 영원한 처녀에게 속삭였다.

'마리, 나를 위해 울지 마시고, 우리의 아이들을 위해 우십시오!'

그때 마리는 지하에서 올라오는 강한 회리 바람소리를 들었다. 회리바람은 소나기를 뿌리지 못했지만 광야를 가로지르며 크게 소리쳤다.

'사랑이여, 억압하고 착취하고 약탈하는 문명을 칼로 베고 깨뜨려라!'

마리는 그 강렬한 외침이 낯설지 않았다. 마리는 그가 달빛에 자신을 태워버린 '남국(南國)을 열어가는 폭발'임을 알아차렸다.

'아, 그대 영원한 사랑이여!'

'마리, 그대는 자신의 내면으로부터 태어난 민중의 여신입니다. 그대는 자신의 고통 속에서 자신만의 방식으로 뜨겁게 살아가도록 이끄는 영원한 처녀입니다!'

'그대 영원한 사랑이여! 자신을 태움으로 조선에 새로운 질서를 가져다주는구나!'

그러자 붉은 달이 흘리는 눈물 속에 자신을 뜨겁게 달군 한 남자의 칼춤이 어른 거렸다. 칼춤과 더불어 흐르는 노래는 마리를 뒤흔든 영혼의 고백이었지만, 자신을 충분히 내리치지 못하였기에 오히려 자신의 고백으로 자신을 완전히 태워버린 가슴 아픈 노래였다.

'마리, 사랑에 몰입하여 나는 모든 것을 잃었고, 동시에 모든 것을 얻었습니다. 사랑에 몰입한 사람은 모든 것을 할 수 있습니다. 사랑에 몰입한 사람은 삶과 죽음이 하나입니다. 온 우주가 모두 사랑인 것을 알아차리기 때문입니다. 사람이 할 수 있는 최고의 일은 그래서 사랑입니다.'

마리의 혼과 넋이 부르는 통곡의 이중주가 울려 퍼진다. 붉은 달은 두 남자의 위대한 사랑을 기억하면서 뚝뚝 피 눈물을 흘린다.

우금티에 동백꽃 한 송이 오늘 툭, 하고 떨어진다.

참고한 도서

김연수, 「내안의 신을 보라」, 한언, 2003.

김용옥, 「天命·開闢」, 통나무, 2001.

김삼웅, 「녹두 전봉준 평전」, 시대의 창, 2007.

김상일, 「동학과 신서학」, 지식산업사, 2000.

김상일, 「수운과 화이트헤드」, 지식산업사, 2003.

나카츠카 이키라/박맹수역, 「1894년 경복궁을 점령하라」, 푸른역사, 2002.

동학농민전쟁 우금티기념사업회, 「공주와 동학농민혁명」, 2005.

송기숙, 「녹두장군 1-11」, 창작과 비평사, 1994.

에스터 하딩/김정란역, 「사랑의 이해」, 문학동네, 2006.

오쇼 라즈니쉬/손민규역, 「자유로운 여성이 되라」, 지혜의 나무, 2001.

오쇼 라즈니쉬/손민규역, 「사랑이란 무엇인가」, 젠토피아, 2013.

일레인 페이절스/권영주역, 「믿음을 넘어서」, 루비박스, 2006.

일레인 페이절스/하연희역, 「숨겨진 복음서 영지주의」, 루비박스, 2006.

장이브 룰루/박미영역, 「막달라 마리아 복음서」, 루비박스, 2006

한국역사연구회, 「1894년 농민전쟁연구 1-5」, 역사비평사, 2003.

한승원, 「겨울잠, 봄꿈」, 비채, 2013.

정종성 장편소설 **우금티 연가**

2020년 8월 15일 1판 2쇄 인쇄
2020년 8월 25일 1판 2쇄 발행

저 자 정 종 성
발 행 인 김 용 성
발 행 처 **지우출판 / 법률출판사**
서울시 동대문구 휘경로2길 3, 4층
전화 02)962-9154   팩스 02)962-9156
등록번호 제1-1982호
E-mail : lawnbook@hanmail.net
ISBN 978-89-91622-48-7   03810

정가 15,000원